# 批評の魂

前田英樹

新潮社

# 批評の魂●目次

装画　秋山泉「静物 XXVII」2012　鉛筆、紙 53cm×33.3cm
装幀　新潮社装幀室

# 批評の魂

# 第一章　独身批評家として生きること

一

批評家、小林秀雄の文壇登場作となった「様々なる意匠」（昭和四年）は、以後、彼が産み出すことになるすべての批評作品を、硬い、簡明なひとつの図式のように含んでいる。そこに書かれている言葉は、宣言であると同時に告白であり、否定であると同時に信仰であるような意志で凝結している。これほど鮮明に、みずからを世に現わした文学者が、ほかにいるのか、私は知らない。

だが、さらに驚くべきことがある。小林は、その絶筆となった「正宗白鳥の作について」（昭和五十六―七年）で、「様々なる意匠」の主題を最大の結末に導こうと努めている。〈批評家、白鳥〉を論じて己を語り終えることは、彼の最後の難業となり、彼の力はそこで尽きた。白鳥との緊張に満ちた思想の交換は、小林の生涯を貫いて在ったものだ。白鳥への敬意は、白鳥との闘いとして、誠実に演じ切られ、「様々なる意匠」の主旋律が、そこでもう一度大きく鳴る。

小林の登場作は、批評家として、自分はこう生きる、生きるほかはないのだと、言っている。

五十数年後に書かれたその絶筆は、自分は批評家として、こう生きた、生きるほかはなかったのだと、表白している。二つの文章を読み較べれば、五十年の歳月が、人間の一貫した精神の努力にもたらす純化と熟成とが、まざまざと観える。白鳥の批評を、魂の総力を挙げて讃え直すことが、ついに己はいかに生きたかを語る最後の手段となったのである。

小林が、かつて「意匠」と呼んでいたものは、何だったか。それは「世の騒然たる文芸批評家等」が、「騒然と行動する必要の為」に身にまとった理論や方法や観念の体系のことである。彼らの騒然たる行動は、そうした「意匠」に守られ、守られていることによってだけ成り立っている。そうだとすれば、行動しているのは、彼ら自身ではない、「意匠」である。種々の「意匠」がしきりとふりまく行動らしきものの影が、そこにはあるだけだ。

小林が列挙するそれらの「意匠」とは、「マルクス主義文学」「芸術の為の芸術」「写実主義」「象徴主義」「新感覚派文学」といった騒然たる諸理論である。小林は、これらの理論を順番に取り上げ、ひとつずつ批判しているかのようだが、そうではない。こうしたものは、これをまとっている人間とは、始めから何の関わりもない「意匠」に過ぎない、小林はそう言いたいのである。単なる「意匠」に過ぎないものの無力や欺瞞や生産不能が、世の誰をも救わない空疎な本性《ほんしょう》が、たちまち明らかにされる。しかし、そうされるのは、別のもうひとつの理論によってでは決してない。理によって言い立てられるもの一切と、真に在るものとの対照が、おのずと発揮する明示の力によってだ。

有名な一節を引こう。

「人は様々な可能性を抱いてこの世に生れて来る。彼は科学者にもなれたらう、軍人にもなれたらう、小説家にもなれたらう、然し彼は彼以外のものにはなれなかつた。これは驚く可き事実である。この事実を換言すれば、人は種々な真実を発見する事は出来るが、発見した真実をすべて所有する事は出来ない、或る人の大脳皮質には種々の真実が観念として棲息するであらうが、彼の全身を血球と共に循《めぐ》る真実は唯一つあるのみだといふ事である。雲が雨を作り雨が雲を作る様に、環境は人を作り人は環境を作る、斯く言はば弁証法的に統一された事実に、世の所謂宿命の真の意味があるとすれば、血球と共に循る一真実とはその人の宿命の異名である。或る人の真の性格といひ、芸術家の独創性といひ又異つたものを指すのではないのである」(「様々なる意匠」)。

ここで小林が言っている「世の所謂宿命」を、性格と呼ぼうが、生まれつきと呼ぼうが、何なら遺伝子と呼ぼうが、そんなことは結局のところどうでもいいのだ。人は、自分の唯ひとつの肉体を与えられてしか産まれてはこないように、これと結びついた唯ひとつの心を——言い換えれば、生の態勢を——もってしか産まれては来ない。生きるとは、その心を飼い慣らし、懸命に飼い慣らしつつ、それに引き摺られて一寸先の闇へと進むことである。

むろん、人はひとつの時代に、それが作る社会の内に棲むほかはないから、彼が身にまとう衣服はその時代のもの、語る言葉はその社会のものになる。けれども、彼の外見を覆う時代や社会の粉塵は、ひとつの竜巻が巻き上げる砂であり、落ち葉であり、手近な塵《ごみ》と言っていいものでしかない。彼の環境が、彼に科学者の記号を強いれば、彼は科学者という竜巻にもなろう、軍人の言葉を強いれば、軍人という竜巻にもなろう。「然し彼は彼以外のものにはなれなかった」。つまり、彼は、彼の宿命とも呼ぶべき竜巻の形しか作り出せなかった。「これは驚く可き事実である」と小林は言うのだ。どうして批評家だけが、この「驚く可き事実」の外に出て、「様々なる意匠」を弄んでなどいられよう。

尤も、そうした「意匠」も時代がもたらす粉塵の一種であろうから、批評家もまたそれを巻き上げて自分の竜巻を、その宿命の形を現わすことがあるだろう。だが、「世の騒然たる文芸批評家等」は、まさに世で騒然と行動するが故に、おのれの宿命を見失い、他人があげる竜巻の無意味に詳しい分析に、つまり塵の分類や比較や品評に益体《やくたい》もなく興じる始末になる。では、彼の宿命はどこに行ったか。どこにも行きはしない。彼に張り付いて、彼の実生活を凡庸極まる形で支配している。これは、実につまらぬ喜劇である。

「あらゆる最上芸術家は身を以つて制作するといふ単純な強力な一理由」、これが彼の作品の内に「血球と共に循る一真実」を、いつも、必ず注ぎ込む。「身を以つて制作する」ことは、なるほど単純にして強力なことである。だが、こうして制作されたものは、芸術家に潜在する「一真実」を、宿命を、無限の多様体として含むしかない。この厳然とした事実について、二十七歳の小林は、次のように語っている。

「芸術家達のどんなに純粋な仕事でも、科学者が純粋な水と呼ぶ意味で純粋なものはない。彼等の仕事は常に、種々の色彩、種々の陰翳を擁して豊富である。この豊富性の為に、私は、彼等の作品から思ふ処を抽象する事が出来る、と言ふ事は又何物を抽象しても何物かが残るといふ事だ。この豊富性の裡《うち》を彷徨して、私は、その作家の思想を完全に了解したと信ずる、その途端、不思議な角度から、新しい思想の断片が私を見る。見られたが最後、断片はもはや断片ではない、忽ち拡大して、今了解した私の思想を呑んで了ふといふ事が起る。この彷徨は恰も解析によつて己れの姿を捕へようとする彷徨に等しい」(同前)。

これを別の言葉で言うならば、「身を以つて制作」された創造物は、どんな時も汲み尽くすことの出来ない運動を潜ませているが、そこから任意の意味、断片を抽《ひ》き出してくる批評家の試みは、たわいなくその創造物に喰われてしまうということだ。喰われて気づかぬ批評家たちに安寧あれ。彼らが抽き出した断片は、意匠をかざして乙に澄ました批評家本人の手つきしか映し出してはいない。続いて小林は言う。これは、「様々なる意匠」のうちで、最も美しく、充実した文である。

「かうして私は、私の解析の眩暈《げんうん》の末、傑作の豊富性の底を流れる、作者の宿命の主調低音をきくのである。この時私の騒然たる夢はやみ、私の心が私の言葉を語り始める、この時私は私の批評の可能を悟るのである」。

一切の意匠を脱ぎ去り、わが身ひとつをもって為される「私の批評」というものがある。あり得るはずなのだ。なければ、批評は「傑作の豊富性」にかすりもしない、ただ、喰われて意匠の屍《かばね》を曝してゆくだけだろう。意匠を脱ぎ捨て、「私の心が私の言葉を語り始める」まさにその瞬間に、「私の批評」は、裸のままで誕生の声をあげている。「作者の宿命の主調低音」を、わが身の深奥に響かせて産まれる批評の魂がある。そこで、小林は次のように書くこととなる。

「扨《さ》て今は最後の逆説を語る時だ。若し私が所謂文学界の独身者文芸批評家たる事を希ひ、而も最も素晴しい独身者となる事を生涯の希ひとするならば、今私が長々と語つた処の結論として、次の様な英雄的であると同程度に馬鹿々々しい格言を信じなければなるまい。『私は、バルザックが『人間喜劇』を書いた様に、あらゆる天才等の喜劇を書かねばならない』と」。

これは、「最後の逆説」でも何でもない。批評による創造というものが、あらゆる創造の頂点にあり得ることの、この上なく正直な主張だろう。あるいは、その可能への烈しい信仰告白だろう。が、これほどまでの正直さは、このまま世に現われれば笑われるか、馬鹿にされるかである。そこで「英雄的であると同程度に馬鹿々々しい格言」などと、自分から言ってみたりする。この頃の小林は、まだ幾分、読者に対して弱気だったのである。

しかし、それにしても「独身者文芸批評家」とは何とうまい言い方か。この批評家は、どのような意匠とも結婚しないが故に、「独身者」なのであり、その結果として、意匠を掲げ騒然と行動するどのような党派にも与しないが故に、「最も素晴しい独身者」なのである。確かに、批評家は、こうした意味での独身者である以外、身ひとつをもって為す創造の道を拓くことはできない。このように、小林の「様々なる意匠」は、実に彼の登場作と呼ぶにふさわしく、明確なる独身者宣言として世に現われた。

登場した小林に、その後次々にやって来た注文は、主として雑誌の「文藝時評」なるものだった。彼は、同時代の作家、批評家がひしめく波のうちに小舟を漕ぎ出し、身をもってする独身者の批評、「私の批評」を縦横に演じた。しかし、そこで為される仕事は、どんなに潑剌とはしていても、同時代者に対するこまごまとした品評に関わるものが、ほとんどだった。それ以外には、フランスの文芸思潮を要約、紹介する切れ味のいい短文なども幾つかある。つまり、小林秀雄の仕事は、まだ「天才等の喜劇」を書くものでは、およそなかった。

「様々なる意匠」から七年ばかり経った昭和十一年二月に、小林は、次のようなことを書いている。これは「文藝時評」ではない、七年にわたる生業の痛切な回顧である。文は、ロシア文学者、中山省三郎に宛てた書簡の形を取っている。

「僕は、『様々なる意匠』といふ感想文を、『改造』に発表して批評家生活に這入りました。以来、いかなる批評方法も評家の纏《まと》つた意匠に過ぎぬ、といふ確信に変りはありません。今迄かなりたくさんの批評的証文（謙遜した意味では決してありません、確かに証文だと思つてをります）を書いて来たし、今も書いてをりますが、要は、様々な評家が纏つた様々な意匠に対する反駁文に過ぎぬのでありまます。言ひ代へれば裸で立つてゐる自分を省みての自己弁解文に過ぎぬのです。評家が批評方法といふ武器を捨てて了つて、而もまだ言ふ事があるなら、真の批評は、そこから始る筈だ。若しかういふ僕の確信も亦一種の批評方法だとしても、僕はどうしてこの批評方法を批評方法論として展開する事が出来ませうか。世人は僕を独断家乃至は主観派と呼びますが、これは当つてをりませぬ。僕はたゞ常に自分の裸体を曝《さら》して来たに過ぎないのです」（「私信」）。

わが身を離れた理論の仕組、カラクリとしての批評方法は、それ自体が呑気な自働装置として成り立ち、わがまま勝手に働いているものだから、ほんとうに在るものとの接触は、なしで済ますことができる。裸体の批評では、そうはいくまい。ものにじかに触《さわ》る、というこの知覚の経験以外に、頼みとするもの、働いてくれるものは何もない。しかし、このやり方以外に、批評家が空理空論を免れて、文を創造する道がどこにあるのか。

自分は独断家どころではない、武器を捨て、衣服を捨て、裸のままで〈もの〉に従う最も謙遜なる批評の魂である。こうした事情に主観も客観もありはしない。むしろ、客観的に、万人共通に成り立つ批評方法というその考えこそ、近代人の自負心に取りついた空想から来ている。小林は、そう主張してきたのだが、裸でそれを主張するばかりでは、埒もない。その裸体が触るべき〈もの〉は、一体どこにあるのか。自分はほんとうに、それに触ってきたのか。続けて、彼は書く。

「併し裸体もあまり曝してゐると、始めは寒い風も当る気でをりますが、だんだん温まつて来て、曝す事が無意味になつて来ます。もう充分だといふ気がして来ます。君はどんな着物を着てゐるかと言ふのにも飽きたし、特に、自分はかういふ風に着物を脱ぐと人に語るのにも飽きて来ました。そして僕は本当の批評文を書く自信が次第に生れて来るのを感じて来ました。言ひかへれば、ある作家並びに作品を素材として創作する自信が生れて来るのを覚えたのです」。

ここで言われる「ある作家」が、ドストエフスキーであることは、すでによく知られている。なぜ、この小説家が「素材」として選ばれるのか。選ばれなければならないのか。「近代文学史上に、彼ほど、豊富な謎を孕んだ作家はゐない」（同前）と小林は言う。近代人として負うその謎の深さ、湛える深淵の流動の烈しさにおいて、たとえば、骨の髄までパリ人だったバルザックやプルーストさえ、はるかに及びはしない。小林は、そう直覚する。わが身を襲うその直覚が、何から起こり、どこに向けて開かれているのか、それを語る自信、裸でそこにぶつかる自信が身の内に生れてきたと、小林は言うのである。

「僕は彼の姿をいさゝかも歪めてみようとは思ひません。又、歪めてみようにも僕にはその力がありません。彼の姿は、読めば読むほど、僕の主観から独立して堂々と生きて来るのを感じます。すると僕はもはや批評といふ自分の能力に興味が持てなくなる、いやそんなものが消滅するのを明らかに感じます。たゞ、ドストエフスキイといふ、いかにも見事な言ふに言はれない人間性に対する感覚を失ふまいとする努力が、僅かに僕を支へてゐるのです。僕は彼のどの様な姿を、遂に書いて了ふであらうか、自分でもよくわかりません。しかし、さういふ風に仕事をして行けば、歴史を築き上げてゐる因果律のうちに、彼の姿を埋めて了ふ様な事にはなるまい、歴史家の仮定した地図の上にではなく彼が実際に生きてゐた現実の上に、どの様な傷を残して死んだかを描き出す事が出来るであらうといふ、漠然たる希望を抱いてをります」（同前）。

「私の批評」が極まるところ、その「私」は、それが徹底して向き合う人間の姿の前で消滅してしまう。当然のことではないか。意匠を捨て切った裸の「私」は、精度を増すほど対象との距離を縮めて重なり合い、対象の全体は鏡となって批評家自身の純一な姿、「言ふに言はれない」純一な「宿命」を映し出すことになる。「私の批評」では、そういうことが必ず起きる。

この過程の一体どこに、独断があろう。
「ある作家並びに作品を素材として創作する自信」、これは「様々なる意匠」で表明された「あらゆる天才等の喜劇を書」く決意とは、少しばかり様相が異なっている。そもそも、小林はなぜ「天才等の喜劇」と言ったのだろう。バルザックの『人間喜劇』という壮大な構想に倣ったがためだ。バルザックの小説群が「喜劇」である所以は、凡庸にして異常なる人物たちが、錯綜する群像を織り成し、愚劣と偉大とその無数の中間との一大絵巻を繰り広げるからである。「喜劇」は、多様性のドラマでなくては面白くない。実現されたその多様性の根源には、バルザックという人間に潜んだ唯ひとつの深淵がある。独りの作家による大小説の生産には、いつでもこのような実現の過程があるだろう。

　昭和十一年の小林が、いささかの自信をもって志すに至った批評による「創作」は、この過程の逆を辿ってこそ成り立つ。実現された作品から、その原因たる深淵の唯一の実在に向かって、身ひとつの批評、独身者の批評は進んで行かなくてはならない。小説家たることと批評家たることとは、このようにして異なるほかはない。昭和十一年の小林秀雄は、こうした逆進への道を、はっきりと摑みつつあったのである。

## 二

　その昭和十一年に、小林秀雄と正宗白鳥との間で、後年「思想と実生活論争」と名付けられることになる応酬が起こった。実際、これは、文学史上の事件と呼ばれるにふさわしい論戦で、ふたりは一歩も引かずに、それぞれの矛を納める。当時の文壇人から見れば、これは新進の人気批評家と明治末以来、日本の自然主義文学を担い続けた大家との、正面きった世代論争の観を呈していた。当のふたりにも、その自覚はあったことだろう。

しかし、ほんとうに重要なのは、そんなことではなかった。この論争を通じて次第に明らかになっていったことは、小林よりも二十年ばかり先立って産まれたもうひとりの「独身者文芸批評家」がいるということ、このふたりの間からは、彼等それぞれの「宿命」を超えた驚くべき重唱が聴こえてくる、ということである。その重唱の複雑と単一と永遠の響きとを、いち早く聴き取って捉え返そうとしたのは、小林の盟友、河上徹太郎だった。

論争の発端は、正宗白鳥が昭和十一年一月に『読売新聞』紙上に発表した(十一、十二日付)文芸欄の記事にある。文章は、「トルストイについて(上、下)」と題され、翻訳出版されたばかりのトルストイ最後の日記『一九一〇年』をめぐるものだった。白鳥は、この日記に深く感銘を受けたと言い、「多年私の心に宿つてゐて、何かにつけて思ひ出されるトルストイを知るためには、見逃すべからざる文献である」と書いている。また日記は「文学アカデミアにより、精細を極めた註釈が施されてゐるので、『春秋』を『左氏伝』で読み、『古事記』を『古事記伝』で読むやうに、明快である」とも。この言葉は、白鳥がどれほど身を入れて、『一九一〇年』を読んだかを示している。

誰も知るように、晩年のトルストイは、『アンナ・カレニナ』を頂点とする自分のすべての文学作品を否定し去り、芸術すべての罪をも難じて、世界救済の人道思想だけを、激烈に、徹底的に説いた。生ける聖人のようなその姿に感動し、彼の周りに集まってきた崇拝者は、当時膨大な数にのぼる。

しかし、「自分一人のための日記」と称して密かに書かれた最後の日録には、「老妻のヒステリックな言行のために一日として安き日はなかつた」ありさまが、「委曲を尽して現されてゐる」ではないか。そこに「トルストイの小説を読むにもました感興を私は覚えた」と、白鳥は記している。「さま〲な女性を生けるが如く描いたトルストイであるが、事実は小説よりも奇であり、事実は小説よりも深刻である。この大文豪も、女性といふものは男性に取つて、こんなに大なる悩みであるかといふことを、創作力の旺盛であつた壮年期に洞察し得ないで、八十歳といふ頽齢期に及んで、痛烈に体験したのである」。

実際、トルストイの日記に描かれた老妻の乱行ぶりはすさまじい。それは、明らかに狂った、途方もない妄想を伴っている。夫の一切を所有し、支配し、その証として、あらゆる種類の苦痛を求めようとする悪意に満ちているのである。妄想は、恐怖を起こさせるほどの嫉妬心を引きずっていた。

白鳥は書く。「トルストイが一切の遺稿の処分、著作権抛棄の実現をも依託したチエルトコフに対する夫人の嫉妬。八十を過ぎたトルストイとチエルトコフ（妻子まである壮年者）との間に変態的色欲関係ありと確信してゐるやうな法外の嫉妬心に於いて、私は、突き詰めた人間心理の究極を見られるやうに思ふ」。夫人にしてみれば、狂っているのは夫であり、悪意に満ちているのは、夫のすべてを、その名誉も財産も肉体をも支配しようとしているチエルトコフなのだ。その支配欲のもとで、夫は心身共に弱り果て、意志を失っている。

面白いのは、白鳥が、こうした「妻君の観察」を「必ずしもヒステリー女の妄想とは云へまい」と感じていることである。「傍人は皆夫人を狂女あつかひし、トルストイを気の毒に思つてゐるが、夫を見るは妻に如《し》かず、夫人の方が傍の健全な人々よりも却つてよく晩年のトルストイの心をよく洞察してゐたのではあるまいか」。夫に対する心病みたる妻の洞察は、畏るべし。人類救済の伝道者トルストイのなかに、細君が易々と見抜いていたものは、わが夫を襲う心身のはなはだしい衰弱であり、意志の喪失だった。彼女が見損なっているのは、ただその原因のみである。

そこで、白鳥は、まことに正直な口調で、次のように書く。その言葉が、もうひとりの若い文壇時評家、小林秀雄を憤激させるのだが。

「廿五年前、トルストイが家出して、田舎の停車場で病死した報道が日本に伝つた時、人生に対する抽象的煩悶に堪へず、救済を求めるための旅に上つたといふ表面的事実を、日本の文壇人はそのまゝに信じて、甘つたれた感動を起したりしたのだが、実際は妻君を怖がつて逃げたのであつた。人生救済の本家のやうに世界の識者に信頼されてゐたトルストイが、山の神を恐れ、世を恐れ、おど〳〵と家を抜け出て、孤往独邁《こおうどくまい》の旅に出て、つひに野垂れ死した径路を日記で熟読すると、悲壮でもあり滑稽でもあり、人生の真相を鏡に掛けて見る如くである。あゝ、我が敬愛するトルストイ翁！」。

これは、とてつもなく正直な文なのだが、小林には、自然主義作家流の許しがたい皮肉と映った。むろん、小林は間もなくその取り違えに気がつく。が、彼が、ここから始まる論戦で述べたことそれ自体は、生涯の終わりまで何ひとつ修正のしようがなかった。論戦は、まさしくふたりの「宿命」を、「血球と共に循《めぐ》る真実」を賭けて為されたと言ってよい。

　小林の駁論は、白鳥の「トルストイについて（上、下）」が発表されてから、ちょうど二週間後、同じく『読売新聞』紙上に「作家の顔」と題して出た。まず、それを読んでみよう。

「あゝ、我が敬愛するトルストイ翁！　貴方は果して山の神なんかを怖れたか。僕は信じない。彼は確かに怖れた、日記を読んでみよ。そんな言葉を僕は信じないのである。彼の心が、『人生に対する抽象的煩悶』で燃えてゐなかつたならば、恐らく彼は山の神を怖れる要もなかつたであらう。正宗白鳥氏なら、見事に山の神の横面をはり倒したかも知れないのだ。ドストエフスキイ、貴様が癲癇で泡を噴いてゐるざまはなんだ。あゝ、実に人生の真相、鏡に掛けて見るが如くであるか。

　あらゆる思想は実生活から生れる。併し生れて育つた思想が遂に実生活に訣別する時が来なかつたならば、凡そ思想といふものに何んの力があるか。大作家が現実の私生活に於いて死に、仮構された作家の顔に於いて更生するのはその時だ。或る作家の夢みた作家の顔が、どれほど熱烈なものであらうとも、彼が実生活で器用に振舞ふ保証とはならない。まして山の神のヒステリイを逃れる保証とは。かへつて世間智を抜いた熱烈な思想といふものは、屢々《しばしば》実生活の瑣《さ》事《じ》につまづくものである」。

　ふたりの間に、「抽象的煩悶」という言葉をめぐって、ひとつの捻じれが生れている。白鳥が言う「抽象的」とは、ただ理屈のなかで考えられた、という意味である。晩年のトルストイが多くの信奉者を集めた人道思想なるものを、白鳥はまず思想として信じていないのだ。そういうものによって、人は生きることが出来ない。生きることを許されていない。だからこそ、そういう抽象的思想によって絶大な人気を博した彼の晩年は、実生活からしたたかに復讐を受けることになる。なるのだが、その実生活こそは、まさしくトルストイ自身によって生きられたもの、彼が生きた姿の究極をありありと示すものではないか。「あゝ、我が敬愛するトルストイ翁！」、白鳥のこの詠嘆には、家出して野垂れ死にせざるを得なかったトルストイという偉人への無限の敬慕と信頼が込められている。

小林は、白鳥の使った「抽象的煩悶」という言葉を、そうは受け取らなかった。「抽象的」とは、ただの理屈で固められた、という意味ではない。トルストイの実生活を、その形にして巻き上げている運動、現実に対して絶えず潜在している力の図式のようなものだ。思想が実生活に対して「抽象的」であるとは、この意味においてでしかない。したがって、山の神のヒステリーは、家出の原因などではない、むしろ、トルストイの思想が生じさせた結果なのだ。彼の創り出した「抽象的煩悶」なくして、どうして山の神のヒステリーが、彼にあれほどの怖れを引き起こそう。

実際、「正宗白鳥氏なら、見事に山の神の横面をはり倒したかも知れないのだ」、日本の自然主義作家には、その程度の夫婦喧嘩しか演じられまい。これもまた、小林の皮肉ではない。彼の心に映った正直な思想の光景である。

そうすると、どういうことになるか。白鳥が「抽象的煩悶」と呼んだものは、小林が言う「意匠」に過ぎなかったことになろう。そんなものは、ほんとうは煩悶ではない、「創作力の衰へた」老作家の大げさなポーズではないか。これに対して、実生活での、常軌を逸した山の神との暗闘は、トルストイだけが演じ得たものとも言える。「自分一人のための日記」は、そのことを示して凄惨の印象を与える。この日記は、「彼れが八十を越しても、自己反省の強く、文学者本能の強かつたことをよく証明してゐる。東洋の文人なら、老境に入ると、屹度、型の如き漢詩和歌俳句を試みるであらうのに、トルストイの日記には、そんな生やさしい風流趣味は片影を留めてゐない」(「トルストイについて」)。だからこその「あゝ、我が敬愛するトルストイ翁！」なのだろう。

つまり、白鳥が信じている「実生活」とは、表明するには骨の折れすぎる彼の重大思想だったのである。小林の論難に対して、白鳥は「文藝時評」で応じている(『中央公論』三月一日発行)。「小林氏の所説は必ずしも愚説とは云へない。『日記』に対する私の視点を転ずればさうも云へないことはない」(「抽象的煩悶」)。世界に熱狂を引き起こしたトルストイの人道思想は、「創造の魔神が既に敗退した」(ジイド) 彼の心の空虚に居座ったものだ。しかし、魔神は去っても、彼の宿命は彼を引きずる。「自分一人のための日記」にあるのは、「創造の魔神」に去られた畏怖すべき大作家の宿命だとも言えるだろう。白鳥は、こんなことも書いている。

「トルストイにしても、『抽象的煩悶』が夫人といふ形を取つて現れてゐたのだ。夫人から逃げることは、抽象的煩悶から逃げるやうなものだつたのだ。だから、最後の病床に於いても、夫人に会ふことを恐れた。直ぐ傍に夫人の来てゐることを、傍人も卜翁に告げることを憚つた。本来、実生活から全く遊離した抽象的煩悶はない筈で、卜翁の目に、夫人は、『著作権抛棄』といふ熱心な願望を妨害する女性として映じてゐた。普通の男なら、山の神の激しいヒステリー的反抗に根負けして、折角の願望を思ひ切るかも知れないのに、卜翁はあくまで断念しなかつた。そこに私は翁の強みを思ふ」(同前)。

「抽象的煩悶」に人間を動かす真の意味があるとすれば、それは必ず「実生活」のなかにあり、たとえば、細君のヒステリーという至って具体的な形を取って現われる。この時、細君のヒステリーは、「抽象的煩悶」の原因ではなく、結果である。白鳥の言うことは、小林の言うことに一致してくるように見える。「つまり、抽象的煩悶は夫人の身を借りて凝結して、翁に迫つて来て、翁はゐても立つてもゐられなかつたのである」。だから、と白鳥は結論づける。「[…]トルストイが現身《うつしみ》の妻君を憎み妻君を恐れて家出をしたことは、断じて間違ひなしである。鏡に掛けて見る如し」。

白鳥が書いていることは、すぐわかることのようでいて、入り組んだ内容を持っている。トルストイが、寒空に、無一文でおどおどと家出した原因は、細君のヒステリーにある。このこととは「鏡に掛けて見る如し」である。だが、家出の原因たる細君の現身は、トルストイの「抽象的煩悶」が実生活のうちに凝結し、現われてきたものだとしたら、細君のヒステリーは、むしろ、トルストイ自身が生み出したものだと言っていいことになるだろう。そこで、白鳥は最後に付け加える。いずれにせよ、小林氏が言うような「実生活と縁を切つたやうな思想は、幽霊のやうで案外力がないのである」と。

こう書かれれば、小林は、再反論せずにいられない。

「正宗氏は、『人生の真相、鏡に掛けて見るが如し』といふが、果して鏡に映った人生の真相であるか、或は又氏に摑まれたトルストイの尻尾に過ぎないか、僕は深く疑ふ。尻尾が本物でも、尻尾では面白くもないのである。この尻尾を摑へる流儀は、例へば近頃の人物論なぞに流行してゐる。あの男、尻尾を出さぬが玉に疵、といふ川柳みたいな説もあつて、尻尾の処置に困る者は、独り天才ばかりではない」（「思想と実生活」、『文藝春秋』昭和十一年四月）。

尻尾を摑まえられて窮するのは、天才も、凡人俗人も変わりない。一体、そういう尻尾が、わざわざ「鏡に掛けて見る」がごとき人生の真相であるか。トルストイの最後の日記が示しているものは、「彼の家出といふ単なる事実を絶する力」なのであって、「その力が僕の暴露的興味を圧する」と小林は書く。

だが、白鳥が暴露的興味で日記を云々しているのでないことは、始めから明らかである。彼もまた、トルストイの家出のなかに「単なる事実を絶する力」を観ている。「実生活」のなかに、大作家を引き戻し続ける宿命の力を観ている。トルストイの家出は、「実生活」との絶縁などではなく、彼の宿命が演じさせた、思想上のその異様な完成だと言ってもよかろう。そこには、取り繕うことの出来なかった人生の真相があるのだが、そうだとしたところで、この真相は、鏡に掛けて眺められるト翁の像のごとく、不気味に口を利かない。白鳥は、そう言っているのである。

論争は、込み入ったことになってくる。しかし、ふたりの応酬を虚心に聴き取ってみれば、起こっていることは、さほど複雑でもない。白鳥と小林を言い争わせているものは、ひとつの同じ真実、同じ主題に対してはっきりと取られたふたつの態勢、あるいは、批評の魂が強いられる明確なふたつの音調だとわかる。

三

続けて、小林は書く。

「実生活を離れて思想はない。併し、実生活に犠牲を要求しない様な思想は、動物の頭に宿つてゐるだけである。社会的秩序とは実生活が、思想に払つた犠牲に外ならぬ。その現実性の濃淡は、払つた犠牲の深浅に比例する。伝統といふ言葉が成立するのもそこである。この事情は個人の場合でも同様だ。思想は実生活の不断の犠牲によつて育つのである。たゞ全人類が協力して、長い年月をかけて行つた、社会秩序の実現といふこの着実な作業が、思想の実現といふ形で、個人の手によつて行はれる場合、それは大変困難な作業となる。真の思想家は稀れなのである。この稀れな人々に出会はない限り、思想は、実生活を分析したり規定したりする道具として、人々に勝手に使はれてゐる。つまり抽象性といふ思想本来の力による。／『抽象的思想は幽霊の如し』と正宗氏は言ふ。幽霊を恐れる人も多すぎるし、幽霊と馴れ合ふ人も多過ぎるのである」(同前)。

動物の思考は、そのすべてが自然のなかでの有用な行動に吸い上げられるから、つまり本能として働くから、実生活に犠牲など要求しない。言葉を駆使する人間の思考だけが、行動を犠牲にしてでも何事かを為そうとする。その結果、人間の群れには、自身の行動を拘束する「社会的秩序」が現われてくる。人間の思考は、その行動に犠牲を要求して、たとえば民主主義というような「社会的秩序」を敷いたのだろう。この秩序には、深い犠牲が払われている。ここには、「全人類が協力して、長い年月をかけて行つた」仕事がある。

「真の思想家」は、いきなり独りでこれをやる。彼の生身は、しばしばそのための犠牲となるだろう。トルストイが晩年に語った言葉、その人道思想は、全人類が長い歴史を経て、極めて不完全にしか実現しないところを、一挙に、完全に実現させようとする熱に漲っている。こういう人は、むろん至って稀なのだが、この種の人間に出会うことがなければ、人類の歴史に精神の跳躍はなかっただろう。人々の「抽象的思想」は、ただ理屈による御託を並べているに過ぎなかっただろう。御託を恐れるか、これと馴れ合うかは、いつの世も趣味の問題である。小林には、そういう考えがある。

今度は、白鳥が機嫌を悪くする番である。『中央公論』五月一日発行の「文藝時評」で、彼は書いている。君こそ「私の言葉の尻尾を摑へて何かと云つてゐる」ではないか。しかし「尻つ尾も馬鹿にならない」。謡曲『殺生石《せっしょうせき》』では、鳥羽天皇に寵愛された十二単《じゅうにひとえ》の美女「玉藻前《たまものまえ》」は、「安倍晴明の鏡に照らされて、金毛九尾の尻つ尾を現して、那須野ケ原へ飛んで殺生石と成つた。この玉藻前の物語に含蓄ある人生の象徴が見られるのである」。蒲原有明の詩にもある。「豹の斑《ふ》とこそ思ひしに、ふと乗せられし豹の脊《せな》」。これも穿った象徴句で、「恋愛などを豹の斑の如き美しいものとのみ思つてゐたのに、ふと気がつくと、自分は猛獣たる豹の脊に乗つてゐるのだといふ意味なのであらう。ト翁の荘厳な抽象的思想も、『日記』に照らして見ると、殺生石のやうな匂ひがする。豹の脊のやうな無気味さがある」（「思想と新生活」）。

トルストイ晩年の、人を魅するあの人道思想は、老狐の化身、十二単を着た玉藻前である。その姿を『日記』という鏡に映せば金毛九尾の尻尾が出ている。尻尾を出した狐は殺され、殺生石に変じて匂いを漂わせる。あるいは、蘇って豹の脊《せな》のような不気味さを現わしてくると言おう。ここにこそ「人生の真相」がある、白鳥は深くそう信じているのだ。

「しかし」と、一見すれば投げやりな口調で彼は言う。「かういふ事はどちらでもいゝ。トルストイの家出問題なんかどちらでもいゝやうなものだ。肝心なのは、『実生活を離れて思想があるか』無いかの問題である」。これに対する答えは、君自身がすでに出してしまっているではないか。がっかりするほど凡庸な、常識的な答である。実生活から生れて育った思想が、遂に実生活から訣別しなければ、凡そ思想というものに何の力があるか、と君は初めに威勢のいい見得を切った。そうやって「異様な批評家魂をちらつかせ」、何か耳目を驚かす高踏な無茶でも言うのかと、期待を持たせてくれた。だが、そのあとで、君が言っていることはどうだ。「或る人々が自己の実生活を思想の為に犠牲にして、社会の秩序が保たれるのは、本当であるとゝもに、有り振れた考へで、どの内閣の文部大臣でも同意しさうだ。その『社会の秩序』なるものは、正真正銘の人間界の実生活のことであり、人を突ついて犠牲者たらしめる力を持つたその思想は、実生活と訣別するどころではない。実生活に喰ひ入つてゐるのだ」（同前）。このことは、あたりまえ過ぎる歴史の事実である。

たとえば、封建時代に主人の為に我が身を犠牲にする家臣は、その封建思想によって、封建社会の実生活と深い関係を保っている。また、その封建社会を打破しようとする新思想も、「将来の新たなる実生活を夢見てゐればこそ、その思想に力が加るのである。傍観者には痴人の夢と思はれる思想でも、当人はその思想と実生活との密接なる関係を信じてゐればこそ、思想の犠牲にもなるのであらう。そして、小林氏の謂ふ如く、実生活の不断の犠牲によつてそんな思想は育つのである」。思想に生身の活気を帯びさせるものは、実生活を措いてほかにない。トル翁晩年の大思想にしたところで、同じことである。君の論法も、結局は私の平凡な考えと大差ないところに落ち込んでいるようだ。

さて、小林はどう応じたか。論戦は、小林のこの論駁（「文学者の思想と実生活」、『改造』昭和十一年六月）をもって閉じられることになる。彼もまた、相当に機嫌を損ねている態《てい》である。正宗氏の文は「一見下らぬ皮肉と思はれるが、言外の意を察すれば、半可通な理窟を言つて、無暗と人を侮るものではない、といふ教訓があるので、さう思へば解らぬ事はない。併し正宗氏の教訓は甘受するとしても、誤解もこゝに至つては極まれりといふ可きである」。

自然科学の計量には程遠い文学上の論戦は、結論を求めて為されるのではない、それに至る道順に一切がある。「文学に於ける社会性と個人性との問題、或は理論と実践との問題、思想と実生活との問題、みんな同じ事だ。今時かういふ問題の結論を承知してゐないでこれを論ずる者はないのである。結論とは何か。言ふまでもなく、これらの互に対立する人間的事実は、世の実相に於いては、統一された姿で、或は統一の可能性を孕《はら》んだ形で現れてゐる、といふ結論だ」。結論は、世の実相にあるほかない。思想と実生活とは、現に統一された姿で世に現われるよりほか、互いに成立のしようがない。結論は始めからあり、「それがぎりぎりの結論であるに順じて毒にも薬にもならず、従つて様々な問題の発生や設定を妨げる力を持つてゐないのだ」。

　思想が実生活に訣別するのでなかったら、凡そ思想には何の力があるか、自分は確かにそう言った。が、そのように言った言葉と、あれこれの思想が、現に実生活とは切っても切れない縁を持っている、というあたりまえの事実、誰もが知っている当然の現実とをじかに照らし合わせたところで何の意味がある。「思想を実生活から絶縁させようといふ様な狂気の沙汰を誰が演ずるか。結論は最初に在つたのである」。その結論、と言うよりは現実に、どのような道筋で辿り着くべきなのか、そこに論戦の意味があったのではないか。

「僕がこの問題で発言の機を捕へたのは、トルストイの家出の原因は、思想的煩悶にはなく、実際は細君のヒステリイにあり、そこに人生の真相を見る云々の正宗氏の文章を読んで、永年リアリズム文学によつて錬《きた》へられた正宗氏の抜き難いものの見方とか考へ方とかが現れてゐると思ひ、それに反抗したい気持ちを覚えたからである。僕はその気持ちを率直に書いたのであつた。僕は正宗氏の言ふ様に、氏の言葉の尻尾を摑へたのではない。僕の摑へたものが単なる言葉の尻尾なら、氏もあんなに弁明されなかつた筈である。僕が直覚したのは、氏の文章に現れた氏の思想の型なので、さういふものを直覚しなければ、また言葉の尻尾さへ摑へる事は出来ない筈だ。ト翁の荘厳な抽象的思想も、『日記』に照して見ると、殺生石のやうな匂ひがする。豹の背の様な無気味さがある。そこにトルストイの真の姿を見、引いては人生の真相を見ようといふ正宗氏の思想の型に、僕は反駁したい気持ちだつたのだ」。

その抜き難い「思想の型」に反駁することによって、小林は白鳥に何事かを求めていたのではあるまい。白鳥が、明治以来のいわゆる自然主義作家として磨ぎ続けてきた頑健な感覚、その「一種傍若無人のリアリズム」(「正宗白鳥」、昭和七年)に、当時の小林はすでに惹かれ、敬意を抱いてさえいた。

白鳥のその頑健な感覚、あるいは自己覚醒は、私小説と呼ばれるものを綿々として書き続ける仕事のなかで育ち、確立されたものだと小林は観ていた。白鳥の「文藝時評」は、私小説を書くことで生計を立てるという、その「本職で練れた心の輝きが、自ら批評文といふ余技にあらはれ」たものだと観ていた。そこには、輸入物の方法や理論を、つまり「意匠」を掲げて騒然と行動する若い批評家たちの本業が到底及ばない「何か根深い魅力」がある(「文藝時評のヂレンマ」、昭和十一年)と。しかし、小林のこの白鳥観は、やがて、ある方向に少しずつ変わってゆく。小林は、白鳥のなかに、自分とは別の、何ものにも紛れることのない「異様な批評家魂」があることを認めるようになるのである。

## 四

「思想と実生活論争」で争いの種となっているのは、トルストイのような桁外れの人間が晩年に負ってしまった思想——実生活にとっては苛酷過ぎる理想を、文学者の批評はどう取り扱うべきなのか、という問題だろう。私小説作家が余技として行なう魅力ある批評も、こういうところでは許容し難い誤りに陥っている。小林は、そう見たわけである。彼は言う。「八十の老人になつて、人類救済の夢を抱く志は壮とするも、あゝいふ為体《ていたらく》となつては、悲壮でもあり滑稽でもあり、あゝ、人間に一体何が出来るといふのか、つまり其処なのだ、正宗氏の一番気になる処は。それが正宗氏の思想の型である。僕の楽天的精神が、正宗氏の悲観的精神に反抗を感じたのであらうか」(「文学者の思想と実生活」)。

いや、「反抗」と言うよりも、身ひとつで天才たちの偉業に、宿命に、当たって砕けることを辞さない自分の「批評家魂」は、ここでぜひとも何ごとかを言っておかねばならぬ、そんな気持ちが、小林に一連の論駁を書かせているのだろう。

トルストイの凡人性をわざわざ捕えて感慨をもよおす、などは、いかにも自然主義者流な「気が利かない」話だ。「凡そ人間の凡人性に感慨をもよほすのに何もトルストイを選ばなくてもよいではないかと［僕は］言ふので、それが気が利かないといふ言葉の意味である。選ばなくてもよいと言ふより寧ろ僕は選んではならぬと言ひたいのだ。さういふ事は偉人を遇する道ではないと思ふし、偉人の真相を不必要に歪める事だと思ふ。なるほどいかにも凡人らしい奴が実は凡人だつたりしても面白くなからう。天才と称へられた人物の日記なぞ読んでみてやつぱりたゞの人だつたりすれば、劇的興味が湧くだけの話だ」(同前)。

「劇的興味」など、もちろんつまらぬ。ほんとうの偉人を前にして、そんなものに打ち興ずるのは、批評家のする業ではない。本職の批評家が、その天分を賭けて発見し、創り出さねばならないのは、偉人を遇する新たな道、というものなのだ。小林は、そう言っているわけである。「偉人を遇する道」を新たに、徹底して創り出す、昭和十一年の小林は、ここに文学批評が開き得る真の活路を見出し、『ドストエフスキイの生活』を通じて、実際それに従事し始めていた。そしてこの志は、小林の生涯を通じて変わっていない。文学批評とは、文学についての批評ではない、文学そのものとしての批評である。その対象は、ジャンルとして何に属していようがいい。たとえば、文学も芸術も嫌悪して捨て切ったひとりの天才であってもいいのである。

だが、小林は、こうした仕事に懸命に従事するうち、文学だの批評だのという観念は眼中になくなり、〈自分〉などというものから独立して、ただ「堂々と生きて来る」人間との、身ひとつの格闘に入り込むようになる。「偉人を遇する道」は、このようにして拓かれていく。彼の言う「私の批評」は、批評しようとする自分を、対象のなかに消し去ってこそ、ひとつの圧倒的な文学となるだろう。文学が眼中になくなった人の恐るべき文学となるのだ。

偉人とは何なのか、そんな者がいるのか、というような問いは、小林の仕事にとってはまったく意味がない。そうした問いは、偉人なるものが実際に在ることを、はっきりと感じることも、信じることもできない人間の口から出る。実人生では、偉人も一皮むけばただの人、そういう感慨をしみじみと、あるいは皮肉に語ったりするのが自然主義文学の「型」なのだとすれば、それは横町をうろつく凡人の暇つぶしのためにある。五十七歳の白鳥に向かって、三十四歳の小林は、こうした意味の言葉を投げつけた。

しかし、白鳥は、偉人を信じないどころではなかった。むしろ、彼ほど生涯を通して、偉人という精神の実在を烈しく信じ、求めていた人間はいないだろう。そこには、宗教的と言っていいほどの強い情動が潜んでいる。白鳥は、小林との論争が起こるちょうど十年前、大正十五年七月に、やはり「トルストイについて」と題する文章を『中央公論』の「文藝時評」欄に発表している。そこで露わにされたトルストイへの傾注ぶりは、ほとんど呆れるばかりのものである。論争時の小林は、おそらくこの文章を読んでいなかっただろう。

四十七歳の白鳥は、書いている。自分はトルストイ全集をずいぶんと熟読し、「この人の作品ほど人生の種々相を作中に蔵した人はないと思つてゐる」。あらゆる人間は、彼の作が描くいずれかの人生に、あるいはその一部に吸い込まれてしまう。この力業は、人生の類型しか描けなかったシェークスピアなどの比ではない。いや、キリストでさえ、トルストイと較べれば薄っぺらに見える。人としてのキリストを、人としてのトルストイ以上に思うのは、常識による目の曇りである。三十幾つで夭折したキリストと、「八十余歳までも人生の風波を凌いで来たトルストイ」とは、「人生の体験に於いてどちらが富んでゐたか、それは云ふまでもないことである」。

とてつもない評価だ。つまり、白鳥は、細君を恐れて家出し、野垂れ死に同様に果てた時のトルストイに、キリストよりはるかに大きな人間を観ていたことになる。

「キリストは聡明であつたから、その説くところが人心の機微に触れたのであつたが、由来説教といふものは手易いものなのだ。人に向つて道を説くことはさう困難ではない。キリストは荒野で短日月の試錬を経たのに過ぎないが、トルストイは八十年間現世の試錬を受けたのである。キリストは光明を示し、トルストイは口先や筆先で光明らしいことを云ひながら、彼れの全集彼れの一生は、詰まりは暗黒裡のうめきを聞かせたのであつたが、しかし、前者の光明はお伽噺の光明で、後者の暗黒は大地と人心の底に渦を捲いてゐる現実の暗黒である」(「トルストイについて」、大正十五年)。

偉大なものは、「お伽噺の光明」に棲むのではなく、「現実の暗黒」の裡に、私たちが生きるこの大地のうちに潜んでいる。これは、まさに批評家、白鳥が、その生涯を通して唯ひとり信じ、「独身者」の文業を通して磨ぎ続けた思想だった。「由来説教といふものは手易い」、キリストに惹かれるも容易、皆で聖書を読むも、教義を語り合うも容易、得たいと思うものを人はその心に得る。だが、近寄れば「殺生石のやうな匂ひ」がするトルストイの思想は、そうした願望とはまったく無縁のものだ。その思想が育った現実の暗黒は、常に語り難いものとして「大地と人心の底に渦を捲いてゐる」。大正十五年に誕生した白鳥の批評は、トルストイの「実生活」というものを、そうした暗黒が極まる場所で描き出している。

実際、「トルストイについて」が書かれた大正十五年は、批評家、正宗白鳥が、堰を切るごとくに生まれ出た年だと言ってよい。彼はこの年から、『中央公論』誌上に「文藝時評」を連載し始める。文壇批評家としての彼の長い経歴は、ここから始まり、書かれる批評文の量は次第に小説、戯曲を上回っていく。彼の批評文は、その大部分が時評風の短章であり、同時代の小説家たちを取り上げることが、やはり最も多かった。小林秀雄が早々に撤退した時評家の任務を、正宗白鳥は黙々と引き受け続けることになる。

しかし、時評の役割を離れなかった白鳥の仕事の根底には、大正十五年の「トルストイについて」で披瀝された信条が、絶えず脈打っている。そのことは、明らかだ。批評家、白鳥は、偉大なものを偉大な人間のうちに直接摑み取りに行くことをめったにしなかった。それは、小林とは言わば反対の川岸に置かれた彼の天分による。白鳥の批評が拓いたのは、「現実の暗黒」に蠢く卑小な、惨憺たる人間のうちに、底知れず偉大なものからの沈黙の呼びかけを聴き取って記す道だった。

後年、小林秀雄と河上徹太郎とが、白鳥の批評を「宗教文学」と呼んで熱烈に称揚した理由がここにある。ともあれ、私たちは、〈独身者の批評〉というものの、見事な対照を成すふたつのタイプを、あるいは、ふたつの極限を、すでにはっきりと観て取ることができる。そして、これこそが重要な点だが、ふたつの極限を、まさに極限として生み出すものは、分岐した唯ひとつの批評の魂なのである。

# 第二章　己を顕わす、ということ

## 一

　正宗白鳥と小林秀雄との間に「思想と実生活論争」があって、十年後、昭和二十一年の秋に、小林は、批評の盟友、河上徹太郎と連れ立って、軽井沢にある白鳥の居宅を訪ねている。この時の訪問の様子は、河上が早速その翌春に「正宗白鳥」（『人間』昭和二十二年四月）と題する文章のなかに書いた。目に浮かぶごとく巧みな筆である。少し長くなるが、三人の人柄が実によく出た、要約し難い一文なので、そのまま引いて置く。軽井沢には、河上の借りた「山の家」があって、小林はその家に泊まりに行っていたのだろう。話は、そこから始まる。

「昨年の秋、小林秀雄が［白鳥］氏に会ひたいといふので案内したことがある。前日に女房に電話させて、明日二人で御伺ひするからといはせたら、よかつたら今すぐにでもこいといふことであつた。然しその時は僕はゴルフにゆき、小林は追分へ堀辰雄の見舞に行つてゐて駄目であつた。翌日昼過にゆくと、いつもの通り氏は自分で窓からジャケツを着た首を出して、迎へ入れられた。その様子はさり気なくもあり、又いそいそともしてゐた。その部屋は田舎の駐在所みたいな机と二三の椅子とストーブがあつて、隅には小麦の袋などがちらかつてゐた。ストーブに盛にまきをくべて下さるのだが、ガラス扉が開けつ放しなのですこしも部屋が暖まらない。先客があり、四五枚の随筆を頼みに今東京から来た編輯者であつて、その前にパンやチーズが出てゐるのだが、彼は手をつけず、氏も終始それを勧めなかつた。四人で何を話したかよく覚えてゐない。ストーブの上でグラグラコーヒーが煮たつと、奥さんがそれを注いで、砂糖とウイスキーをダブダブ入れて下さる。数杯おかはりをしてゐるうちに、何しろそのウイスキーの分量が滅茶なので、二人はすつかりいい気持になつた。小林はいつの間にか乗り出して、狭いテーブルに片肱ついて何か頻りに論じてゐる。ふと見るとその眼は異様に輝いてゐる。それは曾《かつ》て彼が女に惚れた時の、傍若無人の輝きであつた。私はその時強く感じた、白鳥氏と小林とには一脈通じた孤独と理想主義があることを。先客の編輯者は去り、また別の社の編輯者が、矢張り四五枚の随筆を頼みに東京からやつてきた。やがて奥さんはフランスの葡萄酒らしいものを持つてきて栓を抜かうとするが抜けない。それでも白鳥氏はしまひまで知らん顔をしてゐた。やがて夕闇は迫り、提灯のない私は心細くなつたので、ねばる小林を促して立つた。それから私の山の家まで一里近い雨上りの道を、小林は傘を振り振り大股でぬかるみ構はず終始無言で先を進んだ。酔ふか興奮した時の彼の常である」。

河上徹太郎は、小林秀雄と同じ明治三十五年の生まれ、府立一中から第一高等学校へと進む間も、ふたりの仲は、文学上の同志であり、また悪《わる》さ仲間でもあったという趣で、この文章などにも、そうした者同士の他人には窺えない理解が滲み出ている。

小林が講演などで話しているところによると、「奥さん」が葡萄酒を持ってきた時、彼は「しめた」と思ったそうである。無理もない。昭和二十一年のことだから、本物の酒類はまだ世間に出回っていない、そこにフランス産の葡萄酒がきた。奥さんが、半分ほど栓を抜いたところで電話がかかって来て、そっちへ行ってしまわれた。小林がいくら待ちわびても、奥さんは戻って来ず、葡萄酒の栓は半分抜かれたままテーブルの上に。下戸の白鳥は、そんなことにはまるで無関心、呑みたければ勝手に呑めばよかろうと、「知らん顔」をしていたわけだ。

葡萄酒ばかりではない。パンやチーズは貴重品だっただろう。「編輯者」はそれを食べそこねた。ウイスキーだって貴重品である。それを、ストーブの上でグラグラ煮立ち、砂糖までぶち込まれたコーヒーに、ダブダブと滅茶に注ぐ。どんな味かは、想像がつく。下戸を主《あるじ》とする家のもてなしとして考えられぬことではない。ふたりは、それを何杯もおかわりし、当然ながら酔っぱらってくる。小林の「眼は異様に輝いてゐる」。

部屋の描写もなかなかよい。田舎の駐在所にあるような机と椅子が二、三脚、部屋の隅にはパンを作るためだろう、小麦粉の袋が幾つも転がっている。主《あるじ》がストーブにどんどん薪を放り込むが、換気を心がけているのか窓が開《あ》きっぱなしなので、少しも暖かくならない。精一杯もてなしはするのだが、その場の雰囲気に乗ずることも乗ぜられることも決してない、そういう白鳥の面影が、ストーブの火に照らされて浮かび上がる。

この訪問の翌々年に、小林は白鳥と行なった雑誌の対談（「大作家論」、『光』昭和二十三年十一月）で、軽井沢の白鳥の家について、こう言っている。「日本流の私小説家気質というものが、正宗さんにはちっともない。僕はお宅に伺った時、強く感じたけれど、何か抽象的ですな。正宗さんの生活というものは」。

白鳥が返す。「抽象的というのはわからんけども、どういうことかな」。小林が応じる。「何か非常に抽象的な感じを受けたのですよ。部屋でも、何だか小学校の控室みたいな部屋でね」。あれは疎開先の家だったから、と白鳥が言うと「いいえ、そうじゃない。人生疎開者正宗白鳥の生活という印象を受けたのですよ」と小林。僕は昔から構わんほうだったと白鳥が言う。質素な暮らしもしたが、貧乏という気持ちを持ったこともない、人に言われて気づくだけだと。こんな無頓着な、さっぱりした自然主義作家がいるものではない。さらに、小林が言う。「もし藤村が、正宗さんの実生活を観察したら、抽象的生活という感じを持ったのではあるまいかと思う。ああいうしつこい、ネチネチした実生活的自我というものは、正宗さんにはない」。

それでは、何があるのか。ここで、やはり小林は、十二年前の論戦に遡って語らざるを得ない。「僕が思想というようなことをしきりに言ったらば、正宗さんは、思想なんて何でもない、トルストイの実生活、その殺生石のようなにおいの方が大事だとおっしゃった。当時、僕にはまだはっきりしていなかったことなんですが、殺生石は正宗さんの憧れだったんですな。あれは正宗さんの思想だ」。そう、まさしく実生活に犠牲を強いる正宗白鳥の抽象的思想だった。そのために、居間は小学校の控室のように、あるいは田舎の駐在所のようになるのである。

この部屋で白鳥と向かい合った時の、小林の異様な眼の輝き、その「傍若無人の輝き」とは何であったか。河上は書いていた。「私はその時強く感じた、白鳥氏と小林とには一脈通じた孤独と理想主義があることを」。つまり、小林は、眼の前に生きているもうひとりの自分を観ていたのだろう。時と場合によっては、こうも現われ得たであろう自分の天分を。その天分とは、何であったか。ぬかるむ道を歩いて、ふたりは「山の家」に辿り着いた。河上は、さらに書いている。

「その夜も遅くまで二人はストーブを囲み乍ら、酒を汲んだ。小林は頻りに菊池寛と正宗白鳥が似てゐる、といふことをいつた。つまり私のいふ孤独と理想主義の点でである。或は、二人の実生活の無雑作さも、その現れかも知れない。勿論個人生活の内容は凡そ違ふけれど、現実の愚劣の中にあつて、菊池氏はそのまま明るさと合理主義を目指し、正宗氏は嫌悪と共に厭世観の仮面を被つた理想主義に走る。共に新しいものを追つてやまないのは、泥臭い現実への執着と、現実的なものの中にしか真の理想が見出せないことを知つてゐるところの、彼等の小説家魂の現れである。然し一方、私は、曾て小林秀雄と菊池寛が似た理想主義者であることを説いたが、今や小林と正宗氏の類似に惹かれ、そして更に漠然とこの三人の同類性を感じ出してきたのである」(「正宗白鳥」)。

このような「同類性」を感じるためには、河上もまたその同類のうちに入る天分を負っているのでなくてはならない。そのことは、またあとで詳しく述べよう。小林、白鳥、菊池の三人は、それぞれの個性のありようも仕事の内容も、もちろん大きく異なっている。彼らが同類だ、などと言い出せば、「殊に三人の文学的立場について先入観を持つて区別してゐる人」(同前)たちは、たちまち異を唱えることだろう。菊池は、経営能力に富んだ親分肌の大衆作家であり、白鳥は、それとはまったく反対に、厭世観と現実生活へのペシミズムでいっぱいの自然主義小説を書く。小林はと言うと、こちらは最新のフランス思想を身に帯びて、大文学を真っ向から論じる血気盛んの批評家である。文壇人の「先入観」はそんなところだが、どれもみな浅薄、皮相で、取るに足りない。河上は、そう考えている。

小林が、菊池寛と正宗白鳥の類似を言うのは、河上が言う通り、その「理想主義《イデアリスム》」によってだろう。しかし、この「理想主義」は夢を描いたり、空想に耽ったりする態度とは関係がない。むしろ、生活が便宜上採用する虚構の底を踏み破り、現に在るものに達しようとする烈しい「現実主義《レアリスム》」を引き連れている。精神にこのイデアリスムがある時には、それが摑み出す対象には必ずそのレアリスムがある。このような理想主義者たちを騙しうる言葉は、どこにもない。「文学」も「思想」も「芸術」も、あるいは「歴史」も「社会」も「自然法則」も、みな彼らが深く爪を立てる現実《レアリテ》の前で、言葉の効果を消滅させてしまう。

菊池寛と正宗白鳥とが、精神の「同類性」を持つというのは、このような意味においてである。あとは、何もかもが異なる。が、そんな違いは、小林と河上にとっては、ほとんどどうでもいいものなのである。真の「理想主義《イデアリスム》」だけが持つことのできる「現実主義《レアリスム》」、大事なものは、彼等の生が内部に保ち続けるこの激烈な二重性であり、緊張する平衡であり、〈現に在るもの〉だけに向かって引き絞られた彼らの意志である。河上は、こういう意志を菊池、白鳥の「小説家魂」だと言っているが、そうではあるまい。それは、やはり白鳥自身が好む言葉を使って「批評家魂」と呼んだ方がいい。いや、そう呼ぶべきものである。その魂の血縁のなかに、小林と河上とが入っている。軽井沢の一夜で小林を掻き立てていたものは、こうした血縁の明確な発見だろう。

二

河上の話を、もう少し聞こうか。彼によれば、白鳥、菊池、小林の三人は「共通して我が文壇に一つの抗議を持つてゐる」。「抗議」は、強い否定の心、と言い換えられてもいい。「それはわが文壇文学の事大主義といふか、各人がその現実なり、観念なり、方法なりの限られた世界に囚はれて、真の自由を知らぬことへの焦燥である。己が道をよく知つて、そこに精進し、これを拓いてゆく作家はある。然し闊達な、偏見なき精神で、現実だの文学だののあらゆる相貌に出遭つてたぢろがず、寧ろ進んでさういふものを追求するところに自分の生きる道を見出す文学者がゐない」。つまり、「わが文壇」には、身ひとつの覚醒した自由をもって、〈いかに生きるべきか〉を問う精神の力がないのだ。真に重要なもの、信じるに値するものは、実はそれだけであるのに。

「現実」を後生大事とする自然主義作家、「観念」の体系を有り難がるマルクス主義者、「方法」の意識化を偉そうに唱える芸術派は、いたるところにいる。そういう態度の一切を、河上は「わが文壇文学の事大主義」と呼んでいるのである。これら「様々なる意匠」を纏った事大主義者たちは、それぞれが偏愛する夢を見ている。現実を生きることと、「現実」という夢を見ることとは違う。文学を拓くことと、「文学」という夢を見ることとは違う。こうした夢には、当然ながら、わが身によって実際に演じられる行動がなく、誤りない行動に不可欠の自由な精神というものがない。そのことは、夢見る者らが繰り返し呟く言葉の上にはっきりと現われている。

白鳥、菊池、小林に共通するものは、何ものにも欺かれない覚醒した自由、精神の力としての自由だと、河上は言いたいのだろう。この特質は、まさしく〈批評家〉のものである。「思想と実生活論争」があって二年後、昭和十三年に白鳥は、その代表作のひとつと言える『文壇的自叙傳』を、『中央公論』誌上に二月から七月まで、六回にわたって連載している。これが、この年の十二月に、中央公論社から単行本として刊行されると、小林は早速それを取り上げて、翌年二月の『東京朝日新聞』に短い感想を書いている。ここでは、小林は白鳥をもはや紛れることのない批評家として扱う。それを読んでみよう。

「サント・ブウヴに、かういふ言葉がある。『僕の描く肖像画では、賞讃は見掛で、中味は批判だ。海綿を圧してみ給へ、中から酸が出て来る』

一見何んでもない様な言葉であるが、批評家の秘訣を要約した様なもので、やらうと思つても決してたやすく出来る仕事ではない、長い修錬が、批評家をさういふところ迄連れて行くのである。

賞讃は批評ではない、侮蔑も批評ではない、と言つてさういふ着物をすつかり脱いで了つた公正な批評といふものは無力である。批評の技術もなかなか難かしいもので、所謂客観的批評など書く事は、感情に駆られて、賞讃したり侮蔑したりするのと同程度に容易な仕事であり、いはば批評のいろはである。
正宗氏は如上の意味での、批評の本質的な技術に通達した、文壇で殆ど唯一人の人だと僕は思つてゐる。従つて氏の感想文の中味は、圧してみないと解らない。
世人は、気難かしい、皮肉な人間を正宗氏に見度がるが、さういふのは氏の批評文の見掛に惑はされた俗見に過ぎない。
圧してみれば、意外に自由な闊達な、澄んだ氏の心といふ中味が見附かるであらう」（「正宗白鳥『文壇的自叙傳』」）。

しかし、「賞讃は見掛で、中味は批判」というのは、サント・ブーヴ自身の場合だろう（引用は、小林が翻訳した『我が毒』から）。白鳥の批評が、どうにもならず取る「見掛」は、多くの場合、皮肉や懐疑や自嘲であって、そこから彼の虚無主義的傾向という俗説が執拗に云々される。その見掛けを圧《お》してみよ、と小林は言うのである。白鳥の澄んだ心が、何ものにも欺かれないその「理想主義《イデアリスム》」が溢れ出てくる。

私情に駆られた仲間褒めも、党派根性から出る悪口も、客観性という言葉への軽信に依る毒にも薬にもならぬ裁定も、彼の澄んだ心に入り込む余地はない。『文壇的自叙傳』の底を一貫して流れるものは、白鳥が出会った人々に向けるその澄んだ心である。それを語る小林の言葉は、圧してみるまでもない、批評によるほんものの称賛である。あるいは、批評から批評への、魂の呼びかけである。

「そして、僕は、これを現代文学の一傑作と断ずる者だが、そんな事を言ふと、僕の言葉は、パラドキシカルに響くのである。それほど現代文学なるものは一般に通俗な調子の低いものになつてゐる。

この自敍傳は、外観こそ乱雑だが、まことに醇乎たる作品の味ひがあり、正宗白鳥といふ文学者を知る上にも大変よい文章である」(同前)。

『文壇的自敍傳』を「現代文学の一傑作と断ずる」小林の称賛が、「パラドキシカルに響く」のはなぜか。もちろん、時代遅れの自然主義作家が、独りでたどる思い出話など、「様々なる意匠」を纏って騒然と行動する者たちには、何の興味も湧かないからだろう。あるいは、侮蔑の対象でしかないからだろう。そういう者たちに、「現代文学なるもの」は占領されている。そのなかで、『文壇的自敍傳』を「現代文学の一傑作」だと断言する時評家は、まず出てこない。けれども、よく読んでみるがいい。この文の乱雑な外観の下から湧いてくる「醇乎たる作品の味ひ」を。意匠と意匠の空騒ぎは、たちまち、沈思する孤独な批評精神の淵に呑まれてしまう。小林は、そう言っているわけである。

ところで、小林が先ほどの文章で引いたサント・ブーヴの『我が毒』(一九二六年)にある言葉だが、昭和十四年五月に青木書店から刊行された彼の翻訳では、「批判」(critique)は「批評」と訳し替えられている。「僕の描く肖像画では、屢々、賞讃は外見だ、批評が中味だ」というふうに。単なる「賞讃」と見えるものは、一種の「毒」を含んだ「批評」なのだ。サント・ブーヴの意図を、小林はこう読み替えたわけだろう。

真の「批評」は、どういう個性のものであれ、それぞれが避け難い二重性を持っている。その二重性の正体は何か。小林と白鳥とが交わした「思想と実生活論争」は、それを露わにしていた。ここにあったのは、思想が先か、実生活が先かの言い争いではない。生の「現実主義《レアリスム》」は、いかにして精神の「理想主義《イデアリスム》」によって生み出されるか、という問いに、ふたりの批評家のぎりぎりの誠実が賭けられたのだ。それは、すなわち彼らの宿命が、天分が賭けられていた、という意味である。

批評の毒は、その「現実主義《レアリスム》」にある。批評は、理論による空想でも、独白による感傷でもないだろう。身ひとつで拓かれる、現実のなかの活路である。が、その活路を拓かせる力は、現実のなかにあるのではない。批評家を実際に引きずっていく烈しい「理想主義《イデアリスム》」のなかにある。これは、人間の生そのものに潜む根源の二重性だと言っていい。覚醒した批評の毒は、絶えずその「現実主義《レアリスム》」から分泌される、が、その毒を化合し、結晶させて自立した〈批評〉の姿に変える働きは、どこから来るのか。人間の生が負わされる「理想主義《イデアリスム》」から来ると言うしかない。ふたつは互いを前提とし、受け止め合うのでなければ、そのいずれもが成り立つまい。

トルストイの家出について、白鳥が実生活から流れ出る毒を言い、小林が思想の精神を言ったのは、変更しようのないふたりの天分によってである。けれども、彼らをして語らせているものは、実は、ただひとつの批評の魂が含むふたつの面なのである。ふたつの面は、分岐して自己を主張し合うが、それでも互いの半身を深く、やみ難く求め合う。求め合うことによって、ふたつの天分は、明確に生き延び、運動の力を増すのだ。そういうことでなければ、どうして小林が、あれほどまでに白鳥の批評に、その天分に惹かれたのかが、わからないのである。

## 三

全体が六つの章で成る白鳥の『文壇的自叙傳』は、舟橋聖一が『文學界』誌上に連載していた『岩野泡鳴傳』に触れるところから始まっている。間もなく満五十九歳になる白鳥の筆だ。何の気負いも、はったりもありはしない。そこが、まず読者を啞然とさせると言ってもいい。舟橋の泡鳴伝は、「明治以後の日本の文学者」の実生活を、細部まで忠実に追った伝記として類のないもので、「これほど委曲を尽したものは、今まで世に現れてゐないやうである」。泡鳴という男は、平地に進んで波瀾を起こすような人物だったから、「同時代の他の作家よりも、生涯の実録が面白味を有つてゐさうだ」。そう言いながら、続けてこうである。

「私は泡鳴とは可成り親しくしてゐたので、舟橋氏の泡鳴伝を興味をもつて読みながら、生前の彼の風丰《ふうぼう》や行動を追想してゐるが、実物を直接によく知つてゐると、偉人についても左ほどに尊敬は寄せられないものなので、舟橋氏が見てゐるほどには、この特色のある作家論客を重大視されないのだ」。

泡鳴との付き合いは、このあといろいろに回想されている。泡鳴に初めて会ったのは明治三十八年の初夏、二十六歳の白鳥は、当時、読売新聞社の文化記者をしていた。泡鳴は、その白鳥が書いた新体詩罵倒の記事に憤慨し、へこませてやろうと社に乗り込んできたのだが、暖簾に腕押しで、喧嘩にならず、逆に白鳥から「感想評論」の連載を勧められる。ふたりとも粗末な単衣《ひとえ》をだらしなく着流して、似たり寄ったりの風体である。泡鳴は「快活な大声で文壇の噂をして、独りで面白さうにカラ〳〵笑つた」。白鳥はその人となりに好意を寄せるが、別にその「文学論に価値を認めたのではなく、偶然の訪問を機縁として採用したのに過ぎなかつた」という。

読売文芸欄へのこの連載は、泡鳴の文壇進出を促しただけでなく、自然主義の文学理論が明治末期の文壇に生気を吹き込むきっかけになった。これは、注意すべきことだが、白鳥は自然主義というような考え方を、この時分から少しも信用していない。

『文壇的自敍傳』は、泡鳴という人物の横顔を、さらりとした筆で実によく捉えている。白鳥は明治四十一年、『何處へ』『玉突屋』『五月幟』などを立て続けに発表して評判を取り、新進の小説家として文壇に華々しい地位を得る。泡鳴はと言うと、彼は「私より七八歳の年長であり、私よりも外国の書物を多量に読んで居り、詩小説論文を多量に書き続け、しかも絶大な自信を持つてゐたに関らず、容易に文壇の認むるところとならなかつたが、後進の私が造作なく過分な評判を得てゐるのを見ても、憎悪をも反感をも抱かず、いつも快く交際を続けてゐた」。

白鳥は、自分の出世作をことごとく嫌っていた。特に「『何處へ』は上つ調子の浅薄なものであつた。今の私は、自己の作中であゝいふ作品を最も厭はしく思つてゐる。とても読み返す気になれないものだ」。ここでも注意すべきだが、白鳥は文壇が自分に与えた「新進作家としての確固たる地歩」など少しも信用していなかったのである。他方、自然主義文学の熱烈な鼓吹者であった泡鳴はどうだったか。このあたりの関係を、白鳥は熟達した筆致で短くこう描いている。

「私は数年間は泡鳴と最も懇意にして、互ひに隔てなくさま〴〵な噂話をしてゐたが、泡鳴をさほど重んじもしなければ、面白い人とも思つてゐなかつた。不遇でも元気で、生々と生きてゐた泡鳴と異り、私は、新進の花形として、いろ〳〵な人から甘い讃辞を聞かされながら、心は怏々《あうあう》として楽まなかつた」（『文壇的自叙傳』）。

怏々として楽しまない白鳥の心は、どこから来ていたのか。彼がまだ、自身の天分を見出し切っていないところから来ていた。文壇からもてはやされる自分が、いったい何者だかわからない。不遇でも快活、いつも生き生きとしていた泡鳴は、そうではなかった。自然主義文学という意匠は、何はともあれ、彼の明らかな天分によって息を吹き込まれていた。そういう泡鳴を、白鳥は「さほど重んじもしなければ、面白い人とも思つてゐなかつた」。そうさせるものは、実はまだ隠されている彼の「批評家魂」にほかならなかった。

白鳥は、小説家として文壇に出る前は、すでに述べたように読売新聞の文化面を担当する記者だった。そこで書いた辛辣な批評記事に、泡鳴は憤慨して、新聞社に乗り込んできた。そこで喧嘩にならなかったのは、白鳥の言わば桁外れの正直さ、小林の言う澄んだ心が、泡鳴に拍子抜けを覚えさせたからだろう。白鳥の批評にいつもある、あの独特の辛辣さは、彼のこの心から自然に湧いてきている。したがって、それと同じ辛辣さは、文壇で評判を取った自身の小説にも容赦なく向けられることになった。文壇での口先の評判など、何のことでもない。彼が負った「批評家魂」は、自己自身をも焼き尽す光線のように働き、彼を孤独にし、苦しめたのである。

彼には、心底から書きたいと思って書いた小説などはない。新人の頃、『醜婦』などという拙い小説を書いたが、それを褒めたのは泡鳴ひとりだったという。その時、彼がなぜ褒めたのかはわからないし、還暦前の今になってもわからない。雑誌『新小説』の編集者に勧められ、「原稿料欲しさに渋々重い筆を動かして、どうにか小説らしい体裁のものを捏上《こねあ》げたのに過ぎなかつた」。自分は、いつもこの調子でやってきた、と白鳥は書く。

「しかし、人間は、自己以外には出られないものなので、処女作に於いて、すでに後年の自分の作品の風格は決定されてゐるやうなものだ。無論絶えず、時代の感化を受け、見るもの聞くもの、読むものによつて心が動かされてゐたのに違ひないが、現存の誰かゝら、或ひは、過去の作家外国の作家の誰かゝら、特別に感化されたことはなかつたやうである。『玉突屋』とか『地獄』とかは、チエーホフの或る短篇を真似たところがあるが、それは皮相の点だけで、実物はよくも悪しくも自分のものなのだ」(同前)。

正直さもここまで来ると、異様な響きを持つにいたる。自分は、自分以外のものには決してなり得なかった。時代の感化も、他人の模倣も、意識された修練も、結局のところは「皮相の点」だけにとどまる。言い換えれば、すべて竜巻が巻き上げる塵《ごみ》、砂、落ち葉にとどまるのである。このことは、小林秀雄が「様々なる意匠」で、颯爽と見得を切りながら言ったことと実はまったく一致すると言える。

ただし、白鳥は、小林のように「これは驚く可き事実である」とは言わない。人が否応なく己を顕わして生きてゆくことは、当たり前の、面白くもない事実ではないか。白鳥は、そう考えるのだろう。ふたりが見出すひとつの同じ真実が、一方では「理想主義《イデアリスム》」の、他方では「現実主義《レアリスム》」の色に染め上げられて語られる。こうした違いは、何でもない。重要なのは、ふたりの孤独な「批評家魂」のなかに、その両方が絶えず生きて、働くことだ。

ここで、白鳥は、やや唐突に少年時代のキリスト教への強い傾斜について語り出す。「自己以外には出られない」その自己の根底が、いかにも素っ気なく、ありていに述べられるのである。少年期の彼の熱烈な信仰心は、この時代にあって卓然自立したキリスト教思想家、内村鑑三からの深い感化なしには考えられない。その感化の内実につき、白鳥はまた、身も蓋もなく突き放した書き方をしている。

「それに、学校卒業後、基督教を放棄して心がのび〳〵したことは事実だが、一度少年期に強烈に心に浸み込んだものは、完全に拭ひ取れないものらしく、夜半目醒めた時なんかに、暗闇のなかにゐるやうな手頼りなさを覚えることもあつたのだ。年少期の私は、内村鑑三先生の講演や著書に最も感激してゐたが、先生は、ダンテの地獄篇を日に一回づゝ読み、全部三十四回を読み了るまで、恐怖に襲れて毎夜眠れなくつて、家人にも心配させたと云つてゐた。これが本当なら、バンヤンとか法然上人とかと同様に、宗教の極致に達し得る素質を具へた人として尊崇してもいゝのだが、今考へると、内村先生の述懐は少し誇張された言葉であつたらしい。来世を信じ、地獄天国の存在を予想するのも、多くは心の遊戯のやうなもので、心の底の底までそれを信じて疑はなかつたなら、現世の幸福なんか、死後永遠の生命に比べると、どうでもいゝ訳なのだが、内村先生も中世紀の信者とは異つて、そこまで徹底して考へてゐなかつたらしい。宗教も文学同様、要するに世の中の色取りであつて、信者は、唯一絶対の真理を把握してゐる訳ではないから、時と場合で、卑近な現世にうまく処するためには、どうにでも調子を変へて行くのが常例である」(同前)。

白鳥が、誰かを「先生」と書くことなどは、まずないと言っていいのだが、内村は終生の例外だった。その先生を、このように疑う。それでは、ジョン・バニヤンや法然のことは疑っていないのだろうか。このふたりには、会ったことがない。さほど熱を入れて熟読したわけでもない。だから、通り一遍の「尊崇」で済ましている。が、内村については、違う。十代の白鳥は、内村の著書を熟読し、その講演のほとんどすべてに聴き入り、泊りがけの講習会に出たりもしている。つまり、内村という人が、眼前の「実物」として持つ「心の底の底」を、この恐るべき少年は、覗いてしまったのだろう。

「内村先生」に対する疑いは、バニヤン、法然に対する「尊崇」よりもはるかに痛切であり、実はこの疑いこそが、「宗教の極致」で、ひとつの批評の魂によって演じられていたのだ。内村への冷めた批判、時には悪口《あっこう》とも見える評言は、そのまま余人の及ばぬ称賛ともなっていることを、やがて読者は、白鳥晩年の著書『内村鑑三』(昭和二十四年発表)ではっきり知ることになるだろう。この事情は、トルストイに対する場合とまったく同じなのである。

# 第三章　対象を持つ、ということ（その一）

## 一

正宗白鳥の『文壇的自叙傳』は、その名の示す通り一種の自伝であるが、異様な語り口を持った自伝である。どこが異様なのか。一般に、人はここまで正直に、身も蓋もなく自己の精神の来歴を語ることはない。むろん、これはただの馬鹿正直というものではなく、白鳥の「批評家魂」が摑んでいる途轍もない「現実主義《レアリスム》」の結果なのだ。自己自身を批評の生贄とすることのできる烈しい精神だけが、他人を語り、その他人を、まさに彼が在る、その場所において映し出すことができる。

すでに書いたように、この作は、舟橋聖一の『岩野泡鳴傳』に触れるところから始まるのだが、泡鳴への強い尊崇の念によって成る、この「委曲を尽し」て詳細な伝記も、泡鳴という人間を、その実際上の付き合いから、散々に知る自分の眼から見るならば、それほど尊敬心を抱かせる本でもない。白鳥はそう言って、二十年ほど前に早逝した泡鳴との付き合いを語り出すのだが、そこに現われてくる人間の顔は、当人にも誰にも、どうにもならぬ気質を負わされて街をほっつき歩いている。

　妻子のいる家には帰らず、白鳥とふたり、玉突屋なんぞでとぐろを巻き、「鷗外逍遥漱石などは二流作家だ」と大っぴらに放言したりする。放言を抑えることのできぬ、激した血が泡鳴にはあった。批評家白鳥の澄んだ正直な心が、その姿を、立ち居振る舞いの瞬間の細部を、深い記憶の底から引き出し、文章に焼き付けている。『文壇的自叙傳』は、泡鳴を批判しているのでも、賞讃しているのでもない。彼の姿は、彼の小説中のいかなる人物にも勝る何ものかをもって、顕われているのである。その何ものかからもまた、ひとつの「殺生石のやうな匂ひ」が生々しく漂ってくる。一見して何でもない回想文が、たとえば、このように簡潔で深いデッサンを描き出すには、「批評の本質的な技術に通達」している必要がある。小林秀雄は、そう言っていたわけだ。

　この頃、泡鳴があたかもその代表者のごとくに主張した自然主義の文学理論は、文壇のあちらこちらで反感を買い、読売新聞社内で記者としてこの派を顕揚するかのような立場にあった白鳥は、結果として退職を余儀なくされる。彼の俸給生活は、これをもって永久に終わった。明治四十三年六月のことである。あとは、小説の原稿料だけで生活を立ててゆくしかない。「新進作家として自立し得られるやうになつてゐた」白鳥は、それができると踏んだ。「来月からは月給四十円がふいになるから、その穴埋めに、数十枚の原稿を余分に書かなければなるまい」。心ひそかに、そう考えたという。

　その頃に腹をくくって書いた『徒労』や『微光』は、「私の作品のうちでいくらか実の入つたもの」であって、つまり否応なしに為された創作への努力が、思いがけない成果を生んだ。私に真剣にものを書かせたのは、書くことへの熱情ではなくて、ふいになった月給四十円だった、白鳥の口ぶりはそんな風である。新進作家だの、文壇の花形だのと言われても、彼の心は「怏々《あうあう》として楽ま」ず、自分の作の貧寒ばかりが冷え冷えと、冴え冴えと観えている。真の批評家を身の内に宿す小説家とは、このようなものなのか。自然主義が威を振るったのは、文壇という狭い世界のなかに過ぎず、この派の小説は、雑誌連載が終わって本になれば売れなかった。白鳥の作品などは、その筆頭だったのではないか。彼は言う。

「自己の体験や自己の見聞を、有りのまゝに書けといふ田山花袋主唱の創作態度は、権威をもつて文壇を風靡したので、自信の強い泡鳴にしても花袋の文学観によつて覚醒したのである。『耽溺』をはじめとして、自分の行動をそのままに書いて、これを小説の正道とするやうになつたのは、田山君の感化だらうと、ある時泡鳴に訊くと、当人もそれは正直に認めた。たゞ花袋の平面描写には不同意で、自分のは立体描写だと云つてゐた。花袋の『生』『妻』『縁』、藤村の『春』『家』、秋聲の『黴』など、有名な長篇は、描写が平面だか立体だかは別問題として、『有りのまゝ』といふ主義に立脚した自伝的小説であるらしい。泡鳴秋江の作品も多くはさうであると思はれる。私も花袋の熱心に唱道した文学観の心酔者であつて、『有りのまゝ』派の一員であつた筈だが、実際の自分の作品には、『有りのまゝ』説に従つたものはそんなに多くはなかつたと云つてゐゝ。私の作品のうちでは比較的長いものである『二家族』にしても、私の育つた父祖の家の実景をそのまゝに敍したものと思はれてゐたやうだが、あれも私の少年期の見聞を根拠としただけで、多分は空想の産物なのだ。『微光』にしても忠実なる事実の描写ではない」(『文壇的自敍傳』)。

自己の体験や見聞を「有りのまゝ」に書け、という花袋の主張が若い作家たちに大きな刺激を与え、その創作を導いたという事実は、やはり大きい。白鳥はそう見る。泡鳴ほどに血の気の多い文士が、この主張に揺さぶられ、自然主義の文学理論を独自に牽引するまでになった。これは、何を意味するのだろうか。

簡単なことである。「有りのまゝ」の事実というものは、人の思惑も空想も感情も超えて、底がなく、汲み尽くし得ない。花袋の主張は、私たちが生活の上で知るほかない、この当たり前過ぎる真実に、外見よりもはるかに深く根差していた。多くの作家たちを動かしていたのは、花袋が主張した内容というよりは、むしろ、その主張が、花袋の意図をはるかに超えて喰い入っていた真実のほうだろう。したがって、そこから何を書くかは、作家の天分次第ということになる。

藤村も泡鳴も白鳥も、「有りのまゝ」の対象を描こうとして、抜き差しならない自己の天分を顕わさざるを得ない。言い換えれば、自然主義の理論が作家たちに要求したものは、「有りのまゝ」という思想に賭けられる各々の誠実だった。このことを、白鳥ほど的確に、また親身に見抜いていた自然主義作家はいない。それは、彼が自然主義という文壇の一意匠を、何ひとつ信用していない正真の〈独身批評家〉だったことによる。

その白鳥が、自作を回顧して言う。「実際の自分の作品には、『有りのまゝ』説に従つたものはそんなに多くはなかつた」と。「有りのまゝ」ということを、単に「忠実なる事実の描写」とするのなら、自分の生活には描写に適した波瀾というものがほとんどない。大酒して惚れた女のところに通ったこともない。記者時代は、ほぼ会社と下宿とを往き来しただけ。浪費もせず、借金もせず、他の文士と喧嘩もせず、原稿は毎日少しずつ書きためて、締め切りには遅れたことがない。まさに、小林秀雄の言う「抽象的な」生活である。こういう小説家が、一体何を「有りのまゝ」に書くのだろうか。むずかしい問題だ。

「それで、『有るがまゝ』描写を正しい小説作法として心掛けながらも、私の作品は、自己の主観に支配された勝手な産物であつた。だから、世の中の真相を冷静に如実に描写してゐると、明治文学史などに定評を下されてゐるのを読むと不思議な感じがする。擽《くすぐ》つたく思ふこともある。かつて小川未明君が突如として、『君はロマンチストだよ。』と云つたことがあつたが、ロマンチストか否かは知らず、過去の私の作品は、客観的分子には乏しく、むしろ主観的傾向のものであつたと、私は心の中で自作自評を試みてゐる」（同前）。

小説を書こうとすれば、「空想」に寄らざるを得ない。が、白鳥のこの「空想」は、事実と無関係になった妄想ではあるまい。文章のなかに事実を、「世の中の真相」を精確に産み出す精神の働きのことだろう。この働きが、主観であるか客観であるか、そんなことは知ったことではない。白鳥の考えは、そこにある。これは、いわゆる自然主義の「小説作法」とは無関係な問題ではないか。精神の緊張が、現われてくる対象を深くし、深みにもたらされた対象が、また精神を拡張する、その相互作用に関わる問題だろう。

これが批評文となれば、「空想」による作り話は、むろん不用である。けれども、精神の活発な働きが必要とされることには変わりがない。いや、批評は小説以上に、この働きを烈しく必要とする。なぜなら、批評家には、目の前に在って、どこまでも深くするべき実在の〈対象〉が、常に厳然と与えられているからだ。そこへ向かって、彼の精神は、何度でも出直し、回帰していかなくてはならない。

ところで、このような〈対象〉のうちで、最も確実に、その隅々にわたって内側から直接に捉えることができるものはと言うと、それは自己自身の心身を措いてほかにない。その意味で、あらゆる批評行為の最良のモデルは、自己批評となるだろう。白鳥の『文壇的自敍傳』は、そうした自己批評が不思議な核となって運動し、その運動が、彼の識る人物たちの生態を、余人の為し得ない精確さで照らし出すのである。白鳥流自己批評の一例を、この作から挙げてみようか。

「私は、年に三四回の中央公論特別号に毎回寄稿するのが、いつとなしに慣例となつてゐた。これを文壇に於ける私の地位を保つ上に大いに役に立つた事は云ふまでもなかつた。体力が弱く感興も乏しかつた私は、締切間際になつて徹夜して執筆したことなんか一度もなく、三枚五枚とぽつり〳〵書き溜めるのを例としてゐた。『微光』は、十月発行の秋季増刊のために書いたのだが、期日が切迫してゐたので、珍しく稲毛の海岸へ出掛けて筆を急ぐことにした。行き掛けに西片町の中央公論社へ寄つて麻田社長に会ふと、社長は、絣《かすり》の単衣着流しで、信玄袋を提げたゞけの私の旅姿を見て、『へえ、このまゝでいらつしやるんですか。お気楽でよう御座んすなあ。』と、面白さうに笑つた。稲毛では、海気館の離れに一週間滞在したのだが、九月の中旬で、季節の動揺が、日本趣味相応の詩情をそゝつた。中秋の満月が松林を照らしてゐた。久し振りに吸ふ汐風はすが〳〵しかつた。疲れると散歩したり玉突きをしたりして、締切までに原稿紙百二十枚ばかり書いた。時間があつたらまだ書き続けられたのだが、期限が来て催促されたから直ちに完結にして、帰京した。これが私の執筆態度で、依頼者に期日延長を申し出たことは殆んどなかつた。これは、私には、書きたくてたまらないことが腹に満ちてゐる訳ではなかつたので、何処で区切りをつけても残念に思はないためであつた」。

明治四十三年九月、著者三十一歳の頃を回想した文である。汐風に吹かれ、中秋の満月に照らされた若い白鳥の憂鬱な、無私な横顔が、はっきりと浮かぶ。このようにして切り上げられた『微光』は、「私の作中では珍しく色つぽいところがあつたゝめか」、編集者からも作家仲間からも「好評嘖々《さくさく》」となり、作者は安心する。商売上安心したまでであって、「私が批評家の立場から見ると、この小説は通俗味の勝つた浅薄な作品であつたのだ」。誰も、この自己批評の化身を欺いて、有頂天にさせることはできない。

二

小説中のモデルとは違い、批評が実在の対象を持つ以上、その対象のうちで最も深くにまで入り込めるもの、ある意味では、言葉を超えた絶対の把握にまで達し得るものは、自己自身である。このことがわからず、このことにすら失敗する妄想批評家が、いかに多いことか。彼らは、自己批評と自己宣伝の区別さえつかない濁った眼をもって、他人のことをとやかく言う。作品を裁定する。

彼らとの表面上の比較から見れば、白鳥は身も蓋もない、手の付けられない現実主義者《レアリスト》である。この男は、自分を筆頭にして誰をも褒めず、何者をも信じていないように見える。しかし、白鳥が示すような現実主義《レアリスム》は、己とは何か、この己がいかに生きるべきなのか、を自己の内側から最も烈しく問う理想主義《イデアリスム》によってしか可能にはならない。白鳥のなかにある精神のこの二重になった運動を、小林秀雄ほど精確に、共感をもって捉えていた者はいないだろう。なぜかと言えば、小林こそ、もうひとりの自覚された、徹底した〈独身批評家〉にほかならなかったからだ。

実は、白鳥にあって、はなから信じられていないものは、自分でも他人でもない。そうした〈対象〉につき、私たちをさまざまな軽信、妄想へと誘う言葉、観念、習慣、そして要らざる希望と虚飾とである。周囲の文士は、このことを見誤り、三十歳になるやならずの白鳥のことを「諦めの人生観を抱いて安んじてゐる」などという。この「枯れ切つた人生観」で書く白鳥、という頑固な定説は、彼が年齢を重ねるほど、執拗について回った。しかし、枯れ切っているどころではない。私は、すがすがしい諦めの境地など知らない、と『文壇的自叙傳』の作者は言う。

「二十代に迷つてゐたと同様に六十に手の届いた今でも迷つてゐる。変化は上つ面だけで人間の精神の根柢は変化のないものだと、他人については知らず、自分についてはよく知つてゐる。

我人《われひと》ともに環境に順応して、上べはさまざまに変つて生存を続けるにしても、根柢は同じやうななものではないだらうか」。

「人間の精神の根柢」に、ついに変化はない。天からの賦性に逆らって為し得ることは、私たちにはほとんどない。要するに、白鳥は、そう言っているのである。これは、自己を対象とした時の「批評家魂」の極限から来る言葉だと、理解すべきだろう。「他人については知らず」と言うのは、実際、他人の心は、どこまで行っても確かめようがないからだ。あえてそれを確かめんとすることが、批評家の本分なのだとしたら、その仕事の核は、容赦ない自己批評というものに極《きわ》まっているではないか。白鳥は、その道を行った。

ところで、独身批評家、正宗白鳥も、実生活においてはごく当たり前に細君を得た。柄でもない放蕩文士の暮らしに陥ることを、予防した結果らしい。『微光』執筆の翌年、明治四十四年四月に、彼はつね夫人と結婚し、新しい家庭生活に入る。「何の深い考へもなしに取り結んだ」縁談だが、「後から振り返つて見ると、それは自分の一生に極めて重要な関係を及ぼしてゐる」ことがわかる、と白鳥は言う。細君との関係は、一体どれくらい重要であったか。

「人は生活の上で誰の感化をよく受けてゐるか、と訊かれる時、えらさうな人間の名を挙げたがるものだが、本当は五年十年と同棲してゐる妻（或ひはそれに匹敵する女性）から受けた感化が最も重要なのではなからうか。感化の有様を微細に見分けることは困難だが、誰でも本当に自己批判をする時には、それは軽視されないことだ、と思ふ。仮りに、同棲者に対して憎悪を覚えてゐるとしても、憎悪してゐるがために一層影響を蒙るのである。同棲者が柔順であり或ひは痴鈍であつたにしても、そのために感化力が乏しいとは云へない」。

小林と演じた「思想と実生活論争」の残響が、ここにもあるが、白鳥が言わんとするところは、やはり簡単ではない。どんな同棲者であろうと、日々の生活を共にしている限り、人間はその同棲者からの「感化」を、言い換えれば、命による命への浸透を、否応なく受ける。現実を生きるとは、まさにそうしたことで、これを直視できない利口者の自己批評などは、みな見栄の張り合い、間抜け同士の自慢話だと言うのである。だからこそ、次のような事実は、如何ともし難い。

「そして、作家が描いた女性のうち、同棲者である妻君を描いたのが最も真に迫つてゐる筈で、実際自然派系統の作家は、藤村花袋秋聲泡鳴など皆、作品中にそれ〴〵の同棲者を巧みに描出してゐる。しかし押し詰めて考へると、妻の見たる夫、夫の見たる妻が果して、真相を現出してゐるのだらうか。相手の人となりの本体を真に摑んでゐるのであらうか。『知らぬは亭主ばかりなり。』といふ諺さへあるのだ」。

「自然派系統の作家」は、その同棲者を最も巧みに描く。が、そのことが、モデルを「有りのまゝ」に描くことの精確につながるかどうかは、保証の限りではない。その巧みさが証するのは、作家のなかに染み透った女からの深い感化であり、その感化から引き出されてくる作家自身の性質である。小説を読み、モデルとなったその女に会ってみるとしよう。そこに、限りなく別の人間がいることは、いつものことだ。事実は、小説よりもはるかに深い。つまり、汲み尽くせないその潜在的次元を持っている。

だとすると、小説を書くには、いっそモデルなどないほうが、さばさばしていいのではないか。白鳥はそんなことも書いている。人が生業《なりわい》とする小説とは、所詮そんな程度のもの、聞こえてくるのは、白鳥のそうした呟きである。けれども、批評文が架空の人間を描くわけにはいくまい。批評は、必ず、実在するその〈対象〉を持つのでなくてはならない。そして『文壇的自叙傳』は、まさにさまざまな〈対象〉を、さまざまな深さにおいて自在に往還させている。それは、作者の「批評家魂」が、みずからを自在に定位させる記憶の深さ、精神の緊張に依っているように思われる。その最も鮮やかな一例は、やはり自身の師、内村鑑三を描き出す次のような文章に現われている。白鳥十七歳の折の経験である。

「をり／＼短時日の旅行はしてゐたが、旅行はさう好きでなかつた。学生時代の暑中休暇に興津や葉山に行つたことはあつたが、それは遊覧のためではなく、それらの地に開かれて居た基督教夏季学校に出席するためであつた。二度とも内村鑑三氏の講演を目当てにしてゐたので、氏のカーライルに関する連続講演によつて感激さゝれたことに比べると、駿河湾の風光などは物の数ではなかつた。聴講生一同の三保ノ松原遊覧の時でも年少の私は、『予言者』に接してゐるやうなつもりで、内村先生の後にくつゝいて、その一言一句一挙一動を聞き洩らさず見のがさぬやうに注意してゐた。先生が粗末な蟇口《がまぐち》から一銭銅貨を出して氷水を飲むのを、意味ある事実として目を留めた。新島襄未亡人に対して無遠慮な悪評を下すのをも謹んで耳に留めた。無論先生の方では私の存在を認めてはゐなかつたので、私は直接に先生と一語も話を取りかはしたのではなかつた」。

ここにあるのは、むろん単なる賞讃でも、また歪んだ皮肉でもない。白鳥の澄んだ心に像を結んだひとりの人間の「有りのまゝ」の姿である。カーライルを論じて偉人の風格を示す内村が、くたびれた蟇口から一銭銅貨を出し、氷水を飲む。新島襄未亡人を「無遠慮な悪評」でけなす。少年白鳥は、その振る舞いのひとつひとつを、何かしら意味深いものとして心に刻む。ここに浮かび上がる複雑な奥行きを持った内村像を、私たちはどう解釈してよいかわからぬ。それが、当然なのであろう。人間が現に在るとは、そうしたことだ。このことは、細君の場合であろうと内村鑑三の場合であろうと、変わりがない。ただ、ここで内村の像を、不思議な忘れがたい風貌で描き出しているものは、対象に向かって放射される白鳥の烈しい敬意と「理想主義《イデアリスム》」と、それらが掻き立てずにおかない強い懐疑とである。

三

大正七年から九年にかけて、白鳥には一種の精神の危機が訪れていたようだ。書くべき小説が思いつかない。書こうとする意欲がまったく湧かず、そもそも生きることに、耐えがたい退屈を感じる。四十歳前後の頃である。世間は第一次大戦後の好景気に浮かれ、それに引かれて文壇もたわいなく活気を呈している。『文壇的自叙傳』は、このあたりの作者の心中を実にさらりと、しかし味わいのある筆をもって回想している。目立たない一節だが、注意して読んでおこう。小説家白鳥の批評家への転身は、この時期を生きることなしには起こらなかったと思えるからだ。

「文壇がさういふ物質的好運に向ひかけた時分に、私は長い間の執筆に倦んだ。相変らず雑誌社の依頼はあつたにしても、書き栄えのしない同じやうな事を、繰り返し巻き返し書き続けるのが詰まらなく思はれだしたので、暫らく故郷へ引込まうかと決心した。年齢も初老と云はれる四十歳に達してゐた。その頃大阪朝日の短篇小説懸賞募集の選者の一人となつたが、私の外に有島武郎厨川白村《くりやがわはくそん》両氏も選者であつた。それで、慰労のためか何かで三人は紅葉館で晩餐を饗せられた。雑談の間に三人の年齢が一つづつ違つてゐることが分つたが、有島氏も厨川氏も確乎たる文学観や人生観を有つてゐるらしかつた。当時の文壇に於ける両氏の活躍は華やかで、私のやうにくすぶつてはゐなかつた。それで自分の心構へは、両氏とは余程異つてゐるやうに、ひそかに感じながら、間もなく帰郷の途に就いたのであつた。数年後に、二人は相継いで不慮の死を遂げ、私は生き永らへてゐる」。

白樺派の作家として人気を博した有島武郎は、軽井沢で有名な情死事件を起こし、英文学者の恋愛至上主義が評判を呼んだ厨川白村は、鎌倉の別荘で津波に呑まれて死んだ。なのに「私は生き永らへてゐる」、と白鳥が書く時、彼は二十年前にとらえられた自殺への衝動を振り返っているのかもしれない。

夫人を伴い、伊香保、京、大阪を旅したあと、彼は故郷の岡山県和気郡伊里村に帰る。文学を棄ててしまいたいという気持ちがしきりだが、もはや岡山の農村で生きていける彼ではない。「半年あまり田舎に蟄居してゐたが、故郷生活は自分の気持と調和する筈はなかつたので、心に何の変化もなく、住み馴れた東京へ帰つて来た」。帰っては来たが、東京は未曾有の好景気で、いくら捜しても借家がない。大正九年五月のことである。伊香保、軽井沢での仮住まいが四、五カ月に及ぶが、依然、東京には住む家なく、とうとう十月になり、大磯に家を買ってしまった。

昭和八年、五十四歳で東京洗足に転居するまで、白鳥はその家で暮らす。『文壇的自叙傳』は語る。「日の経つのは早いもので、私は大磯なんかにゐた間に老いた。田舎生活を好まない私も、関西の田舎で育ち関東の田舎で老い、自然自分の筆も、終始田舎びることを免れ得なかつた」。白鳥が辛辣な文壇批評家として生まれ出てくるのは、この大磯での暮らしを通してである。大正十四年の秋頃だろうか、『中央公論』編集主任の高野敬録から、「何かいい思ひ付きはないか」と訊かれて、「文藝評論を連載したらどうだらう？　と私が何気なく答へるとそれを私にやつて呉れと氏は依頼した。一応辞退したあと、二三回だけ試みることにして承諾したが、可成り評判がよかつたゝめに、切望されて長く続けることになつた」。

「文藝時評」連載開始に関する『文壇的自叙傳』の回想はたったこれだけだが、昭和二十三年の小林秀雄との対談（「大作家論」）では、こんなことも言っている。「人物評論なんていうものを、仕方なしにやってるけども、人のおせっかいを焼かなくともいいと、よく思うことがある。徳田秋声みたいに自分だけのものを書いて通れるものならよかったけど、通れんものだから……。僕が評論をやり出したのは、大地震後です。小説にもあきたし、中央公論にたのまれて、まあ、人物評論でもやろうかと思って……自信があってやったわけでもないけど、小説は書き飽いたし、そっちをやってみようかと思って、そっちをやったり、戯曲をやったりしたんです。

世渡りの一つとして、商売替をするような気でやったんだな」。

惨憺たる述懐である。このようにして始められた「人物評論」の仕事は、大いに好評を博し、たちまち彼の仕事の中心を成すようになった。実在の人物を対象に持ち、その対象の底の知れない奥行きを、その蠢きを、澄んだ心のうちに映し出す白鳥の批評は、彼の賦性を余すところなく発揮して為されることになる。

白鳥は、十三歳でキリスト教と出会い、十八歳で洗礼を受け、二十二歳でその教えを離れた。以後、文学だけが、彼の精神に支えを貸すものだったが、四十歳になってその文学からも心が離れた。本人は、ただ文学には飽いたと言っているが、キリスト教会の教え同様に、その不確かさが、もっと言うならばその虚偽が、もはや耐えがたかったのだろう。耐えがたくするものは、彼の内なる「理想主義《イデアリスム》」である。だが、この耐えがたさをもって、なおも文業に生き続けるとは、一体いかなることか。大正十五年から『中央公論』に連載され出した彼の「文藝時評」は、そうした問いへの、まさに最初の答えとして現われた。四十六歳となった白鳥の心の奥から、ついに批評の魂が躍り出たのである。連載開始の年の七月号に「トルストイについて」が発表される。

大磯での暮らしを回想する『文壇的自叙傳』の筆遣いは、正宗白鳥という人間のどうにもならない孤独を感じさせ、ひとりの喩えようのない文人の姿を浮き彫りにしている。彼の批評文は、この孤独から生まれ、この孤独のうちに円熟したのだと言ってもよい。

「この土地では話相手は一人もなかつた。夜の町は暗くつて散歩も出来なかつた。昔の大磯全盛時代には華族富豪大官人の別荘が連なつてゐたらしく、伊藤公の滄浪閣や旅館の禱龍館の賑ひなど昔の夢を事々しく吹聴する老人もあつたが、それは田舎者の思ひ過しで、大して豪奢な世界が存在してゐたのではなかつたやうだ。私は、銷閑《せうかん》の手段がないので、小説の外に評論でも随筆でも、戯曲までもぽつりぽつり書き続けた。文壇の黄金時代であつて原稿料はます〳〵よくなり、注文も絶え間はなかつた。しかし大磯移転後は文壇人との交際は次第に疎遠になり、どの方面にも新しい友人は得られず、本当の書斎生活を続けるやうになつた。作家として成るべく現実の社会に接触してゐるのがいゝのか、離れてゐるのがいゝのか、私は自分の経験によつて判断しかねてゐるが、元来主観的であつた自分の作品は、孤独生活によつてます〳〵主観的になつたのぢやないかと推察される」。

「推察される」とは、他人事のようだが、実際、彼にとって「自分の作品」とはこのように遇されてしかるべきもの、自己自身と何かいつまでも縁の遠いものだったのだろう。自作は、読み返されもしない。ほんとうに在るのは、いかに生きるべきか、という問いに向かって張りつめた独りきりの自分の心である。

　キリスト教を棄てたキリスト者、文学という観念を毛筋ほども信じることのない文学批評者は、その信仰を決して語らない。隠しているのではなく、文字にすれば嘘になる内奥の問いの重さ、残酷さに耐えているのだ。しかし、彼の批評が頭をもたげ、起き上ってくるのは、その問いの中心部からである。その自在さ、的確、辛辣な現実主義《レアリスム》、対象に応じて働く共感の素直さ、そういうものに、まさしく素直な読者は驚嘆するだろう。

『文壇的自叙傳』が書かれた昭和十三年は、言うまでもなく日本はすでに戦争のさなか、この年に国家総動員法が公布され、好景気に乗じた文壇の隆盛などは、すっかり過去のことである。連載を閉じるにあたって、白鳥は書いている。「これからは文学社会にいゝ風が吹く世の中ではなさゝうだ」と。どの文士も世の流れに追随して食っていくのは、当たり前のことだが、「時代に順応するにしても、従来の文壇史上に見られる程度の順応振りでは追つゝけさうでない。余程の飛躍的精神力を有つた文筆の士でなければ、時代に適した態度を有つて文壇に立つて行けさうでない」。

だが、これから続く世界戦争の奔流のなかで、「時代に適した態度」で文壇に立つ文士など出ようはずもなかった。どんな時であろうとも、文学は平和の業でしかない。したがって、これからは「文壇全体が落ち目になつた見窄《みすぼ》らしさを呈しさうに、杞憂かも知れないが私には予感される」と、白鳥は書く。「これを結論として、自叙傳的文壇回顧録の筆を擱く」ことにすると。相変わらず身も蓋もない「結論」に、ほとんど呆れさせられる。が、注意して読むべきものは、そういう「結論」ではない。進行する事変のなかで、いささかも動ずることのない白鳥の心、孤独な批評の魂なのだ。

この作が、どのように締めくくられているかを読んでおこう。もはや自分の天分のみに向き合って、独りその寂寥を凝視している作者の姿が、はっきりと浮かんでいる。私には、処女作発表以前に、十円の賞金欲しさに『萬朝報』に応募した小説がひとつある、むろん、落選した。そう言って、彼は次のように書く。

「ところで、今、その時の私の応募小説を朧ろげに思ひ出すと、一篇の着眼が後年の作品と全く同じことなのだから呆れた次第だ。数十年の人生経験も文学修業も無視されてゐる如く、私の創作の特色は、二十歳の頃の最初の投書小説（それも没書にされるほどのもの）に出たまゝのもので、何十年釘づけにされたも同様に固定してゐたやうなものだ。異るのは技巧だけのやうなものであらうか。それが、五十歳を過ぎるまで小説家として大手を振つて通つて来られたから不思議なものだ。しかし、柳の下にいつも泥鰌《どぢやう》がゐる訳ではない。私は、も一度人生を初めからやり直すと仮定して空想すると、危かしい小説稼業なんか再びしようとは思はない。むしろ生物学の研究者になりたい」。

「生物学の研究者」というのは、文字通り「空想」だろう。しかし、そんな空想をして、文壇の真ん中に独り佇んでいる、白鳥という恐るべき自己批評家の天分は、空想の産物ではない。そのことが、いやというほどわかる。『文壇的自叙傳』が、傑作たるゆえんは、たとえばこうした末尾の文にも明瞭なのだ。

# 第四章　対象を持つ、ということ（その二）

## 一

小林秀雄は、正宗白鳥との「思想と実生活論争」があった前年、昭和十年一月から、『ドストエフスキイの生活』を『文學界』誌上に連載し始め、十二年の三月に完結させている。この長篇が、「歴史について」という序文を付されて創元社から刊行されたのは、昭和十四年五月のことである。連載終了から単行本刊行まで、二年以上もの年月がかかっている。この間に、白鳥は『文壇的自叙傳』を『中央公論』誌上に連載し、刊行したわけである。これらふたつの長篇評論は、ふたりの〈独身批評家〉が、それぞれの〈対象〉を生み出す時の異なる精神の緊張、別れていくその振る舞い方、分岐する天分の形といったものを、くっきりと際立たせるものになっている。

白鳥の作品が自叙伝という方途を歩いて鮮やかなのは、彼の心に入れ替わり立ち替わり、次々と映る文壇人たちの姿が、名状し難い、動かし得ない彼らの宿命を負っているように見えるからである。白鳥の心に映り、その筆を通して現われる人間は、みなそういう顔をしている。

ここには、賞讃というものが、一切ない。しかし、悪口《あっこう》も酷評もない。ただ、それぞれの人間が、滑稽でもあり、悲惨でもあり、同時に立派でもある風体をして、往き来する。そのなかを、己を曝して一番明瞭な白鳥自身の立ち姿がある。読む者は、かくの如きものが人間かと合点し、合点する心のなかを彷徨《さまよ》って立ち尽くす。

白鳥の批評が、このような形で筆を冴えさせるのは、やはり、その対象との間に実際上の付き合いがあった場合だろう。内村鑑三であれ、岩野泡鳴であれ、故人となった人の生前の面影を刻むとき、批評家白鳥の言葉の鑿《のみ》は最も冴える。戦前の『文壇的自叙傳』、戦後の『自然主義盛衰史』『内村鑑三』、白鳥の批評文学を代表するこの三作は、いずれもそうだ。

小林秀雄の場合は、どうだっただろう。昭和四年、「様々なる意匠」によって文壇登場を果たした彼は、しばらくの間、時評家として苛立たしい時期を過ごした。文壇を吹き抜ける種々の流行思潮は、言うまでもなく翻訳語を通した西洋由来のものであり、中味の覚束ないこれらの輸入品は、輸入されてみな怪しげな、混乱した舶来品になった。この世相のなかで、批評文と呼ばれていたものの多くは、吟味されようのないあやふやな翻訳語と舶来観念を乱用し、収拾のつかない仲間争いをやっている。その争いに紛れ込んで、批評原理の喪失とかいう尤もらしい危機が、意味ありげに語られたりしている。

言葉の意匠を脱いで裸になること、身ひとつの精神となって──同時代への懐疑の化身となって、〈在るもの〉の前に立つこと、「様々なる意匠」が宣言したのは、たったこれだけのことだが、小林の決意が当時の文壇人たちに引き起こした動揺や反発は小さくなかった。その状況が、彼をまことに颯爽とした、類《たぐい》ない論争家に仕向けていったことも間違いない。主義、立場、イデオロギー、何というしみったれた秩序への軽信に君たちはしがみついているか。昭和九年一月の『文藝春秋』誌に、小林はすでに書いていた。

「批評の混乱期に際して、批評家のうち誰が批評する困難を自覚してゐるか。批評界は混乱してゐる。而も批評する事は依然として容易である。さういふ珍状に僕は注意したいのだ。批評原理の喪失などといふ危機は来てゐやしない。様々な借りものの批評原理を持つた様々な批評家が争つてゐるだけである。争ひを眺めれば結構混乱ともみえよう、無秩序ともみえよう。併し争ふ各人の精神に混乱があるか。無秩序があるか」（「文学界の混乱」）。

もちろんそんなものは、薬にしたくともありはしないのである。骨身に徹しない原理に、喪失などはなく、借り物の原理を振り回す争いに、真の意味での精神の混乱や無秩序などが、訪れようはずはないのだ。訪れているのは、言葉の上の紛糾である。この紛糾は、批評文らしきものの乱造をいささかも困難にしない。

批評に本物の困難をもたらすものは、〈対象〉それ自体が持つ汲み尽くし得ない性質、あるいは、それが包む〈実在の深さ〉以外には決してない。借り物の原理を携えて、俄《にわ》かごしらえの言論界をうろつく批評は、対象というものに出会うことができない。対象の重荷を背負わない批評に、どうして困難があり得よう。

批評の対象には、実在としての汲み尽くし得ない性質が、無限のニュアンスが、それをまさにそのものとして顕われさせる不可視の運動がある。十九世紀ヨーロッパの近代批評は、対象というものについてのこの感覚から始まった。西洋のロマン主義運動とは、何よりもまず、個別への常軌を逸した情熱だった。その情熱が批評に点火すれば、アリストテレスの『詩学』以来権威を保ってきた、作品裁定の古典的な綱領や形式は、突如として何の力も持たない滑稽な教条と見えてくる。ロマン主義の波を全身にかぶってからというもの――

「批評家等は、もはや昔の様に輪郭の鮮明な文学作品を見る事が出来なくなつた。作品の背後に人間があらはれた、その人間の暮した場所があらはれた、時代があらはれた。じつとしてゐた作品は批評家等の眼前で動き出した。こゝに齎《もたら》された批評道の混乱が、今日私達の理解してゐる文学批評なるものの源なのだ。即ち西洋文学批評が、決定的に近代的な、悲劇的な姿をとつたのは今を去る百年の昔なのである」(同前)。

なぜ、近代批評は、「悲劇的な姿をとつた」のか。批評家各人が、対象の前で負った孤独のためだろう。自己の孤独な天性を賭ける以外に、作品を語り、捉え、分割する方法はなくなった。十九世紀における実験科学の目覚ましい発達は、これら近代批評家たちの個別への烈しい情熱に、矛盾しながらも、よく適合した。実験科学が引き出す法則は、ひたすらその法則が当てはまる個々の対象へと、事物へと向けられているから。ロマン主義が含んでいた実験科学への愛好、執着は、近代の文学批評が含む、文学自身への止むことなき懐疑となって成長したと言える。小林が若い日に好んだサント・ブーヴは、その典型だろう。

俄かごしらえの近代日本の論壇で、「様々なる意匠」を掲げて騒然と行動する批評家たちには、孤独も懐疑も、無秩序や混乱すらもない。彼らは、批評の〈対象〉というものを発見しておらず、発見に不可欠の感覚と魂とを備えていない。備えるだけの経験をしていない。そのような批評が、どうして人間界の創造物として、人の生に意味ある作物として育ちうるだろうか。小林が言いたいのは、このことだった。

では、批評に与えられ、強いられるほどの〈対象〉は、己のこの環境の内で、どのようにして発見されうるのか。『ドストエフスキイの生活』に序文として付された「歴史について」が、独り、全力を挙げ、解こうとしているのは、この問題である。批評のあるところには、必ずこの問題がついて回るのでなくてはならぬ。身ひとつを賭けたこの問題への回答が、常に摑まれていなくてはならないのだ。

先ほど引いた昭和九年一月の「文学界の混乱」という文章の末尾で、小林は書いている。「僕は今ドストエフスキイの全作を読みかへさうと思つてゐる。広大な深刻な実生活を活き、実生活に就いて、一言も語らなかつた作家、実生活の豊富が終つた処から文学の豊富が生れた作家、而も実生活の秘密が全作にみなぎつてゐる作家、而も又娘の手になつた、妻の手になつた、彼の実生活の記録さへ、嘘だ、嘘だと思はなければ読めぬ様な作家、かういふ作家にこそ私小説問題の一番豊富な場所があると僕は思つてゐる。出来る事ならその秘密にぶつかりたいと思つてゐる」。

ちょうど二年後に、正宗白鳥との間で交わされる「思想と実生活論争」は、すでに小林のなかでは始まっていた、そう感じさせる口吻である。ドストエフスキーという作家の背後には、まさしく「実生活の秘密」がみなぎっている。彼の全作品は、実生活の秘密を胎内とし、ついにその胎盤を脱するがごとくに産み出されてきたものだ。作品の背後に与えられる秘密の大きさは、ここでは残酷なほどに申し分ない。「その秘密にぶつかりたい」と小林は言う。全力でぶつかって試さねば摑めない己の心がある。近代以降の批評とは、そうしたものであるほかなくなったのだと、彼は得心している。

日本には、私小説という、独特の発展と変形を遂げた近代の小説形態がある。この小説形態の遠い起源が、ヨーロッパのロマン主義にあり、その後継たる写実主義《レアリスム》、自然主義《ナチユラリスム》にあることは、言うを俟たないが、根を張った土壌は、当然ながらおそろしく異なっている。撒かれた土地に産まれくる小説の行く末は、日本の近代に固有のもの、その社会に暮らす小説家たちに独特のものであるほかはなかった。そこから育った文学が、いかに貧寒とした様相を呈していようと、少なくとも私小説作家たちは、自己の現実生活という小さな、あまりにも小さな土壌の上で、嘘もごまかしもやらなかったのである。

欧化した近代の日本社会に、曲がりなりにも私小説は育ったが、それと対を成すべき「私の批評」は、果たして育っただろうか。日本の欧化がけたたましくもたらす「騒然たる夢」のあと、「私の心が私の言葉を語り始める」(「様々なる意匠」)、そのような批評が確固として出現しただろうか。してはいない。ただ、そのほとんど唯一の例外を、小林は正宗白鳥の仕事のうちに見ていたのである。『文壇的自叙傳』に対する小林のあの限りない敬意、称賛、信頼は、そのことを理解していなくては共感できないだろう。

## 二

始めに、「様々なる意匠」でなされた小林の批評家宣言を、「歴史について」は次なる段階へと推し進めている。『ドストエフスキイの生活』の巻頭に、独立して置かれたこの文章は、小林秀雄が「私の批評」を純粋に、徹底して開始するにあたり、どうあっても書き上げられねばならない第二宣言だった。ために文章の姿は、圧縮を極め、緊張に満ちている。たとえば、こうである。

「凡ては永久に過ぎ去る。誰もこれを疑ふ事は出来ないが、疑ふ振りをする事は出来る。いや何一つ過ぎ去るものはない積りでゐる事が、取りも直さず僕等が生きてゐる事だとも言へる。積りでゐるので本当はさうではない。歴史は、この積りから生れた。過ぎ去るものを、僕等は捕へて置かうと希つた。そしてこの乱暴な希ひが、さう巧く成功しない事は見易い理である」(「歴史について」)。

小林秀雄の第二の批評家宣言は、なぜ歴史哲学のような外観を取ったのか。最も手っ取り早く言うなら、彼の批評が時評風を離れ、〈古典〉となった対象に全身でぶつかるためだろう。しかし、ここで必要とされる〈古典〉という思想は、見かけよりもはるかに深く、歴史主義者の言う〈歴史〉とは、むしろはっきりと敵対している。〈歴史〉に抗して、繰り返し現在に現われるものこそが、小林の新たに求める〈古典〉だった。

宇宙の一切は、絶え間なく、永久に過ぎ去る。しかし、このことを、いつも厳しく念頭に置いているなら、人間の行動は、まったく不可能になる。私は、昨日使った湯呑で今日も茶を飲むが、それが昨日と同じ湯呑だと信じて茶を飲むのは、私の都合に過ぎない。私の湯呑と呼ばれるこの物質は、絶え間なく変化し、変質し、その一切が過ぎ去るものとして在る。にもかかわらず、「何一つ過ぎ去るものはない積りでゐる事が、取りも直さず僕等が生きてゐる事」ということだ。

言い換えれば、生きることとは、絶え間なく続く自然の変化に、安定した同一性を与えようとする生き物の行為であり、「希ひ」である。人間の世界では、この「希ひ」が言葉の助けを借りて、やがて歴史を産む。歴史を産んで、背負うのは、人間だけである。自然はその外に在って、やはり永久に流れ続けるだろう。小林の言葉で読もうか。

「自然は疑ひもなく僕等の外部に在る。少くとも、自然とは、これを一対象として僕等の精神から切離さなければ考へられないある物だ。だが、歴史が僕等の外部に在るといふ事が言へるだらうか。僕等は史料のない処に歴史を認め得ない。そして史料とは、その在るが儘の姿では、悉《ことごと》く物質である。それは人間によつて蒙つた自然の傷に過ぎず、傷たる限り、自然とは、別様の運命を辿り得ない。自然は傷を癒さうとするのに人間の手を借りやしない。岩石が風化を受ける様に、史料は絶えず湮滅してゐる。湮滅が人間の手で早められるとすれば、それは自然にとつては勿怪《もつけ》の幸ひに過ぎまい。さういふ在るが儘の史料といふものが、自然としてしか在り様がないならば、其処に自然ではなく歴史を読むのは、無論僕等の能力如何にだけ関係する。そしてこの能力は、史料といふ言葉を発明した能力と同一である他はあるまい。この能力には史料を自然の破片として感ずる事が出来ないのである。それなら、史料を自然の破片と観ずるもう一つの能力に対する或る能力があるわけで、古寺の瓦を手にする人間は、その重さを積る一方、そこに人間の姿を想ひ描く二重人なのである」（同前）。

人間がいようといまいと自然は存在し、変化している。自然科学とは、その変化に相対的な常数を見つけ出し、法則化する人間の営みである。人間は、なぜそういうことをするのか。自らが生きるため、行動するため、便利な暮らしを発明するためだろう。人は、人間の歴史に対しても同じことがしたい。その願望が、やがて必要性と感じられ、自明の理と感じられると、科学性を装った曖昧な歴史主義が幅を利かせるようになる。自然科学への、決して科学的ではない崇拝が蔓延した十九世紀ヨーロッパが、歴史主義の時代でもあり得たのは、そのためである。マルクス主義の唯物史観もまた、そうした歴史主義を温床にしている。

しかし、よく考えれば当たり前のことだが、人間がいないところに歴史はなく、歴史は人間が引き起こす出来事のかたまりである。いわゆる史料とは、こうした出来事が、たまたま物質に残した痕跡にほかならない。この痕跡は、読まれるべき意味に満ちていて、私たちを底なしの解釈の渦に引き込む。解釈を試みる者が、史料のうちにどのような常数を求めようと、起こった出来事はただ一回限りのものであって、しかも無限の意味をもって過去のうちに沈み込んでいく。

人は、科学の自然常数から、有用な生活を創り出すことはできる。だが、科学を装った歴史主義の常数から、幸福な生活を創り出すことなどは決してできない。これは、二十世紀という時代が強いた手痛い経験から、人類がすでにいやというほど学んだことではなかったか。小林は、その時代を、一貫して反・歴史主義者として生き通した。確かに、人間には「史料」という言葉が必要だ。歴史は、私たちの回想のうちに甦ることをやめない。しかし、それは有用な、何か得をする行動のために、であるか。そう思ってなされる歴史の回想は、必ず人類を不幸に導くだろう。それなら、人はなぜ歴史の回想をやめないのか。やめないことを強いられるのか。この問いに対して、小林が出す回答は、この上なくささやかで、しかも、ほとんど無二の真実を含むものだ。

「子供が死んだといふ歴史上の一事件の掛替への無さを、母親に保証するものは、彼女の悲しみの他はあるまい。どの様な場合でも、人間の理智は、物事の掛替への無さといふものに就いては、為す処を知らないからである。悲しみが深まれば深まるほど、子供の顔は明らかに見えて来る、恐らく生きてゐた時よりも明らかに。愛児のさゝやかな遺品を前にして、母親の心に、この時何事が起るかを仔細に考へれば、さういふ日常の経験の裡に、歴史に関する僕等の根本の智慧を読み取るだらう。それは歴史事実に関する根本の認識といふよりも寧ろ根本の技術だ。其処で、僕等は与へられた歴史事実を見てゐるのではなく、与へられた史料をきつかけとして、歴史事実を創つてゐるのだから。この様な智慧にとつて、歴史事実とは客観的なものでもなければ、主観的なものでもない。この様な智慧は、認識論的には曖昧だが、行為として、僕等が生きてゐるのと同様に確実である」(同前)。

主観、客観という、西洋近代の認識哲学が定着させた観念は、元はと言えば、生活上の行動に根を持っている。だからこそ、この一対の言葉は、哲学の文脈を離れ、洋の東西も超えてこんなにも一般化したのだろう。たとえば、猟師が、獣の幻を現実と取り違えていたのでは、獲物を仕留めることは覚束ない。急流を遅いと見誤る船頭は、舟を転覆させるだろう。こういう時、人は主観を去って、客観に就くことを求められる。

しかし、そういう区別は、みな一定の有用な行動が求めるもの、行動の必要が絶えず作り出すふたつの観点である。愛児を失った母親の悲しみは、そんな区別を作り出さない。悲しみの感情は、主観的だと人は言うだろうか。疑いようもなく愛児が死に、二度と還らず、紛れることのない強い悲しみに、今自分が在るということ、このことが単なる主観なのか。手の施しようもないこの事実を、わざわざ客観から切り離して、自分ひとりの心中に閉じ込めておく必要など、どこにもない。と言うより、それは誤ったことなのだ。

「客観的歴史事実」という歴史主義者の言葉は、言葉に過ぎない。科学者が物質世界に記した自然常数と同じ種類のものを、人間の生のなかに、記憶のなかに記したい、という勝手で曖昧な願望が発明した言葉に過ぎない。そうして死ぬのは、歴史そのものである。人が蘇らせるのでなければ、歴史は存在しないだろう。その時、いろいろな物質のかけらや痕跡は、遺品になり、史料になる。この際立《きわだ》って特殊な事物に入り込む極度の注意と、強い、明瞭な愛惜の念だけが、歴史事実という、言語を絶する抵抗に人を突き当たらせる。歴史中の人間が、私たちの現在に明瞭に蘇るのは、その時だけである。

「ドストエフスキイといふ歴史的人物を、蘇生させようとするに際して、僕は何等格別な野心を抱いてゐない。この素材によつて自分を語らうとは思はない、所詮自分といふものを離れられないものなら、自分を語らうとする事は、余計なといふより寧ろ有害な空想に過ぎぬ」（同前）。

小林が、こういうことを言うのは、かつて「様々なる意匠」のなかで「批評とは竟《つひ》に己れの夢を懐疑的に語る事ではないのか！」と書いた彼の言葉が、すでにいささか有名になり過ぎたせいもあるだろう。しかし、批評家が己れを語る際に生じる精神の緊張度、あるいは深さは、彼が選んだ対象によって異なる。「自分を語らうとする事」が、間違いなく「有害な空想」となるような、巨大で底の知れない対象があるのだ。しかし、批評家が最も深く己れを語り、「私の批評」なるものを極限まで行ない得るのは、そのような対象を、精神の抵抗物として、新たにはっきりと生み出した時である。

三

『ドストエフスキイの生活』は、結局どのようなやり方で書かれるか。

「僕は一定の方法に従つて歴史を書かうとは思はぬ。過去が生き生きと蘇る時、人間は自分の裡の互に異る或は互に矛盾するあらゆる能力を一杯に使つてゐる事を、日常の経験が教へてゐるからである。あらゆる史料は生きてゐた人間の蛻《もぬけ》の殻《から》に過ぎぬ。一切の蛻の殻を信用しない事も、蛻の殻を集めれば人物が出来上ると信ずる事も同じ様に容易である。立還るところは、やはり、さゝやかな遺品と深い悲しみとさへあれば、死児の顔を描くに事を欠かぬあの母親の技術より他にはない。彼女は其処で、伝記作者に必要な根本の技術の最小限度を使用してゐる。困難なのは、複雑な仕事に当つても、この最小限度の技術を常に保持して忘れぬ事である。要するに僕は邪念といふものを警戒すれば足りるのだ」（「歴史について」）。

これは、小林の批評が対象を生み出すにあたっての方法論だろうか。そう言ってもいいが、彼が書いているのは、方法を捨て去って死んだ者を蘇らせるための方法論なので、これを他のいろいろな方法論と比較してとやかく言うことは、愚かである。「邪念といふものを警戒すれば足りる」、そう覚悟を決めた人間にとって、文学界に次々と輸入されるいろいろな方法論とは、要するにみな「邪念」にほかならないからだ。

子供の死を悲しむひとりの母親に、むろん方法論などはない。悲しみでいっぱいになった彼女の心が、わずかな遺品からどれほど鮮やかな死児の姿を蘇らせるか。この姿は、主観的でも客観的でもない。死児を想いに想い、しかも有用な何事も為すすべがない彼女の心中にだけ蘇った、ひとりの人間の実在の姿そのものである。そういう実在の確実な蘇りがあることを、私たちの日常の経験は、ほんとうはよく知っている。

母親がわずかな遺品から死児を蘇らせる「最小限度の技術」、もしそこにほんの少量でも技術と言えるだけのものがあるとしたら、その技術は拡大を、深化を許すはずではないか。あらゆる意匠から離れ去った独身批評家が、自己の天性を賭けて行なうものは、そうした技術の拡大、深化以外にはない。小林は、そう言うわけである。だが、そのようにささやかな技術の拡大、深化が、一体どうすれば可能になるのか。これは、やってみなくてはわかるまい。そういうわけで、ドストエフスキーという途轍もなく複雑な、巨大な対象が、全身でぶつかってみなくてはわからない、その仕事の完遂に向けて選ばれたのである。

仕事の困難は、たとえば次のようなところに現われる。

ドストエフスキーの三十歳代終わり以降、その臨終に至るまで彼と親しく交わった友人にして哲学者のストラーホフが、作家の死後、一八八三年十一月に、トルストイに宛てて書いた手紙はよく知られている。ストラーホフがそこに長々と書き連ねていることは、ドストエフスキーという人間の悪行の塊のような本性《ほんしょう》である。小林は、この手紙を注意深く『ドストエフスキイの生活』のうちに引用し、自身の評伝に極めて陰影の濃い作家の輪郭線を描いている。

史料となる手紙が語るところでは、高名なこの作家は「意地の悪い、嫉妬深い、癖の悪い男でした。苛立《いらだた》しい昂奮のうちに一生を過して了つたと思へば、滑稽でもあり憐れでもあるが、あの意地の悪さと悧巧さとを思へば、その気にもなれません」。

続けてストラーホフは書く。私はドストエフスキーがスイスでどんなに下男を虐待したかを目のあたりに見た。耐えかねた下男は「私だつて人間だ」と大声を出した。これと似たことは、絶えず繰り返され、自分の意地の悪さを抑えられない人間の、限度を知らない乱脈が続く。他人をじっくりと嘲り、故意に怒らせては、それを楽しむ、というようなことは、日常茶飯事であった。さらに驚いた記述が続く。

「彼は好んで下劣な行為をしては、人に自慢しました。或る日、ヴィスコヴァトフが来て話した事ですが、或る女の家庭教師の手引きで、或る少女に浴室で暴行を加へた話を、彼に自慢さうに語つたさうです。動物の様な肉慾を持ち乍ら、女の美に関して、彼が何んの趣味も感情も持つてゐなかつた事に御注意願ひたい。彼の小説を読めば解る事です。作中人物で彼に一番近い人物は、『地下室の手記』の主人公、『罪と罰』のスヴィドゥリガイロフ、『悪霊』のスタヴロオギンです」。

このような手紙を引いた上で、小林は書く。

「これを書いた人間は、この小説家の臨終を看取るまで、二十年間のドストエフスキイの友であつた事を思ふ時、誰の心のうちにも、冷い風が通るであらう。こゝにあるのは、凡庸な一思想家と天才との間にある埋める事の出来ない単なる隔りか。ストラアホフの眺めたものは、ドストエフスキイの或る半面だらうか。例へば、トルストイに、良人の性格を質問された時に、ドストエフスキイの妻が答へた様に、『良人は人間の理想といふものの体現者でした。凡そ人間の飾りとなる様な、精神上、道徳上の美質を、彼は最高度に備へてゐました。個人としても、気の好い、寛大な、慈悲深い、正しい、無欲な、細かい思ひやりを持つた人でした』（一八八五年）といふ言葉も嘘ではないのだらうか」。

作家の死後、ストラーホフのなかに、親友へのこれほどの憎悪が生じた理由は、はっきりとはわからない。が、スタヴローギンのような男に『悪霊』が書けないことは、疑いない。事の真相、という言葉を使うなら、ストラーホフの言葉にそれがないことは、明らかだ。しかし、作家の妻が語るような曇りない、神さま見たような善人に『罪と罰』が書けたはずもないだろう。親友には親友に、妻には妻に、それぞれの言葉を、「嘘」を語らせた複雑な心事があったことは、言うまでもない。では、病的な賭博狂にして支離滅裂の都会生活者ドストエフスキーが、彼等と最も深く異なる点は、どこにあるのか。ドストエフスキーとは、結局どんな人間だったと言うべきなのか。この怪物について書かれる評伝が、最初に受ける試練は、当然ながらここにある。小林の答はこうである。

「それにしても、この文学創造の魔神に憑かれた作家にとつて、実生活の上での自分の性格の真相などといふものが、一体何を意味したらう。彼の伝記を読むものは、その生活の余りの乱脈に眼を見張るのであるが、乱脈を平然と生きて、何等これを統制しようとも試みなかつた様に見えるのも、恐らく文学創造の上での秩序が信じられたが為である。若し彼が秩序だつた欠点のない実生活者であつたなら、彼の文学は、あれほど力強いものとはならなかつたらう。芸術の創造には、悪魔の協力を必要とするとは、恐らく彼には自明の理であつた」(『ドストエフスキイの生活』)。

ストラーホフは、ドストエフスキーを称賛する自分の伝記を、「嫌厭すべき仕事」とトルストイに打ち明けたが、「ドストエフスキイは、遥かに嫌厭すべき仕事を仕遂げて死んだとも言へよう」(同前)。このような人間、「病者の光学」(ニーチェ)から限りない健全の価値を観じ、「豊富な生命の充溢と自信とからデカダンス本能のひそやかな働きを見下す」作家のすべてを、批評の魂はいかに受け容れ、身ひとつに湛える精神の現像液に浸して描き出すか。小林のドストエフスキー論は、まさにそのことを実例として示すためのものだった。「様々なる意匠」から十年、彼は「独身者」の批評を、この地点にまで運び上げたのである。

作家の妻の言葉やストラーホフが書いた手紙は、小林にとっての「史料」だろう。これらが文字の上で意味するところは、むろん歴然としている。しかし、これらをドストエフスキーの作品群という別の「史料」と照らし合わせる時、手紙に書かれた言葉は、小説の言葉と共に一挙に謎の回路のうちに包み込まれる。ドストエフスキーという実在の対象に向けて、繰り返し回帰するひとつの大きな記憶の回路のうちに包み込まれるのである。回路を産み出し、組織づけ、ついに新たな対象を描き出すものは、その行為に向かって緊張する批評の魂のほかにはない。

だが、この回路が包み込む「史料」が、いかに乱雑で矛盾し合うものであろうと、ここから対象を描き出す行為は、ささやかな遺品から死児の面影を生き生きと蘇らせる母親の、あの身ひとつの行為と変わりない。変わりないものとすることを、小林は固く誓い、敢行しようとしているのである。仕事は、もちろん困難を極めるものだ。しかし、「伝記作者に必要な根本の技術の最小限度」が、死児を思い出す母親の悲しみにあるとしたら、「この最小限度の技術を常に保持して忘れぬ」ことは、批評というものの、まさに死活を決める一線ではないのか。

批評は、他人事のように為される研究でも、解釈でも、理論の構築でもない。そのような外見をたまたま取ることがあるとしても、便法に過ぎない。批評とは、過ぎ去って二度と還らないものを、魂のうちに取り戻す生活者の技術である。この生活技術がなければ、人間は、ほんとうには生きていくことができない。みずからの心を保ち、太らせ、生き延びさせることができないのだ。

したがって、人が止みがたい愛惜の念とともに生活するところには、批評にとって「必要な根本の技術の最小限度」がいつもある。むろん、批評家は、この技術をどこまでも深くすること、押し拡げることはできる。が、こうした回想の技術が、その最小限度において発生させる〈核〉の外へと出て行くならば、批評は、まったく任意に（つまり、対象と無関係に）為される研究、解釈、理論の構築と同類の、埒もない知性の遊びと化してしまう。小林が、死児を思い出す母親の悲しみ、という例で語ろうとしたものは、彼自身が保持して忘れぬと誓った批評のこの〈核〉にほかならないのである。

# 第五章　批評は、いかにしてその言葉を得るのか

一

小林秀雄が、「独身者文芸批評家たる事を希ひ」（「様々なる意匠」）、その仕事の真の対象を初めて摑み取ったのが『ドストエフスキイの生活』を通してだったことは、間違いない。小林は、フランス象徴主義の影響から出発した、とはいつも語られる通説である。学生時代の愛読書がボードレール、ランボー、あるいはマラルメやヴァレリーだったからだろう。しかし、独身批評家として立った小林の最も重要な最初の〈対象〉が、決してフランスの近代詩人たちではなく、十九世紀ロシアの小説家だったということは、よくよく考えられていい。

小林の言葉の端々を追っていくと、ドストエフスキーとの震撼させられるような邂逅は、彼が文壇登場を果たしたあとのことだったと思われる。流行りの意匠すべてを投げ捨てて、身ひとつで世に躍り出た独身批評家が、さて何を取り上げるのか、何に全力でぶつかれば、批評に賭ける自己の筆力は根底から鍛えられるのか。「様々なる意匠」から『ドストエフスキイの生活』完成に至る十年間に、小林が書いたあの苛立たし気な時評文の類を読むと、この課題によ

って、彼がどれほど苦しめられていたかが、よくわかる。その小林が、最初の〈対象〉として選んだ人物が、どのフランス人でもなく、ドストエフスキーだった理由は、よく読めば彼自身が『ドストエフスキイの生活』のなかで実にはっきりと書いている。少し長くなるが、引いてみようか。

「ドストエフスキイに限らず、当時のロシヤの作家達は決して小説らしい小説が書ける様な円熟した社会の住人ではなかつた。メレジコフスキイが言ふ小説らしい小説『戦争と平和』や『アンナ・カレニナ』を書いたトルストイにしても、その全生涯を眺めれば、やはり混沌として成育を続ける世紀の児である。ヘルツェンの所謂『蜥蜴《とかげ》の眼を持つた野蛮人』である。ゴンクウル兄弟やドオデエやフロオベルのパリは、同じ時代でも全く別の世界であつた。既にアナトオル・フランスの出現を予想出来た様な、専門化され精錬されたパリの文学的世界は、当時のロシヤの作家達には到底手の届かぬ処にあつた。ロシヤに於ける文学的伝統の欠如は、ドストエフスキイに、『ロシヤ語で文学を書くくらゐ困難な仕事はあるまい』と嘆息させたが、又この困難が、ロシヤの作家達を文学の為の文学から救つてゐたのである。伝統の欠如は、芸術家とか文士とかいふ人間の社会的な型が容易に固定するのを許さなかつた。作家等は、文学といふ面紗《ヴエール》の裏で安心する事が難かしかつた。

例へばリアリズムの手法にしても、フランスに先んじて、ゴオゴリの天才によつて、その甚だ見事な形式が捕へられたのだが、ゴオゴリ自身の生涯が語つてゐる通り、如何に生くべきかといふ文学以前の問題が、彼の文学を乗越えて了つた。その後、リアリズムの手法を審美的に徹底させたフロオベルや科学的に確立したゾラの様な文学者の存在を許す社会環境は、この国の作家達を見舞はなかつたのである。ツァアの専政は政治上の野心を全く抑圧してゐたし、工業資本の未発達は、実業家の野望を挑発するに至らなかつたし、智的表現の分野は未だ混沌として、有為のインテリゲンチャは、外来思想の影響による精神の焦躁の排け口を、只管《ひたすら》文学に求めた様な時、芸術が作家等を酔はせる筈がなかつた。象牙の塔がこの未熟な苛酷な社会に建てられる筈はなかつたのである」。

ここで小林が書いていることは、みな彼自身に当てはまる。近代日本という未熟な、滑稽でも悲惨でもある社会環境のなかに輸入された「文学」だの「芸術」だのというヨーロッパの諸観念、どうしてそんなものにほんとうに酔うことなどができようか。むろん、若い小林の心は、それらの諸観念に捕らえられる。が、その心は、すぐにそれらをはみ出し、乗り越えてしまって「如何に生くべきかといふ文学以前の問題」が猛然と彼を襲う。

ロシアと日本とは、もちろん大きく異なる。皇帝を取り巻く貴族社会と果てしない凍土に拡がり棲む農奴（ナロード）よりほかなかった長いロシアの歴史には、受け継ぐべき文化の蓄積も、否定すべき固有の伝統もなかった。この土地の政治的近代化がもたらした「インテリゲンチャ」というあやふやな階級は、輸入されるヨーロッパ文化の波に呑まれて混乱し、方途を失くした。母語による文学や思想の創造は、こうした観念の嵐のなかで一から行なわれるしかなかった。

反対に、日本では、江戸末期までに蓄積された文化の伝統は、すでに身動きがつきかねるほどの厚みを持っていたと言える。日本の知識層の苦しみは、この厚み一切との急激な絶縁が始めになければ、西洋近代の輸入は不可能だったことだ。輸入する社会は、異言語の翻訳と借り物の制度にすべてを負っている。これまでの漢語、和語の体系をもって、ヨーロッパ近代の文学、芸術、思想を迎え撃ち、掌握することなど思いも寄らない。やれば、必ずそれは、奇妙に日本化した。たとえば、フローベール、モーパッサンらのフランス近代小説は、日本に輸入さ れれば、たちまち自然主義作家たちの私小説に変質した。彼らが、成熟した近代社会をその環境として持ち得ず、その社会を往き来して蠢く諸個人を活写したりなどできなかったことは、ロシア作家たちの場合と変わりがない。「如何に生くべきかといふ文学以前の問題」、明治の自然主義作家たちが入り込んで行ったのも、経緯は異なるが、やはりこの路だったのだ。

　小林の言葉をもう少し引こう。

「問題小説（Roman à thèse）といふ言葉があるが、ロシヤの十九世紀の小説が、問題小説の強い傾向を帯びてゐるのは、この故である。チェルヌィシェフスキイやヘルツェンの小説は言ふまでもない事だが、ツルゲネフの小説にさへこの色調は明らかに感じられる。ドストエフスキイの作品は、問題小説が独得の発展を示したもので、その強い哲学的傾向も、半ば作者の資質に負ふとともに、半ば未だ芸術から独立した哲学の伝統を持たなかつた、この国の文化に負つてゐる。いかに生くべきかといふ文学以前の問題の強制によつて行はれた、彼の文学の驚くべき歪みを語つてゐるのである」（『ドストエフスキイの生活』）。

　哲学、芸術、文学、宗教、これらのものが西欧におけるような分離をまったく示さない文明は、世界中いたるところにあった。これらの文明が、西洋近代をいかに迎え入れ、それと闘い、各自の自己変革を成し遂げたか、このことを考えずには、ロシア近代小説への日本人の強い共感は理解できない。日本の文士たちのなかには、そこに書かれていることを、まさに我がことのように受け止め、内面化し、「いかに生くべきかといふ文学以前の問題」を、ロシア作家の力を通して創り出した者たちがいた。

もちろん、日本の自然主義小説は、ロシアの近代小説とはまた異なる仕方で、驚くべき歪みを持った。それぞれが負う歴史、社会、伝統を考えれば、異なるのは、当たり前のことだろう。しかし、見逃してはならない唯ひとつの共通性がある。それは、小説という近代ヨーロッパのいたって市民的な器が、ロシアでも日本でも、己《おのれ》が、この私が、いかに生きるべきかの問いを醸成し、純化するための、現実社会から絶縁した異様な器となったことである。日本の「私小説」とは、まさにその器であった。

その「私小説」から、批評家の道へと進んだ正宗白鳥が、トルストイに対して抱いていた、あの余人の介入を許さない、度はずれた敬意は、そうした背景に因っていると言える。ドストエフスキーの小説が、小林秀雄の批評の魂を根底から熱するのも、そのためである。白鳥と小林との間に起こった「思想と実生活論争」も、ロシア文学に対する彼らふたりの常軌を逸するほどの共鳴なしには、あんなにも烈しい、真剣な応酬とはならなかっただろう。

白鳥は、明治四十年代から自然主義作家の名声を得、大正十五年一月に『中央公論』で「文藝時評」の連載を開始するまで、私小説の書き手としてひたすら文業を練り続けた。彼の批評文は、日本の「私小説」というもの自体が、本質として含んでいた内省、孤立した観察、容赦ない自己批評を土壌として咲いた思想的散文の花である。が、並み居る自然主義作家たちのなかで、白鳥だけが、「私小説」という日本独自の畑に、際立って純粋な批評文の花を咲かせ得たことについては、また格別の考察が要るだろう。

ともあれ、若い小林が喧嘩を売ったのは、その花のあんまり見事な咲きっぷりに対してだったと言っていい。何事も過ぎれば仇《あだ》となる。批評家、白鳥の筆が、自然主義作家らしい冴えを見せ過ぎる時、偉大なものを正しく遇する態度は失われ、対象は凡人の鏡にしかならない。世界からその人道思想を、偉人振りを称賛されるトルストイも、一皮むけばただの人、山の神が怖くてこそこそ家出をし、挙句の果てには駅舎で野垂れ死にをする。人生の真相を鏡にかけて見るが如しではないか、ああ我が敬愛するトルストイ翁！　こんな言葉に、いったい批評家のどんな面目が、生き甲斐があるというのか。小林は、そう言いたかった。

論争から十一年ほどを経て、河上徹太郎が書いた「正宗白鳥」（昭和二十二年）では、白鳥と小林とは、根底では類似しているふたりの理想主義者として論じられている。トルストイの家出をめぐる彼らの言い争いは「同一問題に対する関心と、そこに現れる気質の相違から起つた典型的論争であつた。即ち結局両方で同じ現実を逆の理論から討論したのであり、しかもそれが言葉の上の水掛論とはならないで、共に夫々論者の思想を明確にすると共に、当の問題を意義づけてゆくといふ、勝負のない癖にやつて無益でない論争であつた」。

論争の詳細については、すでに述べた通りだ。ここで、大事なのは、彼らの間の「気質の相違」は、それが表わす文の相違、そのふたつの呼吸、ふたつの運動のリズムに深く関わってくるということではないか。批評が、その対象を真に創造するのは、それを可能にさせる文体の創造を通してでしかない。白鳥の批評文を開花させた土壌が、「私小説」と呼ばれる文章の営々とした堆積だったとすれば、それに対する小林流のあの批評文のスタイルは、いったい何をきっかけに、どこから生れてきたものなのだろうか。導かれてゆくのは、当然この問いである。

## 二

河上徹太郎が、岩野泡鳴について、戦前と戦後に書いたふたつの文章は、この問いに対して実に大いなる光を投げかけてくれるように思う。河上は、まだ二十歳ばかりの学生の頃、岩野泡鳴訳のアーサー・シモンズ『表象派の文学運動』（一八九九年）を、古本屋でたまたま買い、読んでたちまちこれに心をさらわれる。この翻訳書は、大正二年刊行、泡鳴四十歳の折の仕事であった。以下は、昭和九年に書かれた河上の回想である。

「神田あたりの古本屋で定価の倍以上の値段で買つてきて、大切な言葉は殆ど皆暗記する位耽読したものだ。しかもその耽溺は、只ここに人生や宇宙の理解に関して他に比ぶべくもない深いものを感得したからといふだけでは足りない。当時他の如何なるものにも慊《あきた》らなかつた私にとつて、丁度渇望してゐた言葉の世界がここに与へられたからなのであつた。在来の書が結局現実をなぞつてゐるだけであるのに対し、この書は現実の急所を美事に突きあててこれを独自の世界に表現してゐるのであつた。私の偏執に満ちた魂は、水溜りから深みへ放たれた魚のやうに、ここに初めて胸一杯呼吸をした。この書は、私にとつて知ることを教へた唯一のものであつたばかりではない。私に初めて語ることを教へたのだ。いつて見れば、私は最も決定的な時機に、正にこの書によつて形成されたのであつた。当時私の交友は、只小林秀雄、中原中也の二人に限られてゐた。三人は専らこの書の語彙を以て会話をした。思へば、ドストエフスキーでいへば『地下室の時代』にも当る、暗澹たる、然し幻影に恵まれた時代であつた」(「岩野泡鳴」、昭和九年)。

若年期には、いろいろなものに進んで傾倒し、藪から棒に陶酔するものだが、ここに書かれていることは、そうしたありふれた経験ではない。河上は言っているではないか、私はこの翻訳書によって何事かを知らされただけではない、胸一杯に呼吸して語る術を、天地の間に独り息づくことを許す〈批評の言葉〉を与えられたのだと。それによって何を語るのか。もちろん、己自身の「偏執に満ちた魂」を、その時まで語り難い震えとしてあった批評の魂を語るのである。

しかも、岩野泡鳴が創り出したこの翻訳の言葉は、河上、小林、中原の三人によって、異様な集中のうちに共有された。彼ら三人は、「この書の語彙を以て会話をした」。したがって、「最も決定的な時機に、正にこの書によつて形成された」のは、河上だけではない。小林も中原もそうだったと考えていいだろう。河上の文章を信じるなら、そういうことになる。続けて、河上は書いている。

「その後暫くたつてから、私はシモンズの原書を手に入れたので読返して見た。この書は今に至る迄私が座右を離さず愛読してゐる文芸評論の一つであるが、この時には泡鳴の訳で読んだ時のやうな魅力は感じられなかつた。それには私の中にある偏執が薄らいでゐたせゐもある。然しそれにしても、泡鳴の訳書があんなに私を陶酔と眩暈の中に陥れ、私の今迄の生涯の中で最も大きな転身をなさしめた所以は何であらうか？　事毎に分析したがる私も、この一事に対しては無力であり、従順である。それについて私は今何もいへない」(同前)。

こう書いた河上は、昭和三十四年の「岩野泡鳴」でも、やはり同じ事実を、あったがままに記している。二十五年を経た後にも、河上の批評は、やはり「この一事に対しては無力であり、従順である」ことをやめられなかったのだ。しかも、いよいよはっきりとしてきたことは、若い河上を——そうしておそらくは小林、中原を——「陶酔と眩暈の中に陥れ」たものが、シモンズのあれこれの説ではなく、泡鳴による翻訳の言葉だったということである。昭和三十四年に、河上は書いている。

「この翻訳は何しろ独特の文章構成法と語彙を持つてゐて忘れられないのだが、私は、二十そこそこでこれを読んで魅了され、ちやうど自分が憧れてゐた世界がそこに現されてゐるのを、正しくこの文体によつて理解したのだから、青春の偏執といふものは恐ろしいものである。私は本書によつてボードレールやヴェルレーヌの世界に手引されたのだが、しかも同時に泡鳴といふ人も本書から描き出して親しんだのだつた。そしてそれは今考へても誤つてゐないと信ずる」(「岩野泡鳴」、昭和三十四年)。

岩野泡鳴は、自然主義作家の代表のごとく振る舞いながら、その派をはるかに逸脱する独特の文学描写論を、表現の哲学をしきりに鼓吹した人である。常に意気軒高とした彼の精神力は、死ぬまで衰えなかったが、その論法の独り相撲風な難解さに辟易とした人は多く、文壇人への影響は、後に書かれ出す白鳥の批評文と比べるなら、ほとんどなかったと言っていいだろう。

その泡鳴の書きっぷりが、アーサー・シモンズのヨーロッパ的明察と正面からぶつかり、四つに組んで力技で押し切ったとでも言おうか、『表象派の文学運動』は、一種異様な日本語散文の世界を現出させていた。この言語世界は、泡鳴の人間を、その孤立し、緊張した精神の態勢を、彼自身のどの論文よりもよく表わしている。少なくとも、河上はそう感じるわけである。「その証拠に私は泡鳴の訳文によつて二三引用して見よう」（同前）と彼は言い、たとえば、ランボーに関する次のような一節を持ち出してくる。

「ランボの秘密は、思ふに、且つ渠《かれ》が何故に文学に於ける無比の事を事実通り成就し、それからまた静かに消えて東洋の一伝説となり得たかの理由は、乃ち、渠の精神が芸術家の精神でなく、実行家のであつたことだ。渠は夢想家であつたが、すべてその夢想は発見であつた。渠には渠の気分の同一行為として、短曲『母韻』（Voyelles）を書き、またアラビヤ人と象牙並に乳香の取り引きをした。渠はその生活の瞬間毎に渠の全力を尽して生活し、確信を以ってその身をその身に溺沈したのだが、それが同時に渠の強み並に（事物を絶対的でなく観察すれば）弱点であつた」（『表象派の文学運動』）。

文の呼吸、抑揚、運動のリズムは、小林秀雄が、大正十五年に『仏蘭西文学研究』に寄せた

「人生斫断家《しやくだん》アルチュル・ランボオ」(後に「ランボオI」と改題)にびっくりするほどよく似ている。似ているだけでなく、二十四歳の小林の筆は、泡鳴の颯爽としているか、ぎくしゃくしているかわからぬ文体を研ぎ直し、ほとんど完成させていると言っていいくらいなのだ。それは、たとえばこうである。

「蓋《けだ》し、こゝにランボオの問題が在る。十九歳で文学的自殺を遂行したランボオは芸術家の魂を持つてゐなかつた、彼の精神は実行家の精神であつた、彼にとつて詩作は象牙の取引と何等異る処はなかつた、とも言へるであらう。然しかゝる論理が彼の作品を前にして泡沫に過ぎない所以《ゆゑん》は何か。吾々は彼の絶作『地獄の一季節』の魔力が、この作品後、彼が若し一行でも書く事をしたらこの作は諒解出来ないものとなると言ふ事実にある事を忘れてはならない。彼は、無礼にも禁制の扉を開け放つて宿命を引摺り出した。然し彼は言ふ。『私は、絶え入らうとして死刑執行人等を呼んだ、彼等の小銃の銃尾に嚙み附く為に』と。彼は、逃走する美神を、自意識の背後から傍観したのではない。彼は美神を捕へて刺違へたのである。恐らく此処に極点の文学がある」(「ランボオI」)。

ランボーには「芸術家の魂」はなく、あったのは「実行家の精神」だったこと、彼には詩作と象牙の取り引きとはまったく同列の行為にほかならなかったこと、この断言を小林はシモンズから引き継ぐ。しかし、『地獄の一季節』を見るがよい。このあと、彼が一行でも詩作したとすれば、この詩句の存在は諒解不可能になるだろう。詩人は、その詩作を彼の「宿命」を以て為すことができる。彼が、もしその背後の宿命を振り返り、自意識の眼で見つめたら、彼に詩をもたらす美神はたちまち逃げ去る。

ところが、ランボーの「実行家の精神」は、無礼にもその「宿命」を無意識の闇から引きずり出した。美神は逃走を始めた。彼は、その美神の後ろ髪を摑んで引き戻し、望み通りこれと刺し違えた。美神は死に、詩人も死に、「極点の文学」と放浪の象牙商人とが残った。それがランボーの「文学的自殺」という、一回限りの行為の意味である。

小林のこの洞察は、シモンズの論を大きく凌いでいる。少なくとも、ランボーによる文学の放棄を生々しく語り得ている。が、遂に語り得たその言葉は、シモンズを通して創造された岩野泡鳴の日本語散文に根を持っているのだ。小林、泡鳴、シモンズの三者関係は、ここではなるほど、まことに微妙なものだが、小林自身のなかで起こっているのは、簡単明瞭な出来事だっただろう。彼は、耽読して諳《そら》んじた泡鳴の散文世界を一挙に突き破り、そこで己の言葉を書く態勢を摑んだのである。

三

河上徹太郎は、岩野泡鳴の文体による自己発見、自己形成を、正直に、ありのままに書き、そこに何らの注釈も加えようとはしなかった。注釈は不可能であるほど、泡鳴からの感化は河上の中心部に喰い込んでいたのだろう。小林秀雄はと言うと、彼はそのことを、なぜか一切口にしていない。泡鳴などは、まるで眼中になかったかのように、である。ところが、これは誰でも感じることだと思うが、泡鳴の語調を受け継いでいる度合は、河上よりも小林のほうがずっと強いのである。

ところで、河上は、昭和三十四年の泡鳴論では、彼が唱えた「一元描写論」について、ある程度踏み込んだ考察を加えている。泡鳴は、余人には理解しにくいさまざまな主義主張（たとえば「半獣主義」「刹那哲学」「日本主義」など）を、元気よくばら撒いていった人だが、そのなかで一番中心を成すものが、この「一元描写論」だと河上は見る。これ以外の理論は、ここからの派生物、彼の才を以て言い出せば幾らでも増やせる派生物にほかならないというわけである。

泡鳴は、みずからが唱える「一元描写」を、自作の小説でやってみせようとした。『断橋』に代表される、「田村義雄」が主人公となる一連の作などはそうである。重要なのは、それがどれくらい成功したかではない。彼が、「一元描写」という文学方法を、己《おのれ》一身がいかに生きるべきか、という問題そのものに同化させていること、このことが、河上を泡鳴の小説に強く引き寄せるのである。

河上は言う。「「一元描写」とは、「それは彼の文章が、彼の生きてゐる呼吸とぴつたり合ふといふことに外ならない。この簡単だけどむつかしいことが彼の念願であり、この信念を主張し説得するために千万言費して、霊肉一致だとか、刹那主義だとかいつてゐるのである。思想と生活の一致といふことはよくいはれるが、彼程見事にそれを実現した文学者はなかつた。否、彼は一つの情念《パッション》が行為となつて外へ現れねば、それが思想といふ名をもつて呼ばれないといふ自動装置みたいなものを身につけてゐた」（「岩野泡鳴」）。

「一元描写」でないものには、どんな描写があるのか。簡単に言えば、諸対象を同一平面上の遠近法で描き分けるいろいろな客観描写がある。が、そういう客観は、閉じた主観の裏返しであって、自然主義の私小説が、多くの場合〈私〉による対象の未熟な概念化しかできないのは、そのためである。「一元描写」は、単なる主観描写では決してない、一身に開かれる活眼のうちに、主観、客観の区別を燃え尽きさせる烈しい行為である。それは、対象を対象自身の持続、生成、運動のうちで捉えようとする。対象の現在は、それが負う一切の過去と共に、またそれが向かう未来への生きた傾斜と共に描かれる。泡鳴の言う「刹那主義」とは、瞬間のうちに持続の永遠を一挙に観る態度でもあった。

河上は、泡鳴のこうした「一元描写論」には「広義の道徳的意味」が含まれていたと見る。なぜ、「道徳的」なのか。ことは、文学の問題を超え、人が文を以て生きるとは何か、という熾烈な問いに発展しているからだ。外来の思想や方法を、観念の意匠として纏うだけなら、人はどんなことでも任意に言い募ることができる。その任意さを、自由と取り違えて。ところが、意匠に身を委ねた人間たちの口達者は、自由とはまるで別のものである。彼らほど、通念化したさまざまな言葉の奴隷となり、生きる自由と緊張とを失った者たちはいない。

そう考えるなら、泡鳴の「一元描写論」とは、文学の言葉が、我が身ひとつの、全力を注いだ〈単純な行為〉であること、ただこのことのいたって不器用な、また誠実な説明だったということがわかる。不器用なのは致し方ない。誰が文学のこの「道徳的意味」を、巧みに、遺漏なく語り得るだろうか。

泡鳴にとっては、こうした「一元描写」の働きは、小説中であろうと批評文中であろうと、意志すれば遺憾なく発揮されるものだった。この方法は、小説においてはその作中人物を、批評文においてはその対象を、それらが在る具体的な〈時〉のただなかで生動させうるだろう。

しかし、このような自前の描写理論を、批評文のなかでくどくどと述べる泡鳴の言葉は、贔屓《ひいき》目に見てもあんまり面白いものではない。彼の「一元描写」が最も活きたのは、彼にそっくりな主人公「田村義雄」が登場する一連の小説のなかだったと言っていい。若い河上を動かした〈批評の言葉〉は、その内側深くに潜んでいて、それはアーサー・シモンズの『表象派の文学運動』を翻訳する一種異様な言い回しのなかでこそ完全に爆発している。不思議にも、そういうことが起こったのである。たとえば、この本で描かれるヴェルレーヌの肖像は、これを翻訳する泡鳴その人の恐るべき自画像となって、眼も眩むばかりに反射してくる。その訳文の生々しい有りようを見てみようか。

「すべて渠［ヴェルレーヌ］の苦痛、不幸、並に禍ひ、乃ち、一生渠に歩一歩従つたものに遭遇しては、僕は思ふに、人としてあつても稀れだ、その生活から得るところがさう多く、若しくはその生活振りがさう十分、さう強烈に、生きることの為めにこのやうな天才を以つてしたものは。そこが、実に、渠の一大詩人であつた所以だ。ヹルレンは人としてすべての刹那にその十分な価値を与へた者、すべての刹那からその刹那が渠に与ふべきあらゆる物を得た者だ。これは常ならず、屢々ならず、多分、楽しみであつた。が、エネルギ、一有性者の活力、乃ち、常に受けては又尽しつつ、決して休息せず、決して所動的、若しくは無頓着、若しくは不決断ではなかつたものだ。僕に取つて出来難いのは、渠を知らなかつた人々に渠が如何に誠実であつたかと云ふ観念を伝へることだ。『誠実』なる語は、思ふに、これが他の人々のことで云へば全く十分であつても、これをこの一人に関して云へば、その保つ力がまだ十分ではない。渠は罪を犯したが、渠の人情全部を以つてだ。渠は後悔した、そして渠の霊魂全部を以つてだ。そしてその日のすべての事件に、精神のすべての情調に、創造的本能のすべての衝動に、渠は同じ無比の鋭敏感覚を持つて行《い》つた」（『表象派の文学運動』）。

以上の訳文を引用したあとで、河上は言う「これを写しながら私は、これがちやうど私の書き得る泡鳴論の最も肝要な部分だとまで思つたのであつた」と。ヴェルレーヌを論じるシモンズの英語原文は、訳者、泡鳴自身を表わす批評の原液のような日本語文となって絞り出された。ここで為された跳躍には、西洋文学の輸入とか、移植とかといったことをはるかに超えた問題が秘められている。

そのことは、泡鳴自身が「訳者の序」のなかで、彼一流の激越な語調をもって述べている。「書中に論じてあるのは、すべて詩人若しくは小説家だが、著者が自白してゐる通り、問題は文学的よりも寧ろ新哲学、新人生観に向つてゐる。この書を読んだものにしておのれの人生観、処世観、若しくは常識観を一新し得ないものがあるなら、その人は無神経でなければ愚鈍、愚鈍でなければ実際の白痴であらう」。すなわち、この書をただ文芸評論としてのみ読んで通り過ぎる人は、知識を入れて一切を解し得ない人、何事をも己《おのれ》一身のうちには感得できない人である。泡鳴はそう言いたいわけだが、さて、彼の注文通りの読者が、河上、小林、中原の三人以外に、一体どれほどいたのかは疑わしい。

シモンズにとって、サンボリスムという極度にヨーロッパ的な文学動向が、単に作品としての詩や小説の技法問題を超えていたのは、ほかでもないサンボリストたち自身が、文学言語というものを、実在する宇宙の純粋な表現、その等価物にまで高めようと骨身を削っていたからである。泡鳴の訳業が、サンボリスムという言葉のなかに叩き込んだ烈しい理想主義《イデアリスム》は、文学を超えるというよりは、それよりはるか以前のもの、いかに生きるべきか、という日本式自然主義作家の沸騰する問いとしてあったものだ。サンボリスムが、その問いに応えきらないと見た時には、彼は遠慮なく西欧のサンボリストたちを批判した。自分の読みたいものがない時には、相手が誰であろうと断乎としてその欠落を批判したのである。

泡鳴のその気迫が『表象派の文学運動』という奇怪な訳書の文体を造っている。河上徹太郎を、小林秀雄を、言わば〈文学以前〉の批評家として最初に形成したものは、このような精神の翻訳行為が持っていた得体の知れない跳躍力、爆発力ではなかっただろうか。河上のふたつの泡鳴論は、そのことをはっきりと告白しているのである。

明治の近代小説が、成熟した近代社会を持たず、西欧が醸成させた市民意識を明確な土台にできなかったことは、いかに生きるべきか、という文学以前の裸の問いに苦しむ作家たちを幾人も生んだ。「私小説」という日本独自の歪みをもって生き延びた文学領域は、絶えずその「人生観、処世観、若しくは常識観を一新し」ようとしてもがく作家たちが、やむを得ず発明した器だった。正宗白鳥の批評の風格は、私小説が内包していたその方向の驚くべき純化の上に現われている。

同じく、私小説の器から出発し、その方法の極大の可能性（彼の「一元描写論」はそれを説いている）に向かおうとした岩野泡鳴もまた、いかに生きるべきかの問いとは無関係に、どのような文業も為すことができなかった。そうした苦しみのなかで、彼が創り出したあの切迫した翻訳文の異様な熱は、河上、小林の批評の魂を揺り動かし、おそらく、それに最初の強い作動機構を、言い換えれば肉体をもたらしたのである。

# 第六章　一身にして二生を経ること

一

トルストイであれドストエフスキーであれ、ロシアの近代作家は、自国の文学、思想が曝す途方もない伝統の欠如に苦しんだ人々である。日本の場合はどうだろう。言文一致をまったく新たに目指した明治の作家たちは、むしろ、棄てても、棄てても付き纏う自国の伝統の根深さに苦しんだと言える。伝統とは、そうしたものにほかならないから。ロシアと日本に共通していたのは、西欧近代という、外部から強いられた絶対の所与があったということだ。西欧に倣い、西欧と肩を並べていくことは、決して後戻りのできない道として眼の前に続いていた。

嫌って棄てることも、好み次第に作り替えることもできないものでなければ、文化の伝統とは言えない。近代日本が取り入れた西欧の文学は、あるいは哲学とか人文の諸学とかいったものは、日本の伝統から来る固有の歪みを持つことなしには成り立たなかった。これは、当然なことだ。その歪みを抱えたまま、近代化は進み、やがて独特に近代化したその状況が、今度は過去からの伝統を避け難く歪めていく。近代化した日本からの、〈古典〉の再解釈、というようなことが、明治の末期からしきりと起こってくる。昭和に入ってからの大陸との近代戦争は、そのような再解釈をしきりと援用しつつ続行されたと言える。やがてその近代戦は、欧米との全面戦争に突入していく。

日米開戦の年の昭和十六年、小林秀雄は三木清と『文藝』誌上で「実験的精神」と題する対談を行なっている。ここで言われる「実験的精神」とは、事実に、物に、直接ぶつかって、そこから何事かを摑む精神のことである。そういう精神が、人間の文明から退場して久しい。たとえば、パスカルにはそういうところ、「ものを考える原始人みたいなところがある。何かに率直に驚いて、すぐそこから真っすぐに考えはじめるというようなところがある」（小林）。だから、我々が『パンセ』を読む時、フランス文化についての教養などは抜きにしても、直《じか》に伝わるものがあるのだと。

物に直に向き合って思考を始めることは、近代科学の出発点にあった。その意味で、ガリレオもニュートンもデカルトもパスカルも、本の知識など必要としない野人だった。が、彼らが拓いた近代は、西欧の近代社会に知識人という、本なしでは何事も語れない、物への感覚をすっかり喪失した人間の類型を作った。この病んだ類型は、明治以降の日本にも輸入され、おなじみの近代的インテリをたくさん生んだ。西欧に寄りかかり、ほそぼそと生きる日本流のインテリを。

本なしでは何事も語れない人間には、野人が書いた本を正確かつ親身に、つまり、あるがままに読むことができない。三木は言う。「近代人の弱さというのは、新聞を読むね。新聞に出ているとことで自分に関することはたいてい嘘が書いてある。それだのに、ひとの事が出ていると誰でもそれを信ずる。そういうところに近代人の欠陥がある。ものにぶつかって究めるということが少いわけなんだね」。そういう調子で、やたらにたくさんの本を読めばどうなるか。すべては他人事のように理解され、説明づけられ、空疎な知識を並べ立てるばかりの議論という名のお喋りが、益体《やくたい》もなく続く。この種の人間を、教養のある人とは、お世辞にも呼べまい。

ここで、小林は、福澤諭吉が明治八年に『文明論之概略』で述べた言葉を持ち出してくる。その「緒言」で、福澤は「こういう事を言っている。現代の日本文明というものは、一人にして両身あるがごとき文明だ、つまり過去の文明と新しい文明を一つの身にもっておる、一生にして二生を持つが如き事をやっている、そういう経験は西洋人にはわからん、現代の日本人だけがもっている実際の経験だというのだよ。そういう経験をもったということは、われわれのチャンスであるというのだ。そういうチャンスは利用しなくちゃいかん。だから俺はそれを利用し、文明論を書く、と言うのだ。西洋人が日本を見る時にはどうしても空想的に見るけれども、日本人は一身で西洋文明と自分の過去の文明と二つ実験している。だから、議論は、西洋人より確実たらざるを得ない。そういうチャンスを利用して俺は文明論というものを論じる。そういう立場から論じているだろう。あの人は……。そういうのが「君の言う」実証精神だろう」。

「そうだ」と三木が応える。小林は続ける。実証的方法とやらを使って対象を扱うのが実証精神なんじゃない。「自分が現に生きている立場、自分の特殊の立場が学問をやる時に先ず見えていなくちゃならぬ。俺は現にこういう特殊な立場に立っているんだということが学問の切掛けにならなければいけないのじゃないか。そういうふうな処が今の学者にないことが駄目なのだ」。

日本を棄て、西洋を取る欧化主義も、西洋を排して、日本を取る国粋主義も、あるいはその他もろもろの折衷主義も、ただ言葉で論じられるだけの空想に過ぎない。現に在るのは、「一生にして二生を持つが如き事」を、骨の髄まで強いられたこの自分の身ではないのか。あらゆる人間は、その身をもって「特殊な立場」に生きることしかできない。学問とは、その特殊を、生身で乗り切る方途以外のものではない。学問の活路は、「チャンス」は、ほんとうは、そこだけにある。その当たり前の覚悟が、大学に雇われたほとんどの学者にないことが駄目なのだと、小林は言っているのである。

「恰《あたか》も一身にして二生を経るが如く一人にして両身あるが如し」という福澤の言葉は、小林の心をよほど強く捕らえたものだろう。三木との対談から二十一年を経た、昭和三十七年の「福澤諭吉」でも、小林は同じ文を引きながら、書いている。

「西洋の学者は、既に体を成した文明のうちにあつて、他国の有様を臆測推量する事しか出来ないが、我が学者は、そのやうな曖昧な事ではなく、異常な過渡期に生きてゐる御蔭で、自己がなした旧文明の経験によつて、学び知つた新文明を照らす事が出来る。この『実験の一事』が、福澤に言はせれば『今の一世を過ぐれば、決して再び得べからざる』『僥倖』なのである」。

西洋の学者がアジア、日本の文明を何と評そうと、そういう言葉は、みな他人事に関わっていて、皮相でなければ滑稽、滑稽でなければ暗愚である。我らにとって西洋は、そういうものではあるまい。それは、喉元に突き付けられた剣の切っ先のようなものだ。この状況を制して、真に生き延びるには、切っ先の性質を見極めるほかはない。「旧文明の経験」の総力を挙げて、襲いかかる「新文明」を取り押さえるしかないのである。その「旧文明」とは、日本人がおよそ十五世紀をかけて血肉化した大陸の漢字文明だろう。私たちは、まだこれを、今日現在のこととしてはっきりと身につけている。その眼から、「新文明」の正体を見極めることができる。何という「僥倖」であろうか。

　福澤は言う。「二生相比し両身相較し、其前生前身に得たるものを以て之を今生今身に得たる西洋の文明に照らして、其形影の互に反射するを見ば果して何の観を為す可きや。其議論必ず確実ならざるを得ざるなり」（『文明論之概略』）。

　明治の日本が洋学に進む、ということは、任意な選択ではない、もはや活路はそこにしかない、という意味だ。福澤は、そのことを徳川期からいち早く悟った幕臣だが、そんな大勢は遅かれ早かれ誰にも知れ渡る。「福澤の炯眼《けいがん》はもつと深いところに至つてゐた」と小林は言う。「洋学は活路を示したが、同時に私達の追ひ込まれた現実の窮境も、はつきりと示したといふ事が見抜かれてゐた」。この窮境に対し、福澤が思想家として取った態度が、『文明論之概略』には書かれている。それは、絶体の窮地をそのままに引き受けて、それを『好機』『僥倖』と観ずる道を行」く態度であった。また、その態度は、「西洋の学者の知る事の出来ぬ経験」を創り出す未曾有の努力を必要としていた。

洋学が天下の大勢となり、猫も杓子もなびく官許の商売になろうとする時、福澤は、この努力を主張した。それは、私のこの一身が、天下の大勢、官許の商売に抗して進む道、敢然として学問の「私立」に就く道だった。彼が「学者は学者にて私に事を行ふ可き」ことを勧めたのは、この意味においてである。

小林が、三木清との対談で『文明論之概略』を語ったのは、日米開戦に至る四カ月前の昭和十六年八月だった。『考へるヒント』と題する連作のなかで「福澤諭吉」を書いたのは、敗戦から十七年後のことだ。福澤を語る小林の論旨は、まったく変わらないが、時の風潮は大きく逆転している。日本文化の伝統を鼓吹する戦時の国粋主義から、アメリカが主導する世界資本の流れに乗じた経済復興期へと。これらふたつの時代に、小林は、ただ〈学ぶ〉ことの「私立」だけを、一身で行なう意志によって生き通した。このように、徹底した「私立」をもって為される文業は、すでに深く批評の魂に入り込み、そこから産み出されている。そうであるほかはない。

二

福澤を語る昭和三十七年の小林の言葉に、もう少し耳を傾けてみようか。『学問のすゝめ』も『文明論之概略』も、西洋通が浮薄な知識を披露する新文明の手引きではない。それらは「福澤諭吉といふ人間が賭けられた啓蒙書なのである」。己を賭けない啓蒙に、人を導く何の力が、真実があろう。「過渡期とは言葉ではない。保守家と洋癖家との議論の紛糾ではない。自らが、めいめいの工夫によつて処すべき困難な実相である。処すべき実相を答案の用意ある問題にすり代へてはならぬ。過渡期は外に在る論議の対象ではない。『一身にして二生を経る』君自身の内的な経験そのものである。これが福澤の説いた『私立』の本義であり、彼の啓蒙が目指したものだ。これは難かしい事であつた。今日ではもう易しい事になつたと誰に言へよう。過渡期でない歴史はない」(「福澤諭吉」)。

実際、あらゆる歴史は、変化してやまない「過渡期」のただなかにある。己の一身を賭け、活きた「実相」に当たり続ける人間にとって、そんなことは言うまでもない。「一身にして二生を経る」経験は、その苦しみと喜びは、今も私たちの体内に生々しく脈打っているではないか。小林は、そう言っているのである。

戦時を覆った日本文化顕揚の嵐のなかでも、戦後を沸かせた経済復興期の欧米礼賛のなかでも、彼が言うべきことは、少しも変わらなかった。激しく変わったのは、彼を取り巻く世相のほうだが、その変化には、批評家としての一身の覚悟を変えさせるほどのものは一切見当たらなかった。つまり、時流に乗ずる思潮の実体は、戦争が起ころうと、経済復興が始まろうと、相も変わらぬ意匠の群れなのである。戦中と戦後に語られた小林の福澤論は、そうした事情を実によく示している。

ところで、三木清との対談があったのと同じ年の六月に、小林は「伝統」という文章を発表している。この一文は、時局便乗の伝統主義にはっきり抗して書かれた一種の宣言文の趣《おもむき》を呈するものとなった。

今日の伝統主義の議論を聞いていると、「伝統」は「習慣」と混同されている。「伝統と習慣とはよく似てをります。併し、この二つは異るのである。僕等が自覚せず、無意識なところで、習慣の力は最大なのでありますが、伝統は、努力と自覚とに待たねば決して復活するものではないのであります。僕等は習慣を見失ふといふ様な事はないが、伝統は怠惰な眼を掠《かす》めて逃げるものだ。『万葉』の伝統は、実朝が出るまで回復されなかつた。又、その後、正岡子規が出るまでどうなつてゐたか。伝統を習慣の様に考へてゐるところから、たゞもう古いものを守り、新しいものを嫌厭する頑固な所謂《いはゆる》伝統主義者も現れるのだし、その反対に、古いものと見れば我慢がならぬといふ軽薄な所謂進歩主義者も現れるのだと考へます」(「伝統」)。

伝統主義者になることにも、進歩主義者になることにも、精神の努力や緊張は、いささかも要らない。言葉への軽信にまかせて、何やかやと喋っていれば済む。どちらの側でも、伝統は習慣と混同されている。習慣は、守っていくのも棄てようとするのもお好み次第だが、伝統は、それを摑み直そう、回復させようとする強い意志がなければ、行為のうちには決して蘇らない。この意志は、伝統主義などというものとは、まったく無関係である。そこには、形ある何ものかを現に創り出すことに向けて緊張してゆく深い、潜在的な記憶の働きがある。伝統主義者であるから、人は伝統を蘇らせるのではない。こうした記憶の緊張なしに、人は何ものも新たには創り出せないから、強い意志は伝統を蘇らせるのである。

戦局が混迷を深めていくなか、小林は後に『無常といふ事』の書名でまとめられる六つの鮮烈な日本古典論を書いた。昭和十七年に「當麻《たえま》」「無常といふ事」「平家物語」「徒然草」「西行」の五篇が、その翌年に「実朝」が発表された。六篇は、いずれも異様な緊張と凝縮とを示して美しい。小林の批評文のうちで、中期の頂点を成す仕事だと言っていい。

最初に発表された「當麻」は、全集版で三頁余りの短章だが、ほとんど一字の増減も許さない姿に彫り上がっている。「梅若の能楽堂で、万三郎の『當麻《たえま》』を見た。」で始まるこの文章は、演じられる能舞台を語ると共に、「世阿弥といふ人物を、世阿弥といふ詩魂」を一挙に明確な形で表わしてしまう。その働きは、詩のようだが、文は読者の感覚にも、心情にも訴えてはいない。あくまでも、緊張する精神の全体に、鋭い音声《おんじょう》を放って呼びかけている。驚くほかない批評文である。一節を引こうか。

「中将姫のあでやかな姿が、舞台を縦横に動き出す。それは、歴史の泥中から咲き出でた花の様に見えた。人間の生死に関する思想が、これほど単純な純粋な形を取り得るとは。僕は、かういふ形が、社会の進歩を黙殺し得た所以《ゆゑん》を突然合点した様に思つた。要するに、皆あの美しい人形の周りをうろつく事が出来ただけなのだ。あの慎重に工夫された仮面の内側に這入り込む事は出来なかつたのだ。世阿弥の『花』は秘められてゐる、確かに」。

能面を付けて舞う万三郎の姿は、世阿弥が歴史の泥中に咲かせた永遠の花、永遠の現在である。静止しては動き、動いては静止するその形が、そのまま人間の生死に関する最も単純な思想となって現われる。「社会の進歩」というような西洋近代の観念は、仮面の舞に宿るひとつの形が、万古を貫く思想となり得ることを私たちに忘れさせた。

「仮面を脱げ、素面を見よ、そんな事ばかり喚き乍ら、何処に行くのかも知らず、近代文明といふものは駈け出したらしい。ルッソオはあの『懺悔録《ざんげ》』で、懺悔など何一つしたわけではなかつた。あの本にばら撒かれてゐた当人も読者も気が付かなかつた女々しい毒念が、次第に方図もなく拡つたのではあるまいか。僕は間狂言の間、茫然と悪夢を追ふ様であつた」（「當麻」）。

西洋の近代文学を覆った技巧に満ちた告白が、人心を酔わせる「女々しい毒念」となって世界に散布される。日本の近代作家たちも、当然その毒を急いで吸ったわけだが、体内への毒の回りは奇妙な具合に働いた。世阿弥が花を咲かせた歴史の泥は、依然として彼らの足元にあり、その歩みを遅らせ、歪ませる。足にまつわりつく歴史の泥は「習慣」ではない、深く潜在する「伝統」の土壌である。世阿弥がそこに咲かせた花の形は、生死の思想は、今も万三郎の舞のうちにはっきりと観える。小林の批評の魂は、懸命にそれを追い、それを摑み直そうとする。もちろん、近代日本語の批評の言葉によって。ここで遣い得るものは、それしかないのだから。彼にあるのは、懐古の情などといったものではない。「一身にして二生を経る」ことを、「僥倖」として生きる者の覚悟である。

「無常といふ事」もまた、「當麻」と同様の短章だが、さらに美しく、不可思議の緊張を漂わせている。文章は、鎌倉末期に成立した編者未詳の法語聞書集『一言芳談抄《いちごんほうだんしょう》』からの次の引用で、いきなり始まる。

「或云《あるひといはく》、比叡の御社に、いつはりてかんなぎのまねしたるなま女房の、十禅師の御前にて、夜うち深け、人しづまりて後、ていとうていとうと、つゞみをうちて、心すましたる声にて、とてもかくても候、なうなうとうたひけり。其心を人にしひ問はれて云《いはく》、生死《しやうじ》無常の有様を思ふに、此世のことはとてもかくても候。なう後世《ごせ》をたすけ給へと申すなり。云々」。

ここに現われてくる言葉の形もまた「人間の生死に関する思想」だろう。この引用に続く小林の文章は、中世の古文に接ぎ木された、近代の見事に張りつめた批評文になっている。彼は書く。「これは、『一言芳談抄』のなかにある文で、読んだ時、いゝ文章だと心に残つたのであるが、先日、比叡山に行き、山王権現の辺りの青葉やら石垣やらを眺めて、ぼんやりとうろついてゐると、突然、この短文が、当時の絵巻物の残欠《ざんけつ》でも見る様な風に心に浮び、文の節々が、まるで古びた絵の細勁な描線を辿る様に心に滲みわたつた。そんな経験は、はじめてなので、ひどく心が動き、坂本で蕎麦を喰つてゐる間も、あやしい思ひがしつゞけた」。

小林が書いていることは、幻聴のような作用ではない。権現の石垣や青葉が確かに在ったように、『一言芳談抄』の古文は在ったのである。彼の脳髄のなかにか、そうではあるまい。古文の形は、それ自体で確かに在った。その鮮やかな描線を、彼の心が克明に辿る。彼は、過去を思い出しているのでさえない。古典として在るものの蘇りを、突如として経験したと言ったほうがいい。その経験は、語ろうとすれば消え、あとには近代日本語による埒もない解釈や推論が残る。そういう言葉とのきっぱりとした訣別がなければ、古典を、あるいは伝統を摑み取る真の批評文は生み出されないだろう。小林は書く。

「僕は、たゞある充ち足りた時間があつた事を思ひ出してゐるだけだ。自分が生きてゐる証拠だけが充満し、その一つ一つがはつきりとわかつてゐる様な時間が。無論、今はうまく思ひ出してゐるわけではないのだが、あの時は、実に巧みに思ひ出してゐたのではなかつたか。何を。

鎌倉時代をか。さうかも知れぬ。そんな気もする」（「無常といふ事」）。

　鎌倉時代は、今の世とは異なる。徹底して異なる。そんな当たり前のことも忘れた近代の歴史主義は、古典というものをみずから喪失している。だから、「生死無常の有様」を、自分らに好都合の理屈で得々と説明づける。鎌倉時代の「なま女房」が「此世のことはとてもかくても候」と述べるのは、この世の「生死無常」を説明するすべは、人間には決してない、という意味である。人間にできるのは、「後世をたすけ給へ」と鼓を打って祈ることくらいなものだ。そこで小林は言う。「現代人には、鎌倉時代の何処かのなま女房ほどにも、無常といふ事がわかつてゐない。常なるものを見失つたからである」と。

三

『平家物語』を語る小林の筆は、いよいよ冴える。取り上げられるのは、「宇治川先陣」の場面だが、引用される中世の古文と、近代ヨーロッパの文学、思想を渾身の力で潜り抜けてきた小林の批評文とは、これ以上は望めぬほど緊密に縫い合わさり、「一身にして二生を経る」魂の化身のように躍動している。ここはもう、引用を読んでもらうほかはない。

「生食《いけずき》［佐々木四郎高綱が源頼朝から拝領した軍馬］、磨墨《するすみ》［梶原源太景季《かげすえ》が源頼朝から拝領した軍馬］の説明やら大手、搦手《からめて》の将兵の説明やらを読んで行くと、突然文の調子が変り、『頃は睦月《むつき》二十日あまりの事なれば、比良の高根、志賀の山、昔ながらの雪も消え、谷々の氷うちとけて、水は折ふし増《まさ》りたり、白浪おびたゞしう漲《みなぎ》り落ち、瀬枕大きに滝鳴つて、逆巻く水も早かりけり、夜は既にほのぼのとあけ行けど、川霧深くたち籠めて、馬の毛も鎧《よろひ》の毛もさだかならず』といふ風になる。宇治川がどういふ川だかはわからないが、水の音や匂ひや冷さは、はつきりと胸に来て、忽ち読者はそのなかに居るのである。さういふ風に読者を捕へて了へば、先陣の叙述はたゞの一刷毛《ひとはけ》で足りるのだ。

『一文字にさつと渡《わた》いて、向《むかへ》の岸にぞ打ち上げたる』」（「平家物語」）。

『平家物語』の定かならぬ作者たちを動かしていたものは、時代に蔓延していた仏教思想でも無常観でもない。そういう思潮は、隆として壮烈に進展する物語を歌い切った「叙事詩人の伝統的な魂」から見れば何ものでもない。歌われた叙事詩の「驚くべき純粋さ」が、竜巻となって舞い上げた塵、芥のようなもの、つまりは「時代の果敢《はかな》無い意匠に過ぎぬ」。叙事詩が引き起こすこの純粋な運動のなかで、「鎌倉の文化も風俗も手玉にとられ、人々はその頃の風俗のまゝに諸元素の様な変らぬ強い或るものに還元され、自然のうちに織り込まれ、僕等を差招き、真実な回想とはどういふものかを教へてゐる」（同前）。

『徒然草』を取り上げる文章は、六篇のうちで最も短い。が、ぎりぎりまで圧縮され、深く彫り込まれた洞察と称賛と敬慕の念とは、異様に明晰な文体の光となって、小林自身の上に反射している。彼は言う。吉田兼好が詠んだたくさんの和歌は、『徒然草』という散文の生まれ来る処について何事も教えない。

「逆である。彼は批評家であつて、詩人ではない。『徒然草』が書かれたといふ事は、新しい形式の随筆文学が書かれたといふ様な事ではない。純粋で鋭敏な点で、空前の批評家の魂が出現した文学史上の大きな事件なのである。僕は絶後とさへ言ひたい。彼の死後、『徒然草』は、俗文学の手本として非常な成功を得たが、この物狂ほしい批評精神の毒を呑んだ文学者は一人もなかつたと思ふ。西洋の文学が輸入され、批評家が氾濫し、批評文の精緻を競ふ有様となつたが、彼等の性根を見れば、皆お目出度いのである。『万事頼むべからず』、そんな事がしつかりと言へてゐる人がない。批評家は批評家らしい偶像を作るのに忙しい」(「徒然草」)。

兼好はどうだったか。「徒然わぶる人は、如何なる心ならむ。紛るゝ方無く、唯独り在るのみこそよけれ」、と彼は書いた。ここには、批評の魂の神髄があると、小林は観る。「徒然わぶる人」は、わぶるが故に、やがて何かで徒然を紛らわす。意匠で、時代思潮で、お定まりの理論やスローガンで。そんなものは、どれもこれも「皆お目出度いのである」。兼好の天分は、「紛るゝ方無く、唯独り在る」ことを、あくまでも彼に強いた。その時、独身批評家の心は冴えわたり、強い思考は自らの振動に震え、彼の幸福と不幸とは、やがて判別不可能になる。「怪しうこそ物狂ほしけれ」とは、そのさまを言う。

小林が、この短文でひと筆に描き出した人間像は、そのまま小林の身を透過して、批評家、正宗白鳥の姿を鮮やかに映し出しているように見える。だが、そのことは次章で述べよう。「西行」と「実朝」は、さほど長いものではないが、ふたつは独立した一個の評伝作品のように書き上げられている。だが、小林は、異なる時代に、それぞれの動乱期を生きたふたりの人間から、ある共通の「詩魂」を摑み出してくる。その「詩魂」は、詩を、文学を、根底からは み出して、己に己の心を問うている。この身ひとつが、いかに生きるのかを執拗に問うているのである。これらふたりの天性の歌人にとって、歌を巧く詠むことなどは、別段大した関心事でもなかった。

鳥羽上皇に仕える剛毅にして屈強な北面の武士だった西行は、二十三歳の時に突如原因不明の出家をして、旅に暮らす僧侶となり、やがて和歌の世界に頭角を現わす。しかし、その歌を『新古今集』のなかに置いてみれば、彼の歌が、同時代専門歌人たちのいわゆる幽玄の美学からかけ離れ、意志と思想とによってその骨格を作っていることは、見紛いようがない。「如何にして歌を作らうかといふ悩みに身も細る想ひをしてゐた平安末期の歌壇に、如何にして己れを知らうかといふ殆ど歌にもならぬ悩みを提げて西行は登場したのである。彼の悩みは専門歌道の上にあつたのではない。陰謀、戦乱、火災、饑饉、悪疫、地震、洪水、の間にいかに処すべきかを想つた正直な一人の人間の荒々しい悩みであつた」（「西行」）。

西行の歌をこのように読み、語り切った人間は、小林の前にはいなかった。言い換えると、いかに生きるべきか、という文学以前の烈しい問いが、そのまま冠絶した文学の姿となって現われる人間の系譜を、あえて言うなら宗教的魂の伝統を、日本の文学史からこれほど鮮烈に摑み出した人間は、小林の前にはいなかったのである。「地獄絵を見て」と題される連作（『聞書集』）の一首、

見るも憂《う》しいかにかすべき我心かゝる報いの罪やありける

につき、小林は言う。「かういふ歌の力を、僕等は直かに感ずる事は難かしいのであるが、地獄絵の前に佇《たゝず》み身動きも出来なくなつた西行の心の苦痛を、努めて想像してみるのはよい事だ」。この苦痛は歌人のものではない、彼独りがその天分のうちに負った生き方の指針のようなものだった。「いかにかすべき我心」は、「西行が執拗に繰返し続けた呪文」であり、彼はその呪文が示すひと筋の道を、死ぬ日まで真っ直ぐに歩いた。

西行は、「歌の世界に、人間孤独の観念を、新たに導き入れ、これを縦横に歌ひ切つた人である」と小林は言う。この主題は、『無常といふ事』の最後の一篇「実朝」へと伸びている。満二十六歳で暗殺された源氏の三代将軍、実朝を取り巻く陰惨極まる歴史の背景を、小林は圧縮された叙述のうちに見事に描き出している。西行が生きたのは、源平が争う戦乱の世だったが、実朝は、源頼朝という巨木が倒れた後の、陰謀と裏切りと暗殺とが渦巻く鎌倉幕府の中枢で生きた。彼が、まだ少年の面影を残す若い将軍として率いたのは、百鬼夜行の群れにほかならなかった。

実朝もまた西行と同じく、内省の重荷を負わされた天賦の詩魂だったが、実朝にあったのは青春詩人風の苦悩ではない。青年にさえなろうとしない澄んだ鋭敏な心、世の混乱の一切を映して耐えている純粋無垢な心だった。こういう人間が、和歌を巧みに詠むことなどに執心する筈はなく、ただ彼は、自身が生きることの物狂おしいような悲しみから、無雑作に歌を撒き散らし、まるで短い楽曲のように、横死に向けて自身の生涯を走り抜けた。その歌につき、小林はたとえばこう書く。

「流れ行く木の葉のよどむえにしあれば暮れての後も秋の久しき

秀歌の生れるのは、結局、自然とか歴史とかといふ僕等とは比較を絶した巨匠等との深い定かならぬ『えにし』による。さういふ思想が古風に見えて来るに準じて、歌は命を弱めて行くのではあるまいか。実朝は、決して歌の専門家ではなかつた。歌人としての位置といふ様なものを考へてもみなかつたであらう。将軍としての悩みは、歌人の悩みを遥かに越えてゐたであらう。勿論彼は万葉ぶりの歌人といふ様なものではなかつた。成る程『万葉』の影響は受けた。同じ様に『古今』の影響も精一杯受けた。新旧の思想の衝突する世の大きな変り目に生きて、あらゆる外界の動きに、彼の心が鋭敏に反応した事は、彼の作歌の多様な傾向が示す通りである。影響とは評家にとつては便利な言葉だが、この敏感な柔軟な青年の心には辛い事だつたに相違ない。様々な世の動きが直覚され、感動は呼び覚まされ、彼の心は乱れたであらう。嵐の中に模索する彼の姿が見える様だ」(「実朝」)。

小林には、なぜこのように実朝が、あるいは西行が、『平家物語』の作者たちが「見える」のだろうか。重要なのは、そのことだ。実際、『無常といふ事』は、恐るべき精神の集中を果たした小品集である。さまざまな古典は、研究されているのでも、鑑賞されているのでも、また評釈を受けているのでもない。まさに近代世界との辛い闘いを強いられる運命が、一身をもって回想し、生き直し、それらのうちに自己の魂の系譜を——滅することのない過去の形を——摑み取っているのだ。そうでもする以外に、近代日本語で為される文業の活路は、開かれようがないだろう。「一身にして二生を経る」喜びは、ついにやっては来ないだろう。小林は、そう言いたいのである。

# 第七章　紛れる事無く唯独り在る人

## 一

『無常といふ事』の一篇「徒然草」は、小林秀雄が二頁余りのうちに描き出した、ほとんど凄絶な観さえある批評家の自画像である。ここに彫り込まれた吉田兼好の姿は、ひとつの魂が含む永遠の型とでも言うべきものであって、古今を問わず真にすぐれた批評があるところには、必ずこの型に示されたものの内の何かが働いている。その純度が、誰も兼好ほどには達していないだけだ、小林はそう言いたいようである。

「兼好は誰にも似てゐない。よく引合ひに出される長明なぞには一番似てゐない。彼は、モンテエニュがやつた事をやつたのである。モンテエニュが生れる二百年も前に。モンテエニュより遥かに鋭敏に簡明に正確に。文章も比類のない名文であつて、よく言はれる『枕草子』との類似なぞもほんの見掛けだけの事で、あの正確な鋭利な文体は稀有のものだ。一見さうは見えないのは、彼が名工だからである。『よき細工は、少し鈍き刀を使ふ、といふ。妙観が刀は、いたく立たず』、彼は利き過ぎる腕と鈍い刀の必要とを痛感してゐる自分の事を言つてゐるのである。物が見え過ぎる眼を如何に御したらいゝか、これが『徒然草』の文体の精髄である」(「徒然草」)。

「物が見え過ぎる」とは、どういうことか。言葉への一切の軽信から、その軽信がもたらす烏合の空騒ぎから、自由であることだろう。「万事頼むべからず」、要するにそのことが、体の芯に沁み透って「紛るゝ方無く、唯独り在る」ことだろう。この自由は、いかにも辛いことであるに違いない。御すべき鋭利を、その毒を、独り心に負わされて生きることであるに違いない。『徒然草』の文体は、それを見事に御し得た人の稀有の簡明と正確とを表わしている。

小林にこういう兼好の姿が描けるのは、むろん小林のなかに「万事頼むべからず」の覚悟が透徹してあるからだ。これは、自画像であり、モデルは自分自身となるほかない。しかし、彼にはこの時、もうひとりの批評家のモデルがあったように思われる。「少し鈍き刀」を使って「物が見え過ぎる眼」を御し通した批評家のモデルが。それは、正宗白鳥である。

「兼好は誰にも似てゐない」と小林は書く。なるほど、兼好のように「唯独り在る」精神が、誰にも類似しないのは、当然のことだろう。類似すまいとするのではない、彼の在りようは、ただもう孤独なのである。それと同じ孤独を、同じ純度で抱え込んだ批評家ならいる。それが白鳥だと、小林は観じていたのではないか。「兼好は誰にも似てゐない」と断言する小林の文章全体が、明らかにそのことを語っているのである。小林は、まったく同様の調子で言うことができたはずだ。白鳥は誰にも似ていない、と。

前にも引いた白鳥と小林との対談「大作家論」(昭和二十三年)のなかで、「日本の昔からの文学」をどう考えているかを、ふたりは語り合っている。『万葉集』と『源氏』が当然あがる。「それから『徒然草』。これが僕は好きだ」と小林。「それだ。僕はやはり『万葉』、『源氏』、『平家』、『徒然草』だな」と白鳥。「徳川時代では?」と白鳥が訊くと、「それはなんといっても芭蕉、西鶴でしょう」と小林。白鳥は「近松も、これは何としても入れなくちゃならんけど、そのあと、徳川時代では『膝栗毛』だな」と続ける。

最古にして最大の和歌集『万葉集』があり、歌物語の究極たる『源氏物語』があり、戦記語りの最高峰『平家物語』がある。それらと同列に並んで『徒然草』という批評文の真髄が聳えているのだと、ふたりは言っているのだろう。日本文学は、ほとんど恐ろしいほどの批評文の古典を持つのだ。

尤も、白鳥のほうは、そんな言い方は決してしない。たとえば、彼はこんなふうに言う。

「——まあ、小説なんていうものはどうでもいいな。どうでもいいようなもんだ。人間が生きていくのにね。僕は『徒然草』の愛読者だけど、何でも僕はそのままに読むからな。『徒然草』はそのままにつれづれに読む。小林君のように大袈裟に考えては読まない」。しかし、小林は誰よりもよく知っている。「何でもそのままに読む」、ということの出来難さを。その出来難いことを、白鳥の批評は、いつも易々とやってのけているように見える。それは、どうしてなのか。

もはや言うまでもない。「万事頼むべからず」という意志が、本能の如くに白鳥の全身を満たし、あらゆる批評はそこからのみ為されるからである。「物が見え過ぎる眼」は、そうした本能と共に産まれ、そのヴィジョンは彼を孤独にする。物狂おしい自問自答の渦で彼を苦しめ、徹底して唯独りの者にする。そこから語り出すためには、「鈍い刀」はなくてはならぬものだった。白鳥という批評家のこの生態を、小林ほどよく摑んでいた人間はいない。

ところで、白鳥が昭和三十年一月に書いた、円地文子の新刊『ひもじい月日』についての短評がある。この文章でもまた、白鳥流の批評が、まことに面目躍如として立ち現われてくるので、その冒頭から引いてみようか。

「ボードレールの詩をはじめて読んだユーゴーが、新しい戦慄を覚えたと言つた事は、日本の文壇にも早くから伝へられてゐた。しかし、私にはボードレールの詩をいくたび読んでも、身にしみじみとした戦慄が感じられないのである。人生はボードレールの詩の一行に如かずとか言つた芥川龍之介の警句も、奇抜な評語として受け取られはするものの、私の実感においては、かへつてボードレールの詩の百行も、実人生の一日に如かず、戦慄は彼のよりもこれにおいて感ぜられると、しみじみと身にしみて思はれることがあるのである。

ところが最近ふと、円地文子の短篇集を読んで、私はわれになく戦慄を感じたのである。私は現代女流作家の作品はあまり読んでゐないし、円地文子の作品も今まで一篇も読んだことがなく、今度はじめて偶然『ひもじい月日』に目を触れたのであつたが、われにもなく一種の戦慄を覚えたのである。女の目に映る男性はかくの如きかと、われとわが身を顧みる気持がしたのである。私は無慈悲な冷酷なこの作者の心眼に映る男子のみすぼらしい姿を、ボードレールの詩眼に映つた、パリの街上の何人かの婆さんの姿よりも、一そう戦慄味を帯びた人生図として見たのである。『ひもじい月日』の結末の、救ひのない人生の無慈悲の表現は、善悪邪正の評語をいれる余地のないもの。人世地獄の片影を、淡々たる、さり気ない筆で叙述したやうに感ぜられた」(〔円地文子著『ひもじい月日』〕)。

短篇集『ひもじい月日』は、著者四十歳代後半の作品を集めたものだが、この晩成の女流作家としては比較的初期の作品群に入るものだろう。この時、白鳥は言うまでもなく文壇批評の老大家として扱われていたが、そんな素振りは毛筋ほどもない。ここに収められた諸作に、自分は「われにもなく一種の戦慄を覚えた」、ボードレールが描くパリの「婆さん」たちの有様より、「一そう戦慄味を帯びた人生図」を見た。そう言っているわけだが、白鳥の言葉は、小説の出来だの描写の巧拙だのに向けられているのではない。そこにはっきりと露出している「女の目」に、じかに向けられているのである。

無慈悲冷酷な「この作者の心眼に映る男子のみすぼらしい姿」、それが文学と呼ばれるものであろうと、なかろうと、そんなことは知ったことではない。作中にはっきりと現われる実相は、読む自分の感覚を疑いなく震わせ、戦慄させた。この戦慄から見たら、ユーゴーがボードレールに感じたとかいう戦慄などは、ずいぶん気取った、口先だけの文学趣味ではないか。白鳥には、そんな疑いがあるのだろう。それは、ただもう彼が、ボードレールの詩を読んで何の戦慄も感じないことに因る。批評というものが、これほど正直に実感を述べることは、めったにない。だが、こうした正直を始めに根本から欠いていれば、批評はすべての力を失ってしまうだろう。

「人生は一行のボオドレエルにも若《し》かない」という言葉は、芥川龍之介の遺稿となった『或阿呆の一生』（昭和二年）の冒頭部分に出てくる。この言葉を呟いている「彼」は、二十歳の青年だが、こういう考え、というより漠とした気分は、芥川を自殺に追い込んだ元になっている。しかし、彼はほんとうにボードレールの詩を、こんなふうに読んでいたのだろうか。極めて疑わしいことだ。詩とは、文学とは、現に生きている人間にとって、それほどのものであり得るのだろうか。あり得るはずはないのだ。白鳥にそう思わせるものは、彼のなかの自然主義などではない。他のどんな批評家も及ばない彼の澄んだ、正直な心である。

　そこで、白鳥は書くことになるわけだ。「私の実感においては、かへつてボードレールの詩の百行も、実人生の一日に如かず」であると。平凡人のありふれた一日も、そのうちに入り込めば無限の屈曲と細部と蠢きとを秘めている。「戦慄は彼のよりもこれにおいて感ぜられる」。円地文子の無慈悲冷酷な「心眼」が見透しているものは、最もありふれたもののなかにいつも在る、この戦慄すべき眺めである。続けて、白鳥は言う。

「いくつかの短篇を次から次へと読むと、作者の態度はゆるみなく、譲歩なく、男性侮蔑の感じはぶすぶすとくすぶつてゐるばかりである。現代女性作家の作品を、私はよく知らないのであるが、この作者のはその中の異様な作品ではあるまいか。巻末の『光明皇后の絵』『紙魚のゆめ』など、べたべたと私の心にねばりついた。この作者の筆は鋭利ではない。刃物のみがきが足りないのであるが、それが多少読者の救ひになつてゐると思はれるぐらゐである。村正の魔剣でこんな風に切りきざまれたらたまらない」（同前）。

円地の刃物に「みがきが足りない」のは、彼女が意図してそうしているのでは、むろんあるまい。では、彼女が研ぎを充分にするとしよう。彼女の文章は、おそらく自壊するであろう。その先にあるものは、たぶん小説と呼べる姿ではなくなっているであろう。それは、白鳥があえて語らなかったことだ。そうした刃物は、あり得る、しかし、物が見え過ぎる女が、わけもなく研ぎの利き過ぎた刃物を振るってはなるまい。白鳥は、あえてそれを言わなかった。彼こそは、「利き過ぎる腕」で「少し鈍き刀」を注意深く選ぶ「名工」だったから。

二

前節に引いた白鳥の円地評は、その全文である。小林は、彼の「徒然草」のなかで、「鈍刀を使つて彫られた名作のほんの一例を引いて置から。これは全文である」として、次の一段を引いている。

「因幡《いなば》の国に、何の入道とかやいふ者の娘容美《かたちよ》しと聞きて、人数多《あまた》言ひわたりけれども、この娘、唯栗をのみ食ひて、更に米《よね》の類を食はざりければ、斯《か》る異様《ことやう》の者、人に見ゆべきにあらずとて、親、許さざりけり」(「第四十段」)。

そして、小林は次の言葉を書き加え、自分の筆を擱《お》く。「これは珍談ではない。徒然なる心がどんなに沢山な事を感じ、どんなに沢山な事を言はずに我慢したか」。

「入道」とは、通常は仏道に入った貴人のことを言うのだから、その「娘」は、身分の高い家の器量よしだったということになろう。言い寄る男は数多いたが、栗ばかり食って米を食べないこの娘は、入道には実に恐るべき生き物に見えた。そこで、男たちの申し出を「許さざりけり」となるのだが、これが「珍談ではない」としたら何になるのか。まさか妖怪談でもあるまい。父が、異様なこの娘のなかに何を感じ取っていたか、同じく、父に閉じ込められ、獣のように栗ばかり食って生きるこの娘が、いったい何を思って独り身で暮らしているか。人間というものの底知れない心事を秘めるこの風説を、兼好はたったこれだけの文章のうちに正確に書き留めた。

示されているのは、利き過ぎる腕が、鈍い刀を使って一気に彫り上げた「名作」の一例である。白鳥の円地評は、これと似た趣きがある。白鳥の文は、兼好のほどには、凝縮されていないが（小林の言うところでは、何しろ兼好の批評文は空前絶後なのだから）、それでも大いに似た正確さを持ってはいるだろう。一気に彫り出されているのは、円地文子というひとりの異様な女小説家、その心の「人に見ゆべきにあらず」というような、際立って異彩を放つひとりの人間である。が、それと同時に、この批評文を透かして視えてくるものは、これを書く白鳥の「怪しうこそ物狂ほしけれ」という心ではないか。

話は変わるが、小林は、さっき引いた白鳥との対談、「大作家論」のなかで、『文壇的自叙傳』を「正宗白鳥の一番の傑作だ」と言っている。あの「あとを続けて書いてください」と。「あれもね、断片的に書いてるようなもので……」と白鳥。菊池寛の自伝は、面白かったとふたりが言う。「だけどあれも高級な読物だから」と小林。「自叙伝叢書を出すなんて言ってるけども、ほかの人のはおもしろくないだろう」と白鳥が言う。それを受けて小林が返す。「ええ、菊池寛とあなたぐらいなもんでしょう。何せ両方とも文学をばかにした人間が書くんだから」。

実は、この対談が行なわれた昭和二十三年十一月には、白鳥は『文壇的自敍傳』の姉妹篇とも言える『自然主義盛衰史』（後に『自然主義文學盛衰史』と改題）をすでに書き上げつつあった。作品は、この年の三月一日発行の『風雪』誌から毎月、十回にわたって連載された。これは、『文壇的自敍傳』の続きではなく、同じ対象に向かって為された別様の回想といったところか。しかし、自伝の味わいは、やはり充分に持っている。過去の深みに降りる回想が、正直な、澄んだ心から為されるものであれば、必ずそうなる。これは、批評家白鳥の代表作になった。時代は、『文壇的自敍傳』が書かれた戦中を潜り抜け、敗戦後の混乱期にある。

『自然主義盛衰史』は、徳田秋聲の記念碑が郷里金沢に、島崎藤村の記念堂が出生地の木曾山中に建てられた話から始まっている。自然主義文学で中心の役割を果たしたこのふたりは、「終戦の間際に」死んだ。白鳥は書く。「二氏は、自然主義作家のうちで最も完成した、代表的作家であるやうに、文壇に於いて認められてゐる。それで、この二氏の死によつて、自然主義文学も一先づ結末を告げたやうに私には思はれるのである。自然主義の感化は深く広く、以後の文学に浸潤してゐるやうであるが、既にその表面的の役目は果して引き下つてゐるのである」。

自然主義に主義としての勢いが復活することは、もはや決してあるまい。しかし、その感化は深く広い。これは、どういうことであろうか。この運動には、始めから「主義」と呼ばれるものとは無縁の何かが頑強に含まれていたのであって、それは以後のあらゆる「主義」の勢いにむしろ抵抗し、日本の底に在り続けるものではなかろうか。むろん、未来の事は誰にもわからないのだが、自分だけは、この派の作家たちがしたこと、しようと希ったことを、いま書きつけておきたい。そんな口ぶりで『自然主義盛衰史』は始まっている。

「私は自然主義作家群の一員として、文壇に生存を続けたやうな形になつてゐるのだが、この部面の重なる作家は殆んどすべて逝去した。私の知友は全く無くなつて、私一人、世に残されてゐるやうな侘しい感じに襲れてゐる。先頃上司小劍の葬儀に列して、ことに痛切にそれを感じた。藤村秋聲秋江は、終戦前、まだ東京空襲なんかの無かつた時分に逝去したので、終戦後、面目一新した時代に、相会して旧を談じ、現在を語り、『お互ひによく生きて来たものだ。』と、共同の感慨を洩し合つた相手は小劍一人であつた。その小劍も突如としてこの世を去つた。かうなつたら、文壇に於いて私が腹の底まで打ち解けて話の出来るやうな相手は全然無くなつた訳である」。

このように書いてきて、白鳥の筆は、ごく滑らかに三十年近く前、大正九年十一月二十三日に開かれた「花袋秋聲生誕五十年記念祝賀会」の回想へと移る。有楽座で演説会があり、築地の精養軒で宴会が催された。演説会には、白鳥も引っ張り出される。彼はまだ四十一歳だった。「私は、『有楽座に於いて』といふ題目の下に、取り留めのない雑談をした。肝心な秋聲花袋については殆んど何も口にしないで、私自身の文学経験をしどろもどろで吐露したのであつた」。まことに、この人らしい話である。翌年には、藤村の五十年祝賀会があった。時は、第一次大戦後の好景気の頃、その余波で出版社の経営もよく潤い、「過去の文壇苦労を知らぬ新進作家は、自然、朗かな気持で元気よく世に生きるやうになつてゐたので、世間に対する示威運動のつもりで、先輩の祝賀会を催すことになつたのであらう」。

自然主義を担った明治の文士たちは、たいていは世間から白い眼でみられるか、爪弾きにされる余計者だった。彼らは、浮世の苦労にかけては、みな申し分のない達人で、第一次大戦後に次々名を成してきた新進の流行作家たちとは、そこが違う。田山花袋、徳田秋聲を囲んだ「五十年祝賀会」は、自然主義作家たちへの新進世代からの表敬であると同時に、世間で落目になった先輩への慰労と送り出しの宴でもあったのだろう。この「示威運動」は、「菊池寛が最初に思ひついたのではないかと、私は今でも思つてゐる」。そう白鳥は言い、次のような感想を記している。

「花袋秋聲にしても、人生五十を無事に経過し、祝賀会をされたとは云へ、自己の文学について安んじてはゐられなかつたにちがひない。時代の流れは、彼等をも沈没させんとする勢ひを示してゐたやうでもあつた。彼等を祝賀した青年文学者は、彼等に取つて代らんとする意気を示してゐるのであつた」。実際、この時代は、すでに自然主義作家たちを、その人気において、筆遣いの緻密さや筋立ての巧みさにおいてはっきり凌駕する、名手の風貌ある書き手を生んでいたと言っていいだろう。すでに永井荷風が、谷崎潤一郎が、志賀直哉が世に聞こえていたのである。芥川龍之介も宇野浩二も室生犀星も登場していた。

『自然主義盛衰史』の回想は、さらに深くに及んで、この派の作家たちの勢いが最も盛んだった明治の末を蘇らせる。読んでいくと、過去の暗がりから、次々と照明を受けて浮かび上がる舞台の場景を観るようである。彼は書く。

「私は、第一次世界大戦後の日本文壇の一事件たる『五十年祝賀会』を思ひ出すとゝもに、日露戦役後の文壇劃期的事件でもあつた自然主義勃興の光景を回顧するのである。当時私は読売新聞の記者として、文学美術に関する部面を担当してゐた。この新聞には、毎日文芸欄が設けられてゐた上に、月曜附録といふものがあつて、二ページ全体を文学美術の評論や種々雑多の文章で埋めるのであつた。私はいつとなしに、自己担当のこれ等のページに、自然主義推讃の論文を掲げるやうになつた。それで、田山花袋主宰の『文章世界』島村抱月主宰の『早稲田文學』と、私の担当してゐた読売新聞の文芸欄とが相呼応して、自然主義宣伝の根拠地になつてゐるやうに世間からは思はれてゐたらしい」。

三

『文壇的自叙傳』でも語られていたが、若い白鳥が、読売新聞の文化面担当記者として演じたこの役割は、経営者が嫌うところとなり、やがて彼を免職に追い込むことになる。嫌われなければ、彼は筆一本で生活する決心を固めなかったかもしれない。そうすると、後の「自然主義作家」正宗白鳥は、生まれなかったかもしれない。それはともかく、当時、自然主義作家と呼ばれた連中は、世間ではほとんど胡散臭い、何を言い出すかわからぬ手合いということになっていた。それを面白がる人間もいれば、嫌う人間もいる、というわけで、大新聞がその宣伝の大っぴらな「根拠地」と見られることは困るわけだろう。

しかし、記者、白鳥は、自然主義などという高《たか》の知れた意匠に肩入れしていたわけではない。彼を抱月に、藤村、花袋、秋聲に、そして秋江や泡鳴に出会わせた何かが、この時代を生きる彼の天分のなかにあった。その何かは、語りがたいものであり、また、それだけが彼に『自然主義盛衰史』を書かせていると言っていいのだ。

確かに白鳥は、自然主義作家と呼ばれた人たちと、心中深くで通じ合うものを持っていた。「お互ひによく生きて来たものだ」と言い合って、「腹の底まで打ち解けて話の出来る」ような「共同の感慨」を。打ち解けて話す、とは、老いを慰め合う、というようなことでは決してない。むしろ、お互いの孤独な生存を「腹の底まで」じっくり確認し合う、ということだろう。そういう相手は、詰まるところ、自然主義作家と呼ばれた何人かの人たちのなかにしかいなかった。では、白鳥が観ずるところ、彼らは一体どんな作家たちだったのか。『自然主義盛衰史』は語る。

「日本の自然主義作家と作品の一むれは、世界文学史に類例のない一種特別のものと云ふべく、稚拙な筆、雑駁な文章で、凡庸人の艱難苦悶を直写したのが、この派の作品なのだ。人に面白く読ませようと心掛けないのも、この派の特色であつた」。

あるいは、この長篇評論の末尾では、こう述べる。

「自然主義文学のやうな、いつまでも解決のない文学の境地に永遠にさ迷つてゐるのは遺憾であるが、それを如何ともし難いのである。貧寒なる文学、愚かなる迷へる文学として、我が自然主義文学を回顧する外ないのであるが、さうかと云つて、この種の文学を踏みにじつて仁王立ちになつてゐるやうな、人間救護の、解決ある大文学はまだ何処にも現れてゐないではないか」。

日本の自然主義文学は、「世界文学史に類例」がない。その自己告白、内心暴露の貧寒として愚かな性質は、まさにここにのみあったものだ。この類例のなさは、「必ずしも秀れた意味で例のないのではなく、『自縄自縛でじたばたする愚か物』と、傍観者に見られるやうな意味で例がないとも云へるのである」（『自然主義盛衰史』）。

そういう愚か者のひと群れが、一時的にもせよ、なぜあれほどにも明治末の文壇で勢いづいたのだろうか。そのことは、簡単な理由に因るのではない。彼らが真剣に、どこまでも真剣に提出した実生活中の「真実」という問題、これが既存の文学者たちを圧倒し、彼らの創作態度のうちに侵入してやまなくなったのである。鷗外、漱石のように世界性のある本格の教養を持った文学者でさえ、やがてその問題に応じることから逃れられなくなった。結局、そこにあったものは、身ひとつのこの生を如何に生きるべきか、という、文学よりはるか以前の裸の問いであった。

このような問い、というよりは、問い方は、西洋から輸入されたのではない、海のかなたから押し寄せる近代文明によって、日本という千何百年来の漢字文化と稲作の文明とを持つ国が強いられたもの、強いられることによって、いたって特異な、歪みに満ちた生育を遂げることになったものだ。自然主義作家たちがそれぞれに体現したものは、こうした生育の苦しみにほかならなかった。

この苦しみは、傍観者にはどんなに愚かなものに映ろうと、世界に類例のない小説表現を長期にわたって生んだ。その事実から、白鳥の「徒然なる」心は、眼を離すことができない。自然主義作家すべてがこの世を去って、なお「紛るゝ方無く、唯独り在る」彼の眼は、いよいよ冴えて、この類例のない事実を見つめようとするのである。

思えば自然主義作家と呼ばれた人々は、福澤諭吉の言う「一身にして二生を経る」生き方を、ぎりぎりの誠実をかけて、各々の限度まで負い続けたと言える。そこには、愚劣も滑稽も稚拙もある。が、批評家、白鳥の眼を惹きつけるものは、そうまでして演じられねばならなかった彼らの〈近代〉という宿命だろう。彼らと浮沈を共にした白鳥には、そのことが観える。堪らないまでに観えるのである。

ところで、幸田露伴という、慶應三年に生まれ、昭和二十二年に八十歳で亡くなった文人、小説家に対する白鳥の感想は、非常に面白い。この人物は、「八十歳を越ゆる迄の長い文壇の間に、些《すこ》しも自然主義の感化を受けず、西洋文学に影響されず、東洋流に『孤高』と云つた態度を保つた稀有な文人であつた。蕪雑な近代の日本文壇に於いては、露伴文学は古典的文学のやうな趣があつた。思想も文体も純然たる東洋的現れであつた。そのため、早くから西洋の文学や思想を飜訳的に受け入れてゐる私などには、露伴文学にはどうしても親しめなかつた」（同前）。白鳥は、そう書く。

彼は、好んで自身を「翻訳文学者」だと言う。そんな人間だから、昼飯に好物の粥ひとつ食べるのにも、京都の「瓢亭」とやらで評判の白粥よりも、「風月堂」で食わせる西洋粥のほうが自分には「腹加減がいゝ」、などと言っている（「たべ物のさまざま」、昭和三十六年）。こういう言い草を、浅く受け取ってはいけないだろう。自分にはしゃれた西洋趣味があると、白鳥は言っているのではない。自分は、「一身にして二生を経る」生き方を深く強いられ、西洋文明を満身に浴びることによってしか、感じることも考えることもできなくなった日本の文士だ、と言っているのである。そういう己の姿を冴え冴えと見つめ、そのことにじっと耐えている批評家、白鳥が居る。

だからこそ、幸田露伴の文学に西洋の匂いが微塵もないのは、実に驚いたことだと、白鳥は考える。露伴の『二日物語』は、彼が範とした馬琴の『椿説弓張月』よりも、秋成の『雨月物語』よりも、まだもっと古い時代のものの如くに書かれている。昔の標準で見れば、これは「名文」の標本であろう。文学史上の見事なる見本であろう。

「しかし、形は標本的名文の趣を具へてゐながら、内面は空疎で、我々の心を打つところはないのである。『雨月』には凄惨の気が読者の心を打つのであるが、『二日物語』の［内の一節］『此一日』にはそれもない。西行の心境を描いた『彼一日』も、その理想境が作り物らしく思はれるだけである。出家遁世した西行が長谷寺で偶然妻に出合つて愁嘆するところ、人間味があるやうで、実際は作り事染みてゐるのである。夫を真似て悟りの道に入つた妻が、娘を思ひ出して愚痴を云ふところは、人間性の発露と見てもよからうが、西行が少女を説き悟して『既に火宅の門を出でゝ法苑の中に入らしめ終《をは》んぬ。』なんかと云つて、安心してゐるのは、私にはむしろ滑稽に感ぜられる」（『自然主義盛衰史』）。

これは、露伴文学への批判ではない。近代に生きて近代に背を向け、古典に似せた精巧な作り物を生涯にわたって彫琢する、そういう露伴の「作意作風」には、心の底で「どうしても親しみ得ない」、その自分の心を、白鳥は語っているのである。露伴の小説と較べるなら、自然主義作家と呼ばれた者たちの私小説は、なんと稚拙で雑駁な、寒々とした文章で書かれているだろう。こういうものが、果たして後世にまで読み継がれるのか、はなはだ心もとないことである。けれども、彼らは、それぞれにどこまでも正直であった。正直であろうとする烈しい意欲や熱情に駆られて、何の解決もない問いに苦しんで生き、次々に死んでいった。生き残ったのは、もはや自分だけだ。彼らが生身で経験した「盛衰」を書き遺すことができる者は、自分しかいなくなった。

露伴が『二日物語』のなかで、西行に言わせている。「但し欲楽の満足を与へ、栄華の十分を享けしむるは、木葉を与へて児の啼きを賺《す》かす、それにも増して愚かなことなり。世を捨つる人がまことに捨つるかは。捨てぬ人こそ捨つるなりけれ。たゞ、幾重にも御仏を頼みたまへ。心留むべき世も侍らず」。

この一節を引いて、白鳥は書く。これは、『自然主義盛衰史』を締め括る最後の一文である。「西行はそんな安易な理想派ではなかつたであらうと思ひながら、自然主義の弔辞として、これ等の詞句を引用した」。自身の愚行と情痴とをあからさまに、綿々と書き連ねた自然主義作家は、字義通りに愚かなる者たちであった。しかし、彼らをその表現に向けて衝き動かしていた理想、決して「安易」とは言えぬ理想が、自分には掌《たなごころ》を指すように観えている。それを語り切るためには、利き過ぎる腕と鈍い刀とが——紛れる事無く唯独り在る批評の魂が、どうしても必要なのである。

# 第八章　己を回顧すること

一

白鳥の『自然主義盛衰史』は、彼自身がその渦中に生きた「自然主義文学」なるものの誠実を尽くす回顧として書かれているが、その全体は、やはり深い自伝の音調を帯びている。自然主義などと呼ばれるものが、ほんとうに在ったのか、在ったとすれば、人は一体何をそう呼んでいたのか。これは、白鳥が自分の心の奥底を覗かなくては答えられない問い、いや、生じてくることとさえない問いだった。

白鳥の見るところ、「自然主義」という言葉が「誰れ云ふとなく」現われだしたのは、島崎藤村が『破戒』を発表した頃からである。

「いつ誰れが最初の発言者であつたか、私も知らないのであるが、これは時代の声であつたのであらう。天に口無し、人をして云はしむると云つてもいゝのであらう。自然主義的人生観自然主義的表現法がちらほら唱へられるやうになつた。さうしてゐるうちに、田山花袋がその主義を提げて、熱烈に唱道するやうになり、それに同意し、それに雷同して、口にし、筆にするものが続出した。こんな急速に、力つよく文壇を席捲したものは、今までに無かつたのであつた。藤村と雖も、それに感化されたのだ。かねて漠然考へてゐた文学観に生気が与へられたのだ。かねて暗中摸索してゐたものを見つけたやうであつたのだ。それで、『破戒』後の長篇『春』は面目を一新した形で現れたのであつた」（『自然主義盛衰史』）。

面目は、どのように一新されたのだろう。明治三十九年刊行の『破戒』は、いわゆる被差別部落の出身であることを秘して苦しみ、ついにはそれを生徒の前で告白する青年教師、瀬川丑松の内面の葛藤を描いた。明治社会の隠れた実相を抉り出そうとする三十四歳の新進作家、藤村の気迫は、「明治の小説として後世に伝ふべき名篇也」という称賛を漱石から引き出した（森田草平宛書簡）。

この作に、後に言う「自然主義」の傾向があったとすれば、それは現実社会が隠す暗黒面の暴露によってだろう。二年後に刊行された『春』のような自伝小説では、暴露されるものは、作者自身の心の奥底となる。このような転回を藤村に促したものが、明治四十年に発表された田山花袋の愛慾小説『蒲団』であることは、疑いない。あるいは、花袋が唱道した新たな小説の方向――ありのままなる心底の露骨なる描写、であることも疑いない。花袋の『蒲団』、藤村の『春』によって、自然主義は後に私小説と呼ばれるようになる日本独特の露骨な自伝形式と一体になったのである。こうなってくると、漱石は、もはやこのような種類の新興勢力を認めようとはしなかった。だが、『自然主義盛衰史』は言う。

「しかし、『破戒』から進んで行つた藤村の文学生涯を私は、今日から回顧してます〳〵面白く思つてゐる。彼藤村は小説は上手でない。思想も深くはない。人柄が必ずしも傑れてゐるとは云へまい。獨歩とはすべて反対の、運根鈍の方の人物である。それに関らず私は、自分が見て来た過去の文学を思ひ出すと、まづ藤村に目が注がれるのである。私は彼の文学を特に好んでゐるのではない。彼の文学を特に傑れてゐると思つてゐるのではない。それに関らず、私の自然主義文学回顧は、藤村を中心として回転をつづけさうである」。

なぜ、藤村が回顧の中心になるのか。そのことは、『自然主義盛衰史』の全文を熟読してみなければわからない。この本は、そう言うほかない書き方で成っている。つまり、白鳥が自然主義と呼ばれた文学潮流のただなかにあって、これに属する作家たちの何に惹きつけられていたのか、何に自己自身の内にあるのと同じ問いを観ていたのか、これを追い究めて行けば、彼らの中心に藤村の苦闘が浮かび上がる。あえて約言すれば、そんな次第であったのだろう。描き出されているものは、やはり白鳥自身の姿なのだ。

自分は自然主義者だと、藤村が言ったことは一度もない。西洋の自然主義作家たちに傾倒したことも、啓発されたこともない。藤村にとって、そんな理論めいた話は、実はいたって関心の薄いものだった。彼は「たゞ真実を写さんと志し」（白鳥）て書いた。その志の純一さにおいて、藤村は群を抜いていた。が、その「真実」は、いかにして書くことができるのか。自分の心の底深くに正直に降りていくことによってでしかない。他人の心事はわからぬもの、ただ自分の心中だけを人は負わされ、その重荷に耐えて生きている。この明白な事実以外に、作家がものを書く支えはない。藤村は、ただ端的にそう思い詰める。

結果として、風格ある抒情をいっぱいに湛えた青年期の新体詩は、小説『破戒』へと一挙に転化し、この「社会問題的小説、人道主義的小説」（白鳥）は、『春』『家』『新生』といった凄愴の観ある一連の自伝小説の方へと突き進んで行った。この進み方を回顧して、私は「ますく〳〵面白く思つてゐる」と白鳥は言うのである。

花袋の『蒲団』や藤村の『春』が出たあとの自然主義の隆盛には、誰にも押しとどめ難い勢いがあったのだが、この評判のなかには無数の嘲笑や侮蔑があった。よくもあそこまで自分の阿呆な恥を曝せたもの、というのが、結局その罵倒の内容であった。そうした非難を押し切って書いた花袋や藤村には、西洋通の乙に澄ました教養人にはまったくない真率な、切迫した何かが新たにあった。その何かが、多くの文壇人の心に、飛び火でもしたように乗り移った。「平家にあらざれば人に非ずと云つたやうに、自然主義にあらざれば文学に非ずと云つたやうな時代が文壇に出現した。雑多紛々の文壇人が自然主義派に加入せんとしたのであつた。しかし、一般世間からはひどく攻撃されたものだ。擯斥されたものだ。以前ニーチエ主義が遊蕩主義であるやうに誤解されてゐたやうに、自然主義も、低調卑俗のものと見做されてゐた」（『自然主義盛衰史』）。

だが、自然主義は、ニーチェ主義が流行したように、あるいは芸術至上主義や享楽主義やプロレタリア文学が勢いを得たように、世に現われたのではなかった。自然主義が隆盛を過ぎ、大正、昭和の新たな潮流によって蔑視される遺物となりかかっても、この派の文学は、何人かの作家たちの綿々とした実作のなかで生き延びた。「打たれても、蹴られても、自然主義が息の根を留められることはなかつたのである」と白鳥は書く。

つまり、自然主義は、小林秀雄の言う「意匠」とはまったく異なる何ものかによって産まれ、生長し、ついに円熟したのだ。自然主義をはやりの意匠として、得意げに宣伝した作家など、実際にはひとりもいなかった。「自然主義」の名は、藤村が『破戒』を世に問うた頃から、誰言うとなく人の口にのぼり、またたくまに文壇を席捲した。まさに、人をして天が語らしめたように、である。白鳥の注意は、不思議なるこの事実へとまっすぐに向けられ、そこを逸れることがない。

「自然主義は否定の文学のやうに、私自身は解釈してゐて、実際さういふ傾向が、日本の文壇に於いても看取されてゐたが、しかし、今度諸家の作品を読み返して見ると、彼等の生きんとする努力は、強弱如何にかゝはらず、そこに存在してゐるのである。『私のやうなものでもどうかして生きたい。』と、折に触れては思ひ詰めてゐた藤村の気持は諸家の作品のなかにも出没してゐる。現実暴露の結果の懐疑幻滅に悩まされてゐたにしろ、心の底にはどうかして生きたいといふ気持が動いてゐたのである」(同前)。

否定や懐疑の力が強く純然と働くのは、何ものかを信じ、肯定し、「どうかして生きたい」と烈しく思い詰める時だけである。信じる意欲も肯定の熱も欠いた否定や懐疑とは、見掛け倒しの生の衰弱にほかなるまい。植物であれ動物であれ、生とは「生きんとする努力」そのものである。また「生きんとする努力」とは、与えられた環境が強いる状況を精確な問いに作り変え、何とかそれに回答する努力だろう。一本の草から人間に至るまで、生きるためには、みなそういう努力をするしかない。しないなら、産まれ出た生は枯渇するか、死滅するかである。

むろん、こうしたことは、文学とか近代小説とか呼ばれているものよりも、はるか手前の問題だろう。批評家、白鳥を生涯自然主義に惹きつけてやまなかったものは、実のところは文学以前のこの問題なのだ。白鳥によれば、自然主義作家らは、雑駁、稚拙な筆で、面白くもない、小説とも言えぬ小説を倦むことなく書き続ける。書かれることは、みな自分の心事を中心とした生活の窮状、如何ともしがたい男女の紛乱、抜き差しならぬ世の重圧である。一体、何のためにこんな文章があるのか。「私のやうなものでもどうかして生きたい」と烈しく願い続けるからだろう。その烈しさが、やがて思想の驚くべき純度へと転じていく。ほかに言いようはない。

「強弱如何」は別として、「生きんとする努力」そのものによって小説にもならぬ小説を綿々と書くことが、自然主義作家の特質だとしよう。その特質を最も顕著に、最大の強さをもって示す人間は、やはり島崎藤村だと白鳥は言うのである。だからこそ、自分の「自然主義文学回顧は、藤村を中心として回転」せざるを得ないと。また、白鳥はこうも書く。

「私は、自然主義幹部のうちでは、藤村とは深く交らなかつた。何時も離れて見過ごしてゐたやうなものだ。しかし、『破戒』から『新生』までの文学史上の藤村には、深き親しみを寄せながらこの稿を続けようと思つてゐる。藤村は、『花袋秋聲五十年記念会』に於ける演説のうちに、二氏の文学生涯を艱難な道を辿つたものゝやうに云つてゐたが、これは彼自身の体験から押して他人の心境を想像した結果なので、折に触れての彼の感想や、作品のあれやこれやを読んでゐると、人生行路の艱難、文学者生活の艱難が絶えずそこに現されてゐるやうである。『艱難の化身』であるやうだ」（同前）。

## 二

白鳥の回顧では、自然主義文学の人気は、明治も末年に近づくと「急転直下の勢ひでガラ落ちに落ちたやうであつた」。時流の雷同者たちは、潮が引くようにみな去っていった。しかし、この派の作家たちが、ほんとうの傑作を世に送るようになったのは、むしろそれから後のことである。「藤村が『家』を書き、秋聲が『黴』を書き、花袋泡鳴も次第に進境を見せ、秋江小劍、或ひは加能作次郎のやうな新作家も、それぐ\に独得の自然主義的作品を発表するやうになつたのであつた。そればかりでなく、漱石や鷗外のやうな自然主義反対者でも、知らず知らずこの派の感化を受けたやうな作品を綴るやうになつたのだから面白いのだ」（『自然主義盛衰史』）。

自然主義の名で騒がれた潮流が、単なる流行りの意匠ではなかったことは、さきほど述べた。自然主義作家らの精神が、その作を通じて日本の土壌に延ばしている根は、恐らく測りがたく深い。西洋社会に発生し、成熟した近代小説には決して同化しないもの、むしろ同化することを拒む何かが、彼らの作にはある。その何かとは、身ひとつの己が「生きんとする努力」――身ひとつが根差すその土壌のなかで「どうかして生きたい」という祈りのような願い、そういうものだったと言ってもいい。それは、文学的であるより前に、宗教の傾向を持つような何かである。だが、この宗教は、惨めな苦悶と煩悩に満ちていて、決して教説を持とうとしない。白鳥が、自伝的批評という文学形式で回顧する自然主義は、彼の精神が発する光のなかで、次第にそのような宗教の性質を明らかにしてくると言おうか。

『自然主義盛衰史』はちょうどその中ほどにあたる章で、藤村の『家』を詳細に「解説」づけている。「解説」とは白鳥自身が、使っている言葉だ。この「解説」は、小説全体を捉えるデッサンのように、正確で簡潔な批評文の骨格でできている。

たとえば、『家』の末尾で、主人公の三吉とその妻お雪が、自宅の寝間で夜更けまで話し込んでいる。風もない真夏の蒸し暑い晩である。この日は、三吉の親しい甥で、相場師稼業に失敗した正太が、名古屋で病死したという電報があった。「お雪、何時だらう――そろ／＼夜が明けやしないか――今頃は、正太さんの死体《からだ》が壮《さか》んに燃えて居るかも知れない」と言って、三吉が雨戸を一枚開けてみる。「屋外《そと》はまだ暗かつた」。白鳥は書いている。

「『屋外はまだ暗かつた。』で、藤村最大の長篇は完結してゐるのだが、『家』を読み終ると、そこには、何の晴々した解決があるのではなく、憂鬱な思ひに読者の心は包まれるのである。『どうかして生きたい。』と、みんながそれぞれの苦しい生き方をしてゐるのだ。さういふ意味で、私は感銘深くこの一篇を読んだ。作中に、宗蔵といふ病人の兄があつて、周囲の者に迷惑を掛け、死ねがしに扱れてゐるが、これも今の世の一つの標本的人物として私などの心を惹くのである。『ほんとに、宗蔵の奴は困り者だよ。人間だから、あゝして生きてゐられるんだ。これが若し、獣物《けだもの》で御覧、あんな奴は疾つくに食はれてしまつてるんだ。』『生きたくないと思つたつて、生きるだけは生きなけりやなりません。宗さんも苦しい生活ですね。』『いえ、第一、彼奴《きやつ》の心得方が間違つてるさ。癈人なら癈人らしく神妙にして、みんなの云ふ事に従はんけりやならん。どうかすると、彼奴は逆捩《さかねぢ》を食はせる奴だ。だから世話の仕手も無いやうなことになつてしまふ。』『一体吾々がかうして、殆んど一生掛つて、身内のものを助けてゐるのは、それが果していゝ事か悪い事か、私には解らなくなつて来ました。』

生きるだけは生きなければならん。そのための悩みである。木曾山中に生れた一家族が、世間へ匐ひ出して、如何に生きんかと悩んだ有様がこの一巻にねばり強く写し出されてゐるのである。面白く読まれる小説ではないが、感銘の深い作品である。自然主義にも弊害は多いであらうが、『家』の如きは、明治時代の自然主義作品として、後世に伝ふるに値ひしてゐるのではあるまいか」（同前）。

中山道馬籠宿にあった藤村の生家は、重苦しい秘密に包まれている。それは、生涯、藤村の心につきまとって離れなかった。幕末の頃、名主を務めた彼の父は、平田篤胤の国学に心酔して国事に奔走し、最後には座敷牢で狂死する。罪を犯して入牢した長兄は、繰り返し藤村に金の工面を求め、三兄は廃疾の身を横たえて、その一切の世話が、結婚生活を始めたばかりの藤村に降りかかる。生活を切り開くため、懸命に書き抜かれた『破戒』で、ようやく藤村は世に出るが、困窮のなかで次々と幼子《おさなご》を失くし、小説家としての地位を確立したかに思える頃、ついに妻までを亡くした。

「どうかして生きたい」という藤村の意志は、このような環境のなかで生きるとは何か、いかにして生きることが自分に求められているのか、という問いへのぎりぎりの回答を生み出す。彼の一連の自伝小説は、慎ましくも粘り強いその回答だった。このようにして、藤村が小説を書くことは、己一身がいかに生きるべきか、という問いに回答する窮迫した行為そのものとなるほかはなかった。そのことは、西洋式の近代小説の外観を大きく歪めたかもしれないが、日本固有の極度に真剣な思想表現の形を新たに産んだとも言える。白鳥の「感銘」は、そこにある。

藤村の同郷の知己で文芸評論家の中澤臨川は、『家』の序文のなかで、作者の風格、その感情の発露が、ツルゲーネフに似ることを指摘した。が、白鳥は言う。「[…]少なくも『家』は、決してツルゲーネフ張りの小説ではない。ツルゲーネフのどの小説よりも『家』はより多く真実に富んでゐる。小説は読者を楽ませるものであるとすると『家』などは、優秀なる作品とは云へないのであらうが、人生を如実に写した作品は兎に角尊重すべきである。世界古来の大作の側に並べて置くと、『家』なんかは、小さく慎ましやかに息をしてゐる存在に過ぎないやうであるが、小さいながらも、末永く存在して、腐ることのない作品であると思ふ」（同前）。

妻に先立たれた後、藤村の家には姪のこま子（次兄の次女）が住み込んで、家事を取り仕切るようになる。しばらくして、こま子と藤村との間には、男女の深い仲が生じる。姪は叔父の子を宿して、出産する。これは、弁解のしようもない不始末である。『家』に書かれているような陰鬱な家族関係のなかでは、とりわけそうだろう。藤村は進退窮まって、フランスへの逃避行に出る。大正二年春から大正五年夏まで、三年以上にも及ぶ彼のヨーロッパ滞在は、姪こま子との恋愛事件から逃げ出すためだった。この経緯を詳しく書いた小説が帰国後の『新生』だが、読めば、彼はフランスになど少しも行きたかったわけではないことがわかる。

実際、パリでの孤独な侘しい下宿住まいには、自己自身を流刑に処した者の荒涼たる惨めさがあった。出国当時、事情を知らなかった周囲の文士たちは、彼の洋行を覇気溢れる壮挙として讃えた。人のいい花袋などは、感激して藤村と別れがたく、この盟友を箱根まで見送ったくらいである。こうした出来事につき、白鳥は書いている。

「後日『新生』が出づるに及んで、化けの皮が剝がれて、洋行は責任逃避のためであつたのかと、あの時、一杯喰はされたのをいま〳〵しく思ふものもあつたが、しかし、作品『新生』は彼を救つた。昔山田美妙は、女性に対する不徳行為が祟つて文壇から落伍したが、しかし落伍した真因は、才能が衰頽したゝめであつた。『新生』の自己告白は、『破戒』の主人公の告白のやうな作られたものではなかつた。花袋の『蒲団』のやうなあまいものではなかつた」（同前）。

白鳥のこの何気ない書きぶりには、一筋縄ではいかない含蓄がある。「女性に対する不徳行為」が文士を落伍させる、などということはない。ひとりの男が、世間から非難を浴びる、爪弾きにされる、ということがあるだけだろう。その窮状の手痛さに、文士も会社員もありはしない。しかし、そこから生まれるひとつの作品が、ついに独りの文士に固有の生存を一挙に救い上げる、ということならあるのだ。『新生』は、実にそうした作品として生まれた。作品は、藤村が追い込まれ、進退窮まったところに現われてきた問題への回答だった。

全体が虚構のなかで為された『破戒』の主人公の告白に、そのような問題が、回答があるか。深刻そうに提出された社会正義の思想問題なら、あり過ぎるほどにある。『破戒』を自然主義作家中で第一の本格小説と評価する者は、そこに目が行き、だまされる。『破戒』以降、藤村が『春』『家』『新生』といった狭い自伝小説に入って行ったことを惜しんだりする。が、藤村が作家として、拵えものでない問題、彼一身の生存がその根底から問われる問題に初めて回答したのは、これらの自伝小説を通してではないのか。少なくとも、人の口をして天が語らしめた「自然主義」という名に、真に応じた作物は、巧くも面白くもないこれらの小説だったのではないか。白鳥はそう観る。

これとは逆に、花袋が『蒲団』で行なった露骨な「告白」は、もちろん作りものではなかったが、『新生』と較べれば、まだまだいい気なものだった。言い換えれば、こうした「告白」が為されなくとも、花袋は結構陽気に生きられただろう。『蒲団』の自己暴露は、その程度には任意のものであったのだ。『新生』の自己告白には、回答しなければ生存の道がない、言わば一個の生き物の、生死の問いが賭けられていた。何という大きな隔たりか。

三

それにしても、『家』を「解説」する『自然主義盛衰史』の筆は、冴え切っている。この一篇には、後の『新生』で生々しく明かされる姪との男女関係が、すでに明瞭な萌《きざ》しとして描かれていた。白鳥は、そのあたりの描写を「看過しがたい大切な所」として、自分の筆に鮮やかに写し取っている。それは、まさに批評文のなかへの自伝小説の移植とも言えるものだ。こういうところは実例で見てもらうほかない。

主人公の三吉、すなわち藤村が、東京郊外で暮らしていたころ、妻のお雪が乳呑み児の種夫を連れて、北海道の実家にしばらく里帰りしていた。藤村の家には「姪のお俊」(『新生』では「節子」)が、その従妹、お延と一緒に留守役を務め、泊まり込んでいる。すでにそれだけで、三吉の心は動揺し、動揺する自分に煩悶していた。

「ある晩のことであつた。それは草木も青白く煙るやうな夜であつた。彼は姪のお俊を連れて、養鶏所の横手から彼の好きな雑木林の道へ出た。月光を浴びながら、それを楽んで歩いてゐると、何処で鳴くともなく幽かな虫の歌が聞えた。不思議な力は、不図姪の手を執らせた。それを彼はどうすることも出来なかつた。『こんな風にして歩いちや可笑しいだらうか。』と、彼が冗談のやうに言ふと、お俊は何処までも頼りにするといふ風で、『叔父さんのことですもの。』と平素の調子で答へた。その日から、三吉は成るべく姪を避けようとした。避けようとすればするほど、余計に巻き込まれ、踏みにじられて行くやうな気もした。彼は最早、苦痛なしに姪の眼を見ることが出来なかつた。どうかすると、若い女の髪が蒸されるとも、身体が燃えるともつかないやうな、今まで気のつかなかつた、極く極く幽かな臭気が、彼の鼻の先へ匂つて来る。それを嗅ぐと、我知らず罪もないものゝ方へ引き寄せられるやうな心地がした。この勢ひで押し進んで行つたら、自分はつまりどうなると、彼は思つて見た。『おれはもう逃げるより外に仕方がない。』到頭、三吉はこんな狂人じみた声を出すやうになつたのだ」(同前)。

このあたりの文章は、藤村と白鳥との文字通り合作と言っていい。白鳥の「解説」は、藤村の小説に溶け入って、その小説の内にある苦しい心の蠢きを発光させている。実体験をそのままに書く藤村の小説は、生活が平板になれば、そのまま平板になり、危うい波乱が訪れれば、それを写して波乱含みとなる。何もかもが、やるかたもなくそうした運びになる。読者が面白がろうが、退屈しようがそうなる。こういうものが、西洋人の言う「小説」なのかどうか、藤村にはわからぬ。彼は、ただこれを真っ正直に書くことによって、「どうかして生きたい」と烈しく希う自分の心を救うのである。白鳥の「解説」が溶け入って光らせるのは、そのような心の内だろう。それができるのは、白鳥の批評文が、まさに「どうかして生きたい」と希う彼自身の心を、その最も深い動力として秘めて持つからである。

白鳥は、藤村の自伝小説に描かれた苦しみを、重要であるとも、価値があるとも言ってはいない。ただ、それは、一身によって確実に生きられ、味わわれた真実なのであり、己自身の愚行、迷い、疑い、そして欲情を、これほどまでに正直に、偽りのない苦悩として表わそうとした小説は世界に例がない。むろん、藤村だけではあるまい。自然主義作家と呼ばれた者たちには、多かれ少なかれこの特質がはっきりとあった。が、藤村が、そうした苦悩を、生きることそれ自体の「艱難」として捉え、乗り越えて行こうとした努力は抜きん出ている。『家』を論じて、白鳥は書く。

「島崎藤村に何の興味もない、たゞの小説愛好者が、三吉を造り物語の人物として読んでゐたら、面白味は半減されるであらうと思はれる。この青年の三吉の過去は悲惨であつたのだが、三吉すなはち、若菜集や落梅集の作者の若かつた頃の生活が悲惨であつたことを心に留めて、作者と共に人生の旅に上らうとするのである。三吉は他の兄弟の知らないやうな月日を送つた事が多かつた。兄の實が一度失敗したゝめに、長い留守を引き受けたのも彼が少壮な時からで、その間幾多の艱難を通り越した。ある時は死んでも足りないと思はれる程心の暗い時すらあつた」(同前)。

すでに述べたが、藤村の家には、父の代から続く暗い影や秘密が立ちこめている。座敷牢で狂死した父、罪を犯して入牢した上の兄、廃疾の身となって悪態をつき続ける下の兄。のしかかる家計の重圧。次々と死んでいった幼い三人の娘たちと妻。姪こま子との逃れようのなかった惨めな恋愛事件……。『自然主義盛衰史』は続ける。

「この艱難といふ言葉は、藤村の小説にも感想にも屢々用ひられてゐる彼の慣用語であるが、事実藤村の数巻の自伝小説を読み続けると、生きることの艱難が我々の胸にも浸み込んで来るのである。あちら向いてもこちら向いても、艱難が人間の形を帯びて待ち伏せしてゐるのである」。

これは、藤村という作家が、他の自然主義作家たちよりも、だいぶたくさんの苦労をした、という意味ではない。「艱難」という言葉、藤村が好み、白鳥が鋭敏に応じたこの言葉は、これを引き受け、負い続けていった藤村の生の態勢をも、その意味の内に含んでいる。言い換えれば、自らがそのなかに生まれ落ちた環境を、生きるための「艱難」として作り変えたのは、ほかでもない作家、藤村なのだ。藤村の「艱難」とは、彼が——まさしく彼だけが創り出した生の問いであった。
この問いは、文学よりは、はるかに宗教の近くにあるだろう。つまり、『春』『家』『新生』といった彼の自伝小説は、この「艱難」を「どうかして生きたい」と希う者の全身の回答として、ほとんど宗教的と言ってもいい、驚くべき誠実さをもって書き通されたのである。批評家、白鳥を、比類ない自伝小説家、藤村の方へと強く引き寄せたものは、この事実にほかならなかった。『自然主義盛衰史』の全篇は、この事実を何通りもの角度から引き出し、際立って特色ある批評文のなかに生動させている。藤村を「解説」しつつ、紛れることなく己自身を回顧する道を、白鳥は歩いた。

「多くの人間の生涯は大抵艱難の生涯なので、花袋秋聲泡鳴など、人生の真実を描いた自然主義作家の作品のどれもが、人さま〴〵な艱難の生涯を記録してゐるのであるが、藤村の『家』には、生きる事の煩はしさ、苦しさが、他の作家のよりも、板についてゐるといつた感じがする。上つ調子のところもなく、性急なところもなく、生の苦悩を見詰め見詰め、静かに溜息を吐いてゐると云つた感じがする」。

しかし、白鳥は、藤村であれ誰であれ、自然主義作家らがやっているつもりの現実暴露、「有りのまゝ」の描写なるものをまったく信じてはいない。そんな考えは、少し吟味すれば、ほとんど笑うべきものに見える。この孤独な、何ものにも欺かれない批評家が信じるのは、彼らが各々の一身をもって生きた「生の苦悩」であり、その経験の免れ難い性質は、たとえば鷗外、漱石のような悠然たる教養派文学者が遂に知らなかったものであった。

ところで、藤村、花袋、秋聲、泡鳴がモデルとした人物たちを、白鳥はよく知っている。白鳥自身もモデルにされたことがある。された人間たちが例外なく感じただろう不愉快は措くとしても、その実像は、ほとんどの場合、小説からかけ離れている。他人を「有りのまゝ」に描く、などということは、ほんとうは誰にもできはしない。自然主義作家らがしたことも、多かれ少なかれ創作に過ぎないが、その創作がもたらす真実味は、彼らを取り巻く現実よりも活き活きとしている。それはなぜか。言うまでもない。「どうかして生きたい」という彼らの烈しく、無様な理想主義《イデアリスム》が、実在のモデルを現実以上に真実な、名状し難い生き物の姿として引き出してしまうからだろう。「日本の自然主義文学に於いて私は特にその気持を体験してゐる」と白鳥は言う。

「傍観者たる私の想像であるから、これも真を逸してゐるであらうが、彼等の生存の世界が、私にはいき／＼と映つて来るので、それがうそであれまことであれ、私をして人生を知得させるのに、他の何物よりも役に立つと云つてゐるのである。彼等のうちに、もつと傑れた天才があつたなら、私は彼等からもつと人生を教へられたかも知れなかつたが、しかし、凡庸人であつた彼等の苦艱の生涯、華やかでもなく冴えてもゐなかつた彼等の生涯と、それから生み出した作品は、天才の作品よりも、却つてよく真の人生を私などに示してゐるのかも知れない」（同前）。

「傍観者」とは、「徒然なる」心をもって唯独り在る批評家のことを指す。ほんとうのことを言えば、文学も天才も、物が観え過ぎるこの恐るべき「傍観者」の眼には、つまらぬからくりに映ったことだろう。それなら、からくりでない真実はどこにあるのか。それを思い、それを思って、正宗白鳥の批評の筆は停滞するところがない。

# 第九章　翻訳文学者たること

一

正宗白鳥は、しばしば自分のことを「翻訳調」の文学者、「翻訳的人物」だと言っていた。小林秀雄との対談「大作家論」（昭和二十三年）では、独り言のように、こんなことを語っている。「――僕は子供の時分から西洋崇拝ですよ。だから、小山内〔薫〕君なんかとは同じ時代だが、小山内君も同じような気もちだな。翻訳的人物だね。翻訳人です。ところが、争われないもので、いくら翻訳したって、日本人は日本人だな。僕は青年時代に、キリスト教に入ったけども、僕の根柢には仏教がある。それは仕方がない。人間いくつになったって、日本人が西洋人になる筈はない。けども、僕は終始一貫、西洋崇拝といってもいい」。「西洋崇拝といってもいい」のだが、けれども「日本人は日本人」、やっぱりどうにもならんものだ、こんな繰り返しが、どこまでも続きそうな独り言である。ひとつの天分を負った明治育ちの日本人が、己の心に真っ正直に生き通すなら、この循環は避けるべくもなかった。白鳥が言っているのは、このことである。西洋の文物は、海の彼方から押し寄せる逃れがたい圧力であると同時に、明治人を惹きつけてやまない強い魅惑でもあった。西洋に魅せられている自分というものを、否定することも偽ることもできない。が、その心は、およそ十五世紀の時の流れをかけて醸成された古い日本の文物に芯まで浸されている。このこともまた、どうして偽ることができようか。

自然主義作家たち全般に、この二重性は、はっきりと認められる。島村抱月が主宰した『早稲田文學』、田山花袋が編集した『文章世界』などでは、自然主義文学の小説理論が述べられて、同時に日本の芸術伝統に対する強い愛着がしばしば明かされた。白鳥は、『自然主義盛衰史』のなかで次のようなことも書いている。

「欧洲近代文学の影響がそこに〔花袋の評論文に〕よく見られたが、桂園派の和歌に共鳴してゐるやうなところもあつた。素直に有るがまゝの心を歌つた熊谷直好の和歌などを愛好してゐるのであつた。藤村が芭蕉などに影響されたのと似てゐる。近松や西鶴、坂田藤十郎の芸術を讃美してゐた抱月と云ひ、日本自然主義の首領達は、西洋近代の文学や思想に感化されたにしても、心の底には日本芸術の伝統を宿してゐたのであつた。鷗外漱石二葉亭などの心魂に武士道の影が濃厚に残つてゐたのと同様である」。

アーサー・シモンズの『表象派の文学運動』を翻訳して、青年たちの度胆を抜くような近代批評の文体を創り出した岩野泡鳴は、同時に『古事記』への激烈な信仰をもって古神道を讃え、彼一流の「日本主義」を唱えた。こうした事実いっさいをひとまとめにして語ると、要するに、彼らはみな多かれ少なかれ己の「心魂」に忠実に生きたということだ。「西洋崇拝」の「翻訳人」を自認する白鳥も、この生き方においては何ら変わるところがなかった。いや、むしろ彼の「批評家魂」は、西洋に惹きつけられては、渦を巻いて日本古典に還流する「西洋人になる筈はない」自分の心の底の底を、凝視し続けていたに違いない。

ところで、小林秀雄は、昭和十五年一月に『改造』誌上に発表した「アラン『大戦の思ひ出』」のなかで、近代日本が抱え続ける「飜訳」の滑稽と苦難について書いている。

哲学者アランの第一次大戦従軍記『大戦の思ひ出』（岡倉正雄訳）が、今度翻訳刊行され、読んでみた。「かういふ本が紹介されるのは、大変いゝ事だが、飜訳は成功してゐるとは思へなかつた。アランの飜訳が容易な仕事ではないのは、僕にも経験があるから、よく知つてゐるし、又、一般に飜訳の困難といふ事も、根本に遡つて言ひ出したら、きりのない話だらうから、さういふ事を言ふのではない。手近かな処で、気の附いた事を書いてみる」。そう前置きして書かれるこの文章は、西洋の「飜訳」によって生きようとする日本式知識人の脆さ、危うさを、実に親身に、正確に語っている。

この訳書には、フランス文学者で、詩人の吉江喬松が序文を書いていて、そのなかに次のようなわけのわからぬ文がある。「本書中にある如く、従軍中彼［アラン］はクロオデルの『義務とは疑ふ余地がない最的に近接せる事柄である』といふ、言葉といふより意義だけで成立つてゐるこの難解なフラーズに釈然とする」。

これに対して、小林が書く。「『義務とは疑ふ余地がない最的に近接した事柄』だといふ風に書かれても、その意味は、恐らく誰の頭にも素直には這入つて来ないだらう。『最的に近接した』といふ様な言葉からして、どうしてこんな妙な言葉を使ふか解らない」。ところが、この文句がクローデルのもので、アランが自身の戦場経験を通じ、釈然とするところがあった、などという注釈がここにくっ付いてくると、「何が成る程だかはつきりしないまゝに、成る程といふ気持ちがして来る。さういふ気持ちがし始めると、文句の拙劣さとか曖昧さとかいふものは、もう何んの邪魔にもならぬ、それどころか、其の拙劣さ曖昧さが却つて成る程といふ感じをいよいよ確かなものとする。これは飜訳界に屢々《しばしば》現れる蜃気楼であつて、飜訳する人も、飜訳を読む人も、この惑はしから逃げる事は仲々困難である」。

クローデルが言っていることは、何でもない。「義務といふものは、ついお隣りの事で、疑ふ余地などない」という意味だ、そう小林は言う。「人間は、義務といふ一般観念によつて動くのではない、つい鼻の先きの事件にかゝづらふ、その中に義務を見るのだといふ考へ方はアランの重要な思想の一つである」と。実際に起こってくる必要事に、いかにその場で正しく応ずるか、回答を出すか、義務を果たすとは、そのことを言う。これは、行動する人の常識に属する考え方だろう。それを「言葉といふより意義だけで成立つてゐるこの難解なフラーズ」などと言う。難解になっているのは、明らかに吉江喬松の頭のなかだけである。吉江の注釈は、アランが書いていることの翻訳に基づくが、そこではアランはこう言っているに過ぎない。クローデルの「この文句が単なる文字ではない以上、その意味は、まさしく上述の例の如きものである」。

小林は、誤訳の指摘で揚げ足を取っているのではない。むしろ、誤訳によって膨れ上がってしまう滑稽なる思考の悲しみを、我がこととして語っている。「[…]かういふ誤訳しやうもない処に現れる訳者の誤訳といふものには僕なども屢々経験があるのだが、もう語学とか注意力とかばかりでは片附かぬものがある。そこには、アランならアランといふ人の文章に関する一種の眩《めま》ひの様なものがある」。

「眩ひ」の具合は、訳す人それぞれだろうが、問題は読者がその「眩ひ」を成る程とありがたく受け取ってしまう、その集団心理にある。こんなものに乗ぜられて酔い、易々と欺かれる精神に言葉による思想の創造がありうるのか。他方、アランの思想というものは、厳然として在る。他の言葉の配列には決して置き換えられない一種の造形として、ほんとうは誤解しようもなく在るのだ。アランを翻訳するとは、それがもし可能なら、一挙にこの造形から出発して、それを日本語の具体的な諸要素に分解し、それに応ずる別の、もうひとつの造形を新たに創造することにほかなるまい。これには、おそらくアランに匹敵する精神のヴィジョンと文章の力とが要るだろう。

だから、所詮、翻訳は不可能だと言うのは、最もたやすいことである。「眩ひ」のままに、愚にもつかぬ誤訳を途方もなく膨らませることよりもたやすい。大事なのは、近代の日本人が、翻訳への飢渇なしにはもはや生きられない、創造への道を切り開けない、ということの事実ではないのか。岩野泡鳴が創り出したアーサー・シモンズの訳文に、若い河上徹太郎の「偏執に満ちた魂」が、「水溜りから深みへ放たれた魚のやうに、ここに初めて胸一杯呼吸をした」(「岩野泡鳴」、昭和九年)のは、まさにこの事実による。が、それだけでもない。泡鳴の訳文には、それ自体、誤訳を踏み越えて突進してしまう造形の勢いがあった。まさに日本語の新しい形として踊り出す何かが、そこにはあったのである。

日本の近代が、思想、学問、文学の生産に際して否応なく直面した翻訳の問題は、絡み合って離れようとするふたつの側面を持っている。西洋に呪縛され、追従し、眩惑のうちに滑稽極まる翻訳文を捏ね上げて「成る程」と言い合っている学者、知識人たちがいる。日本語でも外国語でもない、わけのわからぬ新奇の翻訳言葉で、彼等が作り上げてしまう〈哲学〉や〈思想〉や〈世界観〉なるものは、とりわけて滑稽であり、空疎である。小林秀雄が、文壇の「様々なる意匠」と呼んだ産物の共通の出所は、まさしくここにある。日本の近代思想なるものが抱える空疎な滑稽さは、すなわち、翻訳言葉にころりとしてやられる者の滑稽さだと言ってもよい。

しかし、西洋言語の翻訳によって生きることは、外からの必要によって強いられ、内からの飢渇によって望まれている。この事実に、少しも滑稽なものなどはないのだ。厳然としたこの事実は、精確に問題として創り直され、回答されねばならない。正宗白鳥が、自分を「翻訳人」だというのは、彼の任意な好みによってではない。己が置かれたその場所に在って、あくまでも正直に、誠実に生き通そうとする決心の慎ましい表明なのである。翻訳によってまさに何かを知ること、考えること、感じること、このことがいかに避け難いか。避け難いが故に、いかに真剣に、徹底して克服されねばならないか。白鳥は、この問題に独りの批評家として、つまりは、何ものにも乗ぜられないひとつの精神として、生涯向き合った。

## 二

さっき引いた正宗白鳥との対談のなかで、小林秀雄は「僕も翻訳文学者たることを心掛けているんですが、結局日本人だって、どうだって、仕方がないことなんですね」と言っている。白鳥が、国の分かれているのはしょうがない、「日本は西洋と融和してゆけやしない。どんなことをしてもね。別個の国だから、どうしようもないな」と嘆息気味に言う、その言葉を受けてのものである。「翻訳文学者たることを心掛けている」、そのことを最も深く引き受ける者たらんとしている。これは、小林の覚悟だったが、実はその覚悟をもって生きる以外に、日本がその伝統を、文明の遠く巨大なる記憶を我が身に活かして進む道は、どこにもないのだった。

西洋文明という、日本にとってのこの強いられた所与を、何ものにも欺かれず、一身をもって捉え、悩み、考え抜くのは、偉そうな官学の教授でも、乙に澄ました洋行帰りのインテリでもない、ほんとうは「紛るゝ方無く、唯独り在る」批評家ではないのか。近代日本にあっては、「批評家」と呼ばれた者たちの内のごく少数者が、その辛い役割を誠実に、どこまでも誠実に負ったのだと言ってよい。

昭和二十七年に刊行された『ゴッホの手紙』の冒頭で、小林は「翻訳文学者たること」の彼一流の覚悟を、実にはっきりとした言い方で述べている。日本のインテリたちは、何かにつけ物知り顔に嘆きたがる。地球上の東の果てに住む大多数の日本人には、西洋の本物の文物に、あるいは言語や習俗に、じかに接する機会などめったにない。接することのできるのは、翻訳され、移入されたまがい物ばかり、我々は、文明上の大そうな悪条件に置かれていると。しかし――

「悪条件とは何か。

文学は飜訳で読み、音楽はレコードで聞き、絵は複製で見る。誰も彼もが、さうして来たのだ、少くとも、凡そ近代芸術に関する僕等の最初の開眼は、さういふ経験に頼つてなされたのである。飜訳文化といふ軽蔑的な言葉が屢々《しばしば》人の口に上る。尤もな言ひ分であるが、尤もも過ぎれば嘘になる。近代の日本文化が飜訳文化であるといふ事と、僕等の喜びも悲しみもその中にしかあり得なかつたし、現在も未だないといふ事とは違ふのである。どの様な事態であれ、文化の現実の事態といふものは、僕等にとつて問題であり課題であるより先きに、僕等が生きる為に、あれこれの退つ引きならぬ形で与へられた食糧である。誰も、或る一種名状し難いものを糧として生きて来たのであつて、飜訳文化といふ様な一観念を食つて生きて来たわけではない。当り前な事だが、この方は当り前過ぎて嘘になる様な事は決してないのである。この当り前な事を当り前に考へれば考へる程、飜訳文化などといふ脆弱な言葉は、凡庸な文明批評家の脆弱な精神のなかに、うまく納つてゐればそれでよいとさへ思はれて来る。愛情のない批判者ほど間違ふ者はない。現に食べてゐる食物を何故ひたすらまづいと考へるのか。まづいと思へば消化不良になるだらう」(『ゴッホの手紙』)。

小林が、これを書いた頃と今とを較べれば、むろん交通手段の進歩、発達は驚いたもので、日本人が欧米諸国に出向くことなど、もはや何でもない。人類の文明は地球規模になりつつある、などと「誰も彼もが」わかった気で口走るようになった。つまり、「悪条件」は、一応は取り除かれたのである。それで何が起こったか。西洋の文物を「退っ引きならぬ形で与へられた食糧」として食う日本人がいなくなった。西洋との対峙も心中の闘いも意味を失くし、漠とした欧米風になびくことは、単に習慣的な社会の現状になった。ここで消え失せたものは、己の内に在る文明の記憶を一身に背負って西洋と闘い、その相手に骨の髄まで魅せられては、また闘いに出て行く「翻訳人」の精神の緊張だろう。小林は、書いていた。

「僕が、飜訳文化の名状し難い生態に廻り合ふのは、自分の経験に基く自分の精神の或る特殊な遠近法によつてである。廻り合ふものは、実は僕自身に他ならないのかも知れぬ。と言ふのは、さうも言へるであらうといふ意味であつて、廻り合ふものが曖昧だといふ意味ではない。かく在る文化の巧妙なる批判家と、かく在るべき文化の漠然たる夢想家とは一つ穴の貉《むじな》である。彼等が何処で文化の実体と廻り合ふ事が出来るのか、僕にはよく解らない」(同前)。

「かく在る文化の巧妙なる批判家」は、近代日本という「悪条件」のなかで積み上げられる「飜訳文化」の脆弱さを言う。言ったその舌で、「かく在るべき文化」の正しい近代化などを唱えている。いずれももっともな説だが、この種の説をもっともらしく語る近代日本のインテリは、人が生きるのにどうあっても必要な「文化の実体」というものを始めから知らない。身に浴びていない。つまり、彼らこそが、最悪の「飜訳文化」を演じているピエロではないのか。科学技術の発達によって「悪条件」の大部分が取り除かれれば、彼らはいったい何になるのだろう。何にもなりはしない。彼らは、相変わらず「実体」を欠いた「飜訳文化」の扇動者であり続ける。

インテリによる巧妙な文化の批判は、根のない文化の夢想と表裏になっていて、決して批評と呼べるものではない。己の生が現に動く態勢のないところに、批評が生まれてくるはずはない。「翻訳人」であることを、どうにもならない己の生の実体として、強い精神の力で摑み直すところからしか、日本の近代批評は生まれてはこなかった。正宗白鳥も、小林秀雄も、河上徹太郎も、それぞれにそうした経験を生きた。

『ゴッホの手紙』の冒頭で、小林が改めてこういう事を書くのは、この本が、ゴッホ最晩年の絵『鳥のいる麦畑』の複製に上野の美術館でいきなり出くわした時の経験から始められているからである。原画を観る、というようなことは、一切問題ではなかった。小林は、ただ心底から恐ろしい眼に自分が見据えられていると感じ「たうとうその前にしやがみ込んで了つた」。有名になっている一節を読もうか。上野の「泰西名画展覧会」に行ったが、折からの遠足日和で、館内には生徒さんたちが溢れかえっている。埃と喧騒とで、とても絵を観ることなどかなわぬ。仕方なく、閑散とした複製画陳列室をぶらぶら歩いていると、ゴッホの絵の前に来た。突然「一種異様な画面」が、小林の目を襲ってきた。

「熟れ切つた麦は、金か硫黄の線条の様に地面いつぱいに突き刺さり、それが傷口の様に稲妻形に裂けて、青磁色の草の緑に縁どられた小道の泥が、イングリッシュ・レッドといふのか知らん、牛肉色に剝き出てゐる。空は紺青だが、嵐を孕《はら》んで、落ちたら最後助からぬ強風に高鳴る海原の様だ。全管弦楽が鳴るかと思へば、突然、休止符が来て、烏の群れが音もなく舞つてをり、旧約聖書の登場人物めいた影が、今、麦の穂の向うに消えた――僕が一枚の絵を鑑賞してゐたといふ事は、余り確かではない。寧ろ、僕は、或る一つの巨きな眼に見据ゑられ、動けずにゐた様に思はれる」(同前)。

この経験は、やはりどんな意味でも絵の「鑑賞」というようなものではあるまい。あえて言うなら、魂から魂への直接の呼びかけが、小林という孤独な批評家の心のなかで、突如として明確に起こったのである。絵は、ゴッホがパリ近郊のオーヴェール・シュル・ワーズで自殺する直前のもので、画面には紛れもない精神病の刻印がある。しかし、小林を動けなくさせたのは、主治医でもよく分析できなかったそんな病気ではない。重度の精神病を突破して、絶え間なくそれを打ち砕いてやってくる「或る一つの巨きな眼」だった。この眼は、病んでいるどころではない、およそ生の内で最も健全な意志を、生きようとする根源の努力を示すものだったろう。絵は、精神病を表わしてなどいない、絵は、病と闘い通し、画家の意志がついに力尽きようとするその寸前で凝結している。

小林のゴッホ論が起こってきたのは、絵に対してではなく、絵から発した魂の呼びかけに対してである。この経験は、他の何とも取り換えがきかず、原画を観たところで決して変わるものではなかった。いや、時が移り、場所が変わり、原画を観る機会を得た時には、原画はかつての経験を振り返るための縁《よすが》としてあった、という始末になっても不思議ではないようなものだ。この経験は、書かれることを求める。書かなければ生きてはいけないものとして、日本の独身批評家、小林の全身を貫き、そこに一種の「窮境」として居座っている。しかし、これまでさして関心もなかったゴッホの絵について、複製をたよりにすぐさま書き出す、というようなことは、彼にはとうていできない。だが、経験が、彼に書くことを強いる。

戦争中に『モオツァルト』を書いた時も、「全く同じ窮境に立つた」と小林は書いている。

「動機は、やはり言ふに言はれぬ感動が教へた一種の独断にあつたのである。あれを書く四年前のある五月の朝、僕は友人の家で、独りでレコードをかけ、D調クインテット（K．593）を聞いてゐた。夜来の豪雨は上つてゐたが、空には黒い雲が走り、灰色の海は一面に三角波を作つて泡立つてゐた。新緑に覆はれた半島は、昨夜の雨滴を満載し、大きく呼吸してゐる様に見え、海の方から間断なくやつて来る白い雲の断片に肌を撫でられ、海に向つて徐々に動く様に見えた。僕は、その時、モオツァルトの音楽の精巧明晢な形式で一杯になつた精神で、この殆ど無定形な自然を見詰めてゐたに相違ない。突然、感動が来た。もはや音楽はレコードからやつて来るのではなかつた。海の方から、山の方からやつて来た。そして其処に、音楽史的時間とは何んの関係もない、聴覚的宇宙が実存するのをまざまざと見る様に感じ、同時に凡そ音楽美学といふものの観念上の限界が突破された様に感じた。僕は、このどうしても偶然とは思はれない心理的経験が、モオツァルトに関する客観的知識の蒐集と整理とのうちに保証される事を烈しく希つたのであるが、さういふ事を企てるのには、僕にはやはり悪条件が出揃つてゐるといふ始末であつた」（同前）。

何しろ戦争中のことだから、ヨーロッパに出かけて演奏を聴く、資料を集めて回る、というようなことはいたって難しい。が、「悪条件」は、それだけのものではあるまい。日本に生まれ育ち、この土地の巨大な文明の記憶を負って現に生きている、そのこと自体がすでに「悪条件」だと思いたい人間には思えることだろう。むろん、そんな考えは、まったく愚かである。こうした「悪条件」なしに、小林が、ゴッホやモーツァルトから、絵にも音楽にも先立つ直接の呼びかけに、これほど激しく見舞われることはなかった。そういうことであるなら、正直に生きるとは、どんな境遇においても常に「悪条件」を生きることではないのか。

三

ふたつの「窮境」は、いかにして乗り切られたか。

ゴッホの場合には、弟テオの妻、ボンゲル夫人が編纂した膨大な書簡全集が刊行されていた。ゴッホが遺した手紙は、彼の全画業に匹敵して、なお余りあるほどのものだ。絵を描くことと手紙を書くこととは、彼の疲労困憊する生活を交互に満たしきって何の隙間も残さなかったふうに見える。小林は、精神科医の式場隆三郎から借り受けた書簡全集を、飯を食べることも忘れてしまうほどに打ち込んで読む。『ゴッホの手紙』は、多くの部分がその書簡集からの抜粋、引用で成るのだが、そこで小林が創り出した翻訳文は、それ自体が実に立派な文業で、訳者の体内をめぐる血流の音がはっきりと聞こえる。小林によって訳出され、構成されたゴッホの書簡は、告白文学の傑作を成すと同時に、絵画と自然と精神病とをめぐって書かれた宗教文学のひとつの極点を示すと言ってもいいだろう。その作者は、ゴッホなのか小林なのか、もはやわからない。

『ゴッホの手紙』で、小林がまず重視するのは、ゴッホは画家になろうとする前に牧師になることに失敗した人間だということである。彼には、面倒な神学や教理体系の暗記はとうてい耐えがたいものだった。牧師になるための学校を途中で飛び出した彼は、単身ボリナージュの炭鉱に赴き、そこで自分の持ち物すべてを与えて、貧しい人、病んだ人のために献身する。ただただ人の為に我が身を使い果たすこと、これだけが彼の熱望した牧師の道だった。教会組織が、こんな異常人を放っておくはずはなく、彼は説教師としてのすべての活動から追放される。

ゴッホという人間には、絵筆を持つ以外の仕事は、許されていなかった。画業は彼が好きで選んだ仕事ではなく、彼の天分が独自に、圧倒的に強いられた、ひとつの異様な労働だった。それは、近代芸術などに属するよりもはるかに深く、彼が捕らえられた信仰に根を持っていた。「言はば、この人には、絵のモチフは、人生のモチフより決定的に遅れて来た」と小林は書く。「彼の絵画技術獲得に関する殆ど人間業とも見えぬ勉強も、天賦の感受性の鋭敏も、これら両者の間隙《かんげき》を充塡《じゆうてん》する事は出来なかつた様に思はれる」と。画業に専心する者の喜びも充足も、幸福な陶酔も、ついにゴッホを訪れることはなかった。あったのは、いかに生きるべきか、についての辛い、常軌を逸した烈しい問いだけである。

「絵画は目的ではない、手段に過ぎないと、熱狂の合ひ間に、何者かが彼に囁《さゝや》く。では何の為の手段か。不思議な事だが、それを知る為に、この現実家には、自分に残された唯一の現実の技術、色や線に関する技術しか信用出来なかつた」（『ゴッホの手紙』）。現実以外の何からも学ぶまいと決めた、この絶望した頑強な宗教者のなかで、「人生のモチフ」は色や線に関する絵画上の「現実の技術」と空前の結合を遂げる。

ゴッホの絵に関しては、よくて複製画、たいていは粗末な写真版しか見られなかった当時の小林には、幸いにして膨大な書簡全集が与えられた。これが彼に許された動かしがたい環境だが、何の不服を言うことがあろう。書簡と写真版とは、交互に、切り離し得ない表裏となって小林の批評の魂を貫く。このふたつが、どこかしら我が身の奥底から告げていることが、はっきりとある。その声が、彼を写真版の彼方に連れて行く。それが連れて行くところは、いわゆる原画ではない。絵というものでさえないかもしれぬ。

書簡にしたところが、同じことだろう。ここに書かれているのは、小林にとっては、どんな意味においても外国語である。彼は、その外国語を、自分の血肉とともに生きて働く言葉に移してみる以外、つまり「飜訳」してみる以外、ほんとうには知ることも、感じることもできない。このような「飜訳」によって、彼が達して行くところもまた、いわゆる原文の意味などではない。言葉でさえないかもしれぬ。

絵の写真版であろうが、書簡全集であろうが、この「翻訳文学者」が突き進んで達するところは、まったく同じだ。それは、ゴッホという、語られることを深く拒絶した魂の絶対の運動、その純粋な速度の内側である。それでも、運動は何かを語っていると言うか。確かに。いかに生きるべきか、という、呪文とも祈りとも聞こえる無音の響きだけを奏でている。この響きは、もちろんフランス語でも、オランダ語でも、日本語でもないだろう。こういうものが、小林の言う「翻訳文学者」の仕事である。「翻訳文学者」たることなく、批評家であることは、近代日本においては、おそらくできない。

『ゴッホの手紙』から、その翻訳の一例を示そう。これは、一八八五年にオランダのヌエーネンから弟テオに宛てて送られた手紙の一節である。

「《農夫の墓場》と題する絵を、もう一枚送る……僕が現さうと思つたものはかうだ、実に長い長い間、農夫達は、生きてゐる時に掘返したその同じ畠に葬られて来た、といふ事をかういふ廃墟は、どんな具合に語つてゐるかといふ事。つまりかういふ事が言ひたかつたのだ、死と埋葬とは、何んと単純な事だらう、秋に木の葉が落ちる様に単純な事だ、少しばかりの土が掘起され、そして木の十字架だ。教会の境内の草地が終り、背の低い塀の向うは、ぐるりと畠が取巻いて、海の水平線の様な地平線で終る。いかに強固な信仰も宗教も、遂には朽ち果てて了ふが、何んと農夫の生と死とは、いつまでも変らず残るか、境内の花や草の様に、芽を出しては枯れ、芽を出しては枯れ」。

昭和二十一年の暮れに発表された『モオツァルト』でも、こうした事情は変わりない。小林は、この小品を五年越しで書いたのだが、彼の手に委ねられていたものは、聴き得る限りでのレコード、古びた蓄音機、退屈極まる書簡集、肖像画のモノクローム写真、そんなところである。これは、悪条件であろうか。そうであったとして、小林は、この境遇とは別の環境に幽霊のように移り棲んで、一体どんなモーツァルトを書くことができるというのだろう。どんなシンフォニーを聴くことができるというのだろう。

小林が、調子の悪い蓄音機で聴き抜いたモーツァルトは、まさに言葉を拒絶した純粋な音楽が、ついに音楽というものから抜け出して、自然のうちで捕らえられる持続の精髄となる、その速やかな運動である。後のロマン主義音楽がたっぷりと着せかけることになる、言葉と旋律が結んだ情調は、モーツァルトの耳が捕らえて離さなかった自然音を満たすごく短い主題の持続に、転調を重ねるその素早さに、とうてい追いつけない。さらにその後の現代音楽が、ロマン主義の湿っぽく重い衣裳をことごとく脱ぎ捨てることになるのだが、脱ぎ捨てただけで、始めから持っていなかったものが現われてくるはずもない。モーツァルトに還る路は、ロマン主義と訣別した現代でも、依然として固く閉ざされている。

古びた蓄音機から、小林が聞き取ったモーツァルトは、どんな音楽でも、楽器音の群れでさえもなく、たとえば、部屋の窓から見える「明け方の空に、赤く染つた小さな雲のきれぎれが、動いてゐる」、そんなものに似た揺らめきに聞こえる。そこで聞こえるものほど、西洋近代の不安、焦燥、猥雑、危機、欺瞞を炙り出し、芯から洗い流すものはない。これは、翻訳文学者、小林でなければ聞くことのできない自然音の普遍の精髄だ。その彼は、書く。

「主題が直接に予覚させる自らな音の発展の他、一切の音を無用な附加物と断じて誤らぬ事、而も、主題の生れたばかりの不安定な水々しい命が、和声の組織のなかで転調しつゝ、その固有な時間、固有の持続を保存して行く事。これにはどれほどの意志の緊張を必要としたか。併し、さう考へる前に、さういふ僕等の考へ方について反省してみる方がよくはないか。言ひ度い事しか言はぬ為に、意志の緊張を必要とするとは、どういふ事なのか。僕等が落ち込んだ奇妙な地獄ではあるまいか。要するに何が本当に言ひたい事なのか僕等にはもうよく判らなくなつて来てゐるのではあるまいか。例へば、僕は、ハ調クワルテット（K. 465）の第二楽章を聞いてゐて、モオツァルトの持つてゐた表現せんとする意志の驚くべき純粋さが現れて来る様を、一種の困惑を覚えながら眺めるのである。若し、これが真実な人間のカンタアビレなら、もうこの先き何処に行く処があらうか。例へばチャイコフスキイのカンタアビレまで堕落する必要が何処にあつたのだらう。明澄な意志と敬虔な愛情とのユニッソン、極度の注意力が、果しない優しさに溶けて流れる。この手法の簡潔さの限度に現れる表情の豊かさを辿る為には、耳を持つてゐるだけでは足りぬ。これは殆ど祈りであるが、もし明らかな良心を持つて、千万無量の想ひを託するとするなら、恐らくこんな音楽しかあるまい、僕はそんな事を想ふ」（『モオツァルト』）。

なまの演奏とは、原画とは、原文とは何か。ことによると、そういうものは、翻訳文学者たる批評家が突き破って進むべき、惑わしに満ちたヴェールではないのか。

# 第十章　魂に類似《アナロジー》を観ること

一

　文芸批評というものが、同時代に書かれる作品への鑑定、値積りに携わることを主な任務とするのなら、小林秀雄は早くから文芸批評家たることをやめたと言ってよい。やめて何になったのか。今日、もちろん私たちは、それをよく知っている。知ってはいるのだが、彼がなったもの、果たした役割を正確に述べることは、今日でもまだ簡単ではない。昭和二十一年に雑誌『近代文学』の同人たちと交わした座談「コメディ・リテレール　小林秀雄を囲んで」では、当時の新進たち（荒正人、小田切秀雄、佐々木基一、埴谷雄高、平野謙、本多秋五の六人）が、冒頭からこの点を執拗に突いている。あなたが「文芸時評」の社会性を放棄して、あるいは「文壇喜劇《コメディ・リテレール》」の書き手という、かつての立場を投げ出して、古典に閉じこもってしまったのはなぜかと。小林が応じて言う。

「そういう微妙な問題はうまく答えられぬが。——つまり、文学というものはみんなが考えているほど、文学ではないのだね。文学は又形である、美術でもある。そんなことをだんだん考えて来たらしいのだね。造形美術に非常に熱中したということから、そんな風に考えて来たということもあるらしい。――兎も角、批評文がただ批評文であることに、だんだん不満を感じて来た。批評文も創作でなければならぬ。批評文も亦一つのたしかな美の形式として現われるようにならねばならぬ。そういう要求をだんだん強く感じて来たのだね。うまい分析とうまい結論、そんなものだけでは退屈になって来たのだ」。

バルザックが、近代小説を通して壮大に描き出した「人間喜劇《コメディ・ユメーヌ》」を、批評家は、同時代の文学者たちをめぐる潑剌とした「文壇喜劇《コメディ・リテレール》」に置き換えて描き得る。サント・ブーヴはそれをやってのけた。日本ではどうか。たとえば、正宗白鳥の『文壇的自叙傳』、『自然主義盛衰史』は、そうした批評文の模範だと言えるだろう。そうであるなら、すぐれた「文壇喜劇」は、ただ「うまい分析とうまい結論」とで書かれ得るものではないことがわかる。ここで、小林が「退屈になって来た」と言っているのは、「文壇喜劇」のことではなく、文壇内の論戦めいた応酬のことだろう。

日本で「文芸時評」と称して行われている代物は、文壇に出たての「若僧」が、舶来観念に由来する文壇術語を、めったやたらに行使して繰り広げる未熟極まりない論戦の場になった。こういうものは、「文壇喜劇」でもなければ「文芸時評」でもない。他方、サント・ブーヴが創造した「文壇喜劇」、「文芸時評」は、すでに彼によって頂点に押し上げられてしまった。これ以上、どこに持って行きようもない。ちょうど近代小説が、バルザックの「人間喜劇」によって、一気に頂点に達してしまったように。

続けて、小林は言う。文芸時評は「誰でもやれるようになった。例えば、匿名批評というような形式が盛大になれば、もう誰がやってもいいのだ。第一流の批評家は必ず新しい形式を発明するだろう。まあ、そんな確かな自信が勿論あったわけではないが、何か新しい批評の形式というものを考えるようになった。そして、ジャーナリズムから身を引いてしまったのだ」。

小林の一連のドストエフスキー論、『無常といふ事』に収められた諸篇、『モオツァルト』、『ゴッホの手紙』などは、まさしく、彼の言う「新しい批評の形式」が発明されなくては生まれなかったものである。つまり、「たしかな美の形式として現われ」た批評文なのだ。自分は、もう決して文壇時評の世界には戻らない、座談会で小林はそう断言している。

批判し、論証し、ただ正しいだけの外観をもって意見を述べ立てるような評論は、いったい何のために、誰のために書かれているのか。そういうものがなくて困る人間は誰もおらず、あってよくなる社会はどこにもない。これに対し、初期の小林が生み出した、烈々と覚悟を述べる態の時評スタイルは、多くの読み手の心を強く摑み、インテリ式の評論を圧倒、粉砕する。が、小林は、そうした自分の批評文を、拙劣で読むに堪えぬ、と感じて苛立った。書くはしから、苛立ちと嫌悪とを募らせたのである。

何ものかの否定によって勢いづく文章は、その勢いとは反対に、書く者自身の心を衰えさせる。サント・ブーヴが創造した「文壇喜劇《コメディ・リテレール》」には、否定によって勢いづくようなものは何もなかった。作家たちにある天才も機知も大風呂敷も凡愚も、みなそれぞれの役回りを精確に振られて、彼らの時代を闊歩、躍動している。それを活写する大批評家の筆は、その性質においてバルザックのような大小説家のそれと変わりない。コメディ・リテレールを書く者である限り、自分はサント・ブーヴにはるかに及ばないだろう。何よりも、時代と環境とがそれを許していない。許していないなら、それでいいではないか。批評には、時代も環境も突き抜けて創り出しうる「新しい形式」が、きっとあるはずなのだ。

同じ座談会で、小林は言っている。そのような批評形式にとっては、「扱う対象は実は何でもいいのです」と。「ただそれがほんとうに一流の作品でさえあればいい。そうすれば、あらゆるものに発見の喜びがあって、どれを書いても同じです。音楽でも、美術でも、小説でも、それが西洋のものであれ、日本のものであれ、ともかく一流というものの間には非常に深いアナロジーがある」。

ここで小林の言う「一流」ならどれも同じ、という言葉に「近代文学」派の新進たちが戸惑いや、反発を感じていることは疑いない。何を一流とし、何を二流とするのか、一流なるものがあるとしても、そこにある評価基準の違いや好き嫌いをどうするのか。小林にとっては、みな埒もない、言葉の上だけの疑問である。さまざまな方向から出されるその種の疑問に、小林はきっぱりとした口調で言い切っている。「それは鑑賞の経験だね、経験を重ねていると、必ず直覚するですよ。一流、二流があります。一流ならば同じです」。

小田切秀雄が問い返す。「そうすると、トルストイとドストイエフスキイの場合は同じということになるんですか」。小林が即答する。「同じですよ」。小田切は食い下がる。「ゴーリキイは、全ソ作家大会で、ドストイエフスキイをボロ糞に言っていましたが、そういう風にドストイエフスキイとゴーリキイはとにかく対立している。その対立しているものも一流だということで……」。小林がまた即答する。「ゴーリキイは一流じゃない。トルストイ、ドストイエフスキイは一流です。ツルゲーネフは二流です」。小田切は引き下がらない。「一流のものは全部同じということはないので、違いはあるでしょう」。小林が三度目の即答をする。「違いはあるけれども、要するに同じ魂なんだね。何か深いアナロジーを感じるのだよ」。

　一流、二流という言葉は、それ自体すでにひとつの分類法を表わす言葉だが、一流のものを一流として分類させるのは、任意に定めうる価値尺度や判断基準などではない。一流のもの同士であれば、そのあいだに必ず感じられる「何か深いアナロジー」である。この類似《アナロジー》を、同じ命の流れから分岐してきた複数の魂の深い類縁だと言い換えてもいい。何らかの尺度、基準から任意に分類されたもの同士の類似は、大雑把で抽象的な共通性しか示さないが、小林の言う「アナロジー」はそういうものではない。この類似は、実在する。あたかも生物種というものが在るように、時代と社会環境とを貫いて、宇宙のなかにほんとうに在るものだ。これが在ることを魂に感じうる能力は、言ってみれば批評行為の死活を決定づける。

　小田切は、まだ反問を止めない。「しかし、アナロジーだけでは片づかないので、同じ一流の間にも違いがあって、どちらを良しとするかという場合が出て来ることはありませんか」。二つの一流のあいだの「どちらを良しとするか」、こういうことを決めさせるものは、まずイデオロギーと呼ばれる観念的な価値尺度以外にはないだろう。批評を殺すものは、それだ。小林が四度目の即答をする。「ないね。例えば、ゴーリキイの出現を歴史的社会的に説明して、どんなに弁護してみても駄目なんだ。ゴーリキイの作が二流品だということをどうしようもない。二流という証明は誰にも出来ないが、そういう世界では証明なんかつまらんことだ」。「文壇喜劇《コメディ・リテレール》」の世界では、一流も三流も、役者として大いに役立ってもらわなくてはならぬ。魂と魂との深い類似《アナロジー》の実在を基盤とする批評は、そうではない。批評は、類似が実在するその深さにまで、垂直に降りて行かなくてはならない。そういうことが出来るのは、始めから対象と同じ世界に棲むいたって特権的な批評家だけではないのか。平野謙は、そのような疑問を発した上で、次のように言う。「[…] 誰でも精神の冒険とそれを持続する努力を試みたら、批評家はすべて一流芸術の世界に味到出来るものでしょうか。その点私は不安なんです、何だか大変幼稚な質問みたいですが」。

いや、少しも幼稚ではない、核心を突いた正直な質問である。小林は、あっさりと答えている。「ただ尊敬という道があるのです」と。対象への尊敬の一念が、凡夫の批評に奇蹟を産むことがある。ほかに、これといった方法はない。この事実の単純さに耐え切れるかどうか、大事なのは、このことである。何かが、「一流」であるかないかは、尊敬の一念をもって当たらねばわかってくることではない。あそこはいいが、ここはいけない、というような態度では、何ひとつ見えてくるものはない。してみれば、一身を賭けて対象への尊敬の念を磨ぐことは、時代も環境も超えて、批評家の仕事が第一流へと高められること、すなわち対象に匹敵する高さに到ることへの唯一の路なのではないか。

## 二

一流の魂のあいだに深い類似《アナロジー》を観て取ることは、批評家にとって重要な、と言うより必須の心得である。「兼好は誰にも似てゐない」と小林は書いていた（「徒然草」）。『徒然草』があの時代に成ったということは、「純粋で鋭敏な点で、空前の批評家の魂が出現した文学史上の大きな事件なのである。僕は絶後とさへ言ひたい」と。確かに、そうである。が、その兼好の「紛るゝ方無く、唯独り在る」魂の孤独を、歌人西行に観、実朝に観ることによって、小林の『無常といふ事』が異様な光を発していることもまた、疑いないことなのだ。注意深い読者なら、これらの作を透過する、魂の深い類似《アナロジー》の反響を、必ず聴き取っているに違いないのである。

歴史の出来事としての兼好という批評家の出現は、他の何とも比較することはできない。それは、西行の歌にしても、実朝の歌にしても、それぞれの姿において、まさしくそうである。小林の言う魂と魂との「アナロジー」は、そういう出来事のさらに下を往く何か、偉大なものを分岐させる生の流れの唯一性に発するのだから、そこに遡りうるものは、対象ひとつひとつに向かって張りつめられた批評家の「尊敬」、あるいは信仰になる。

たとえば、昭和十八年に「実朝」を脱稿後、小林が半年ほどの間を置いて取りかかった『モオツァルト』のなかには、明らかに「実朝」と同じモチーフが響いている。ふたつの対象の間には、深い類似《アナロジー》が在る。それは、どういうものか。いかようにも語りうるが、たとえばそれは、ふたりの天才を結びつける「深い無邪気さ」というものだろう。この世の何もかも――人の心事も、歴史の錯綜も、すべてを見通してしまう、澄んだ悲しい無垢というものだろう。このような天稟は、決して子供っぽさと同じものではない。小林は書く。

「モオツァルトの孤独は、彼の深い無邪気さが、その上に坐るある充実した確かな物であつた。彼は両親の留守に遊んでゐる子供の様に孤独であつた。彼の即興は、音楽のなかで光り輝く。彼の気紛れも亦世間に衝突して光り輝く筈であつたが、政治と社交の技術を欠いたこの野人には、それが恐らく巧くいかなかつただけなのである」(『モオツァルト』)。

この音楽家が、両親の留守に遊んでいる子供だったとすれば、その両親とは、つまり神さまたちに違いあるまい。ほかに考えようはない。彼に野生があるとすれば、それは獣の性質から一番遠くにある野生である。実朝もまた、そうだ。

「彼の歌は、彼の天稟の開放に他ならず、言葉は、殆ど後からそれに追ひ縋《すが》る様に見える。その叫びは悲しいが、訴へるのでもなく求めるのでもない。感傷もなく、邪念を交へず透き通つてゐる。決して世間といふものに馴れ合はうとしない天稟が、同じ形で現れ、又消える。彼の様な歌人の仕事に発展も過程も考へ難い。彼は、常に何かを待ち望み、突然これを得ては、又突然これを失ふ様である」(「実朝」)。

このような天稟に、早逝は不可欠のもののように思われる。理由は言えぬが、彼らに与えられた時間は、私たちが生きる時間よりも、少しばかり無常迅速に見える。無常迅速の響きは、彼らがばら撒いて逝った歌や音楽の姿そのものである。小林の「実朝」と『モオツァルト』との間には、小林が、「独身批評家」の彼だけが、はっきりと観じ、摑み取った魂の類似《アナロジー》があるのだ。小林は、そのことをひと言も語らないが、これらふたつの作を、あくまでも強い光で浮かび上がらせる光源は同じものである。

しかし、小林の「実朝」は、西行との間にもまた深い類似《アナロジー》を観ている。この類似は、小林が明言するものである。たとえば、「成る程、西行と実朝とは、大変趣の違つた歌を詠んだが、ともに非凡な歌才に恵まれ乍ら、これに執着せず拘泥せず、これを特権化せず、周囲の騒擾《さうぜう》を透して遠い地鳴りの様な歴史の足音を常に感じてゐた異様に深い詩魂を持つてゐたところに思ひ至ると、二人の間には切れぬ縁がある様に思ふのである。二人は、厭人や独断により、世間に対して孤独だつたのではなく、言はば日常の自分自身に対して孤独だつた様な魂から歌を生んだ稀有な歌人であつた」(「実朝」)。

実朝とは違い、西行には、歌人としての円熟が許される充分な時間があり、仏典への見識を積む経験も与えられた。しかし、彼らが負った詩魂は、互いに類似し、美しい反響を大きく奏でる。奏でさせるのは、小林の批評の筆である。実朝と西行との魂が「日常の自分自身に対して孤独だつた」とはどういうことか。言うまでもない。彼らもまた、それぞれの天分において、兼好のように「紛るゝ方無く、唯独り在る」人間だったということだ。

このような観方をするならば、小林が描き出す類似《アナロジー》の輪はさらに拡がり、兼好、実朝、モーツァルト、西行は、要するにみな同じ、ということになる。詩人も批評家も音楽家もない。みな「同じ魂」だということになる。一体それでいいのかと、たいていの者が、首をひねるだろう。無理もない。しかし、それでいいのである。

小林の言う〈魂のアナロジー〉は、ただの共通性や同一性のことではまったくない。その種の概念は、個別のニュアンスをすべて消す。いろいろな性質をひと括りにして一般化へと赴く。〈魂のアナロジー〉は、むしろ個々のものを、まさにそれぞれの差異として分岐させる元の光源のほうに在る。地上に降り来たった「一流」の魂には、必ず同じひとつの光源が在る、そう言ってもいい。異なるのは、無数の分岐の仕方であり、「一流」のもの同士にある無限のニュアンスは、そうした分岐から次々に生まれる。批評が、魂の上に最も深い類似を観る時、描き出される個々の対象には、限りなく細やかなニュアンスが現われる。

もうひとつ例を挙げよう。小林の「西行」と『ゴッホの手紙』の間には、明らかに観て取ることのできる魂の類似《アナロジー》がある。これを感じない読者がいるだろうか。「西行」のなかで小林は書いていた。「如何にして歌を作らうかといふ悩みに身も細る想ひをしてゐた平安末期の歌壇に、如何にして己れを知らうかといふ殆ど歌にもならぬ悩みを提げて西行は登場したのである」と。如何に生きるべきかの問いは、如何に詠むべきかの問いよりもはるかに早く、深く西行という頑健な北面の武士の上に来た。同じことがゴッホに言える。小林は書いていたではないか、「言はば、この人には、絵のモチフは、人生のモチフより決定的に遅れて来た。彼の絵画技術獲得に関する殆ど人間業とも見えぬ勉強も、天賦の感受性の鋭敏も、これら両者の間隙《かんげき》を充塡《じゅうてん》する事は出来なかつた様に思はれる」と。

ここには、小林が「一流」と観じるものに不可欠の無私な野生と、作られ終わったものへの徹底した無頓着と、生きることへの桁外れの誠実とがある。このことを訥々《とつとつ》と語るゴッホの手紙を、小林訳で引いてみようか。手紙は、一八八三年秋、ドレンテから弟テオに宛てて書かれたものである。

「どんなに文明人になつてもいゝが、都会人になつてはならぬ、田舎者でなければならぬ。どうも正確な表現が出来ないが、口を開かせずに働かせる何かしらが、人間の裡《うち》になければならない。喋つている時でさへ、喋つてゐる事を超えた或るもの、繰返して言ふが、行為に導く内的沈黙といふものがなければならぬ。立派なことを仕遂げるには、さういふ道しかない。何故か。何が起らうと驚かぬ或る感情を人間は持つからだ。働く——次は？　僕は知らない——」（『ゴッホの手紙』）。

小林が描くゴッホは、西行に似ている。が、その同じゴッホは、癲癇の発作に苦しむドストエフスキーにも酷似している。この小説家もまた、「人生のモチフ」が小説を書く行為を圧倒していた。それなら、西行とドストエフスキーの間にもまた類似《アナロジー》が存在すると言えるだろうか。存在すると言っていい。ただし、その類似《アナロジー》は、西行とゴッホとの間にあったものより、ずっと潜在的なところに、言うなれば、魂の分化がおこるよりずっと手前の深い生の土壌のなかにある。

ドストエフスキー、西行、実朝、モーツァルト、ゴッホ……こうした「一流」たちが相互に持つ類似《アナロジー》の深さ、あるいは潜在性は、みなそれぞれの場合において異なっている。しかし、彼らの姿を彫り上げる小林の批評の鑿が、こうした類似《アナロジー》の多にして一《いつ》であるような堅固な本性《ほんせい》に絶えず打ち当たり、その抵抗によってこそ誤りなくはたらくものであることは、疑いない。したがって、これらの類似《アナロジー》は、すべて対象それ自身のなかに実在する。これらは、任意の一般観念が作り設ける共通性とは、まったく別のものなのだ。

三

「文壇喜劇《コメディ・リテレール》」を活写する批評のなかには、二流も三流もぞろぞろ登場し、みないい役どころを与えられて躍如としている。言い換えると、このような喜劇のなかでは、二流も三流もない、誰もが取り換えのきかない稀有な人間の顔をしているのである。正宗白鳥の『自然主義盛衰史』が、そうした批評劇の傑作であることに、誰も異存はあるまい。登場する役者たちは、かつてみな作者の身近で生き、多かれ少なかれ親交のあった人々である。この環境がなければ、『自然主義盛衰史』という精彩溢れる群像劇は描かれなかったに違いない。が、そのなかに、ひとりだけ趣《おもむき》の異なった一流役者が登場する。それは、島崎藤村である。この長篇評論を執筆中の昭和二十三年に、小林秀雄と行なった対談（「大作家論」）のなかで、白鳥は、次のようなことを言っている。

「文学って、それは何か知らんけどな、僕はまあ、ヤソなんかに入ったこともあったが、僕は文学なんかどうでもいい。人間の生きる悩み、どうして生きるか。この世に人類というものが発生した苦労だな。そういうようなところに、いつも惹かれるんだな。それだからドストエフスキイなんかも言うわけだけども、そういう意味で藤村を第一とするんだ。藤村は小説はヘタだけども、いかにして生きるか、どうかして生きたいということをよく呟いている。それで一生懸命に生きようとしている。あれは救いのない生涯を終った人だけどな。何か、つらいというものをしみじみと見て、人に知れない悩みを持ってた人のように思えるんだな。そういうところに共鳴するんですよ。文学なんていうものは、第二義のもので……」。

小林が、白鳥を尊敬する根本の理由は、まずこういうところにあるだろう。白鳥もまた「人生のモチフ」が、「文学なんていうもの」よりもよほど早くに来た人である。『自然主義盛衰史』で藤村を語る時の白鳥は、もはやコメディ・リテレールの作者ではない。

白鳥が、一身を挙げて為すような藤村への共鳴は、トルストイに対する尊敬と似たものがある。その文学、あるいは思想の大きさにおいて、藤村がトルストイに較べるべくもないのは言うまでもない。が、それにもかかわらず、白鳥がこのふたりの間に魂の深い類似《アナロジー》を観ていたことは、どうも疑いがない。このことは、白鳥という批評家の生きる態勢に関わる問題であり、おそらく、そこだけに関わっている問題なのだろう。

大正十五年七月に『中央公論』誌上に発表した「文藝時評」のなかで、白鳥は書いていた。トルストイは、彼が負った天分において、どんな古人にも引けを取りはしない。キリストに対してさえも、である。「論より証拠、トルストイ全集と、四福音書とを比べて見るがいゝ。どちらが人生の書物として内容に富んでゐるか。トルストイが四福音書に帰依したのは、彼れの空想裡の福音書に帰依したのである。希臘の神話を材料として、後世の詩人が自己の創作を試みるが如く、トルストイは、キリストや原始的宗教を素材としてそれを心のまゝに使つて、自己の傑れたる創作を試みようとしたのだ。孔子が堯舜を題材として、それによつておのれを語つたやうなものである」(「トルストイについて」、大正十五年)。

トルストイが帰依した「空想裡の福音書」には、嘘も幻もない、トルストイが帰依した通りのものが、実際そこにはある。ただし、それは、トルストイの胸の内にある信仰の火が燃え上がらなかったら、その火が彼の空前絶後の小説を産み出さなかったら、ただの退屈な、空々しい説教に過ぎまい。事実、そのような「福音書」が、今も世界中の数え切れない場所に建てられたキリスト教会で、説教をするために読まれている。

『アンナ・カレニナ』『戦争と平和』『クロイチェル・ソナタ』の豊かさは、どんなに語っても尽きることがないだろう。それを産んだトルストイが、「最後の日に、その生存の無意義であつたことを暴露」(同前)し、行き倒れとなって死んだのである。白鳥は、この事実にどこまでも惹かれる。永久に立ち尽くすかのように、惹かれるのである。似たことが、藤村の作品と生涯とを前にして、『自然主義盛衰史』の白鳥には起こっていたのではないか。この作が書かれた次の年の昭和二十四年に、長篇人物評論『内村鑑三』が発表される。この二作は、白鳥晩年の批評文の双璧を成すものだと言っていい。

『内村鑑三』には、コメディ・リテレールを感じさせる叙述は、微塵もない。文章は、白鳥が小学校を出た頃の悠然とした回想から始まる。数え年で十四歳、明治二十五年の春に、旧岡山藩主池田光政の時代から続く「閑谷黌《しずたにこう》」という学校に入るが、漢学重視の昔風な「蛮風」は気性に合わない。他の寄宿生並みに詩吟も撃剣もやったが、彼らとは生活を共にせず、近くの農家に下宿して学舎に通った。その彼が、ほとんど欠かさず読んでいた雑誌は、徳富蘇峰が主宰する民友社の『国民之友』だった。白鳥の西洋好みの傾向は、すでにこの頃からあったもののようだ。彼は言う。

「あの時分は、民友社全盛期で、雑誌では『国民之友』、新聞では『国民新聞』が、進歩的思想を喜ぶ青年に愛読されてゐた。三宅雪嶺、志賀重昂など国粋党の雑誌『日本及日本人』『亜細亜』も一部の学生に読まれてゐたが、私はこれ等保守的傾向の雑誌は一冊も購読したことはなかつた。そして民友社の出版書は悉く購求した」(『内村鑑三』)。『国民之友』は、閑谷黌の漢学よりもはるかによく少年白鳥の「知能を啓発」した。世界というものをおぼろげに覗かせた。続けて白鳥は書く。

「私はこの雑誌によつてキリスト教を知つたのである。キリスト教といふ宗教の存在を知つたのである。そして、論語や孟子の教へよりも、耶蘇の教への方が面白さうに思はれだした。私は誰に勧められたのでもなく、自発的に、岡山の書房から来る店員に頼んで聖書を一冊買ふことにした。自分でそれを読んで、書中の意味を考へたゞけでは、曖昧模糊でよく分らなかつたので、近村にあつたキリスト教講義所を訪ねて、そこの伝道師から教へを受けることにした。『国民之友』の雑録欄に時々書かれてあつた宗教記事を問題として説明を求め、『三位一体』なんかを持ち出して伝道師を驚かしたのであつた」。

こんなにませた子供であったから、旧弊の閑谷黌には不満を感じ、一年半できっぱりと退学する。明治二十七年、岡山市内に出て、アメリカ人宣教師が経営する薇陽学院へ入学し、ここで英語とキリスト教とを正式に学んだものだろう。近くで孤児院を営んでいた石井十次の知遇を得て、彼から聖書の講義を受けることになる。「これは私に取つて記念的事件である」と白鳥は書いている。「石井十次は、岡山の医学校の学生であつたが、或る日二人の捨てられた孤児を見て、惻隠の情堪へ難く、彼等を養育することになつた。それを縁に、孤児院設立を志し、内外のキリスト教徒の援助によつて、兎に角目的を達するやうになつた」。

石井から受けた感化は、白鳥の宗教的素質の奥深くへ浸み込み、恐らく、この孤児院長が生きる姿への記憶の蘇りは、生涯続いたに違いない。でなければ、石井と逢ったことを「記念的事件」などと書くはずはない。白鳥は言う。「彼が聖書を文字通りに信じてゐる解釈振りを、私はさういふものかと思つて、いつも素直に聞いてゐた」。つまり、聖書が語る奇蹟は、白鳥によって一度まるごと信じられたのである。そして、この事件は、彼の心の色合いを、余人の窺い知れない奥底で決定づけ、以後変わることのないものだったのではあるまいか。何かそんなふうに感じられる。

翌明治二十八年に薇陽学院が閉鎖されると、白鳥は故郷の家に帰る。一年ほどの間、郷里に蟄居して「空想と読書に耽つてゐたあと、東京留学の途に上つたのであつたが、内村鑑三の作品に親しむやうになつたのは故郷蟄居中の事件であつた」（同前）。大袈裟な口振りを決してみせない白鳥が、「事件」という言葉を続けて二度使っている。石井十次という孤児院長との巡り合い、内村鑑三の書物との邂逅、このふたつが、上京以前の白鳥の宗教に傾いてやまない心を浸し切っていた。そう言っても、いいだろう。少なくとも、『内村鑑三』の書き出しを注意して読めば、そうである。

少年白鳥が、内村鑑三を読むようになったのは『国民之友』を通してだった。この雑誌で、『流竄録《りゅうざんろく》』『何故に大文学は出でざる乎』『如何にして大文学を得ん乎』を次々に読んだ。やがて書物を購入し、『基督信徒の慰』と『求安録』とを読んだ。これらの二冊は、内村鑑三の言わば文壇登場作だが、少年時代の白鳥がそこに感じたものは、やはり、まず内村という人間から発する文体の圧倒的な力だっただろう。二冊は、この少年の宗教的資質に、文学の燃えさかる火を点じたのである。

七十歳になった白鳥は、これらの二書をじっくりと読み直してみる。読み直して、改めて不思議の感に打たれる。ここに書かれているような実人生の辛酸、悲嘆と失意と孤独の痛みとを、どうして子供の頃の自分はわかったのだろうか。いや、わかってはいなかったにせよ、それを記す文章に、なぜあれほどまでに魅了され、二読、三読へと誘われたのだろうか。内村を語る白鳥の筆は、キリスト教に心の底まで浸されていた青少年時代の自分の内に還っていく。内村から受けた「感化の真相」を、もはや七十歳に達した『自然主義盛衰史』の批評家、正宗白鳥が、はっきり摑み直そうとする。すると『基督信徒の慰』や『求安録』の烈しい告白は、どのように観えてくるか。

「それ等の文章は感傷的の述懐であつて、作者自身それによつて徹底的に慰められたり、安心を得たりしてゐたのではなかつたのではないか。慰められたつもり、安心を得たつもりであつたゞけのやうに、私には思はれる。我執の人、内村鑑三は最後までさうではなかつたか」(同前)。

これは、二書に対する批判ではない。キリスト信徒内村の底知れない精神の苦痛が、かつての自分を魅了した「感傷的の述懐」によっては、とうてい明かし得ない真実に触れていることへの覚醒した評価である。だから「[…]今日これ『基督信徒の慰』を読み、明治二十年代の日本の世相を顧み、また筆者の身辺の事情や心理状態を追懐すると、人生について甚だ味ひ深い思ひがされるのである」(同前)。白鳥が内村を観る視線は、藤村を観る視線、トルストイを観る視線と強く絡み合い、白鳥自身の姿を明瞭に照らし出す三者の魂の深い類似《アナロジー》の色で染め上げられている。

# 第十一章　批評が信仰を秘めていること

一

内村鑑三は、正宗白鳥が生涯で初めて出会った憧憬の対象、生きている偶像であり、最晩年にいたるまで「先生」と呼ぶことをためらわなかった唯一の人物である。昭和三十六年に『産経新聞』の随想欄「思うこと」に連載された一文（「内村鑑三」）のなかで、白鳥はこんなことを書いている。これは、死の前年の述懐である。

「内村鑑三は、今年今月〔昭和三十六年三月〕が、生誕百年に当るのださうだ。それを知ると、私は感慨無量の思ひをした。私も、少年のころ、青年のころには、過去、現在の偉人傑士を敬慕し、崇拝気分にふけることもあつたのだが、今回顧して、私が精神的感化を受けたのは、だれよりも内村鑑三先生その人であつた。個人的に接触することはなく、面と向つて教へを受けたことは、一度もなかつたが、その作品は、ある時期まで、一篇をも見のがさないで、こと〴〵く読んだ。私が初めて上京した年〔明治二十九年〕の夏、興津で催されたキリスト教夏季学校で、カーライルの連続講演を聞いて以来、神田の青年会館で、文学を主とした月曜講演を聞いて以来、先生の講演は、数年間、どこまでも聞きに行つた。先生の晩年の講演は円熟するとともに、気魄を欠いたやうに思はれたが、先生の青春期の、青年会館時代の講演振りは、名優の演技のごとくであつた。私は辛うじて晩年の団十郎の演技に魅惑されたのを、一生の幸福としてゐるのだが、内村先生の講演は舞台における団十郎の風貌と、セリフ回しに酷似してゐたのである」。

芝居や小説の類《たぐい》を蛇蝎《だかつ》のごとくに嫌った内村先生だが、御当人の風貌、セリフ回しはと言えば、名優市川団十郎そのものであったと、白鳥は回想するのである。もちろん、内村は団十郎を手本にしていたのではあるまい、歌舞伎好きの若い白鳥が内村に心酔したのは、その話し振りが、団十郎に酷似していたためでもあるまい。団十郎が発する型のなかで示されていた「偉人傑士」の振る舞い、これが内村の全身から来る語り方のなかに実際にあった。現実に生きている男子の姿としてまざまざとあった。白鳥を最初に酔わせたのは、そういうものだったに違いない。この時、自己の魂に植え付けられた畏敬の念を、白鳥は生涯いかにしても完全に捨て去ることはできなかった。

しかし、内村への熱烈な崇拝は、次第に白鳥から消えていった。同時に、キリスト教や聖書への熱意も彼の心から消えた。以後、内村に取って替わる憧憬の対象は、誰ひとり現われてはいない。誰の影響も受けることのできない、確かに彼自身のものでしかない孤独な「批評家魂」が、明確な姿を現わしてくる。

白鳥が植村正久師によって洗礼を受け、市ヶ谷の「日本基督教会」に入ったのが明治三十年、十八歳の時である。キリスト教への傾倒は、これから四年ばかりのあいだ続くが、二十歳前後の白鳥の関心は、次第に文学のほうへと集中していく。島村抱月や田山花袋と知り合う明治三十四年頃から、教会に通うこともなくなった。文学熱が、キリスト教熱に取って替わったのではない。文学への傾斜を通して示されるような、ひとつの天分が、彼の意識のなかにはっきりと萌してきたのである。

白鳥が、小説家石橋思案の紹介で、読売新聞社に美術、文藝、教育欄担当の記者として入社したのは、明治三十六年、彼が二十四歳の時だった。入社早々に、白鳥が書いた社会時評風の短評は、すでに批評家としての彼の素質、天稟を充分に顕わしていて、今読んでもなかなかに面白い。そうした文章のひとつに「宗教小観」と題するものがある。読めば、これが数年前まで「日本基督教会」の敬虔な信徒であった青年の文かと、感じさせる。

「人間は弱き者なり、病苦に堪へず、寂寞《せきばく》に堪へず、貧困に堪へず、失望に堪へず、而して現世に窮すれば自づから其の理性を昏《くら》ましても現世以外の何者に依りて一時の安を得んと欲するに至る、宗教は必竟人間の弱点に投ずる一種の魔眠剤に過ぎざるべし。身体健全にして口舌の慾盛に、夜はよく眠り、頭脳疲労を感ずることなく、財嚢豊かにして娯楽の欠乏もなき者にして在来の宗教は信じ得べき者なるか、頭脳明瞭にして理智に富み、人世自然に多大の趣味を感ずるの士にして、十八世紀頃の儀式を是守れる乾燥無味の説教会祈禱会に出入し、時代おくれの徒と共に人情を没したる祈禱に額づき得るか。所謂信者といふ者、酒好きをして酒を禁ぜしめんとし、芝居好きをして芝居を見ざらしめんとす。されど未だ死期の近からぬ強健の青年に音楽会よりも説教会の慕はしき所以はあらずと思はる」。

「日本基督教会」への、あるいはむしろ内村鑑三への、離別状とも受け取れる文章だ。人生がはかないのは、言うまでもない。栄華に迷ったあげくに煩悶苦悩のうちに死ぬ人間がいるのも当然。どこそこの信者が「一意専心神の正道を踏」んだ後、「従容眠るが如く逝けり」という話がほんとうだとしても、それを当てに、健康にして不幸なき若者が、どうしてわざわざ自然の人性に反する窮屈な信仰生活などを望もうか。何にせよ、心の酷《ひど》い無理は、するものじゃない。続けて、白鳥は言う。

「今日の青年が今日の基督教会にて説く所の宗教を奉ぜんとするは正に養老保険に加入するが如き乎。日常平和の時に享くべき娯楽の一分を割きて、窮時一片の安慰を買はんとするなり。吾人は日常無事の際には人世の快楽を味ひ、艱難の際にも亦泰然として寧ろこれを楽む能はざる乎。吾人は肉と神とに兼ね仕ふる能はざる乎」。

　白鳥が青年期にキリスト教を去った理由は、果たして、こういう分かりやすいところにあるのか。生来の胃弱、病弱に鬱として楽しまず、世が権威とするところの何にも、たちまち強い疑いを抱いて独り在ろうとする、骨の髄まで批評家である者の心中深くに、どういう神が生き続けたか。ほんとうは、誰にも分かりやすいことではない。

　宗教に関わる物事を、いかに軽侮の口調で語ることがあったにせよ、白鳥がいわゆる無神論を唱えたことなどは決してない。神がいるかいないかを、一体誰が知るのか。人間の小智にまかせた小理屈が、あるいは自然科学と称する物質の計算方式が、そんなことを知り得るはずはないのだ。白鳥の「批評家魂」は、宗教者のもっともらしい教義も、自然科学を妄信する唯物論者の速断も受けつけない、ほとんど鼻で笑うと言っていい。だが、批評家とは、何でも鼻で笑って済ます者のことではまったくない。万事頼むべからず、という独身批評家の覚悟は、何によって定まり、そこに立ち続けることができるのか。

永久に口にされることのない、また、することのできない秘密の信仰が、彼のなかに在ることは、明らかではないのか。二十歳代前半のうちにキリスト教を離れた白鳥の心が、かえって余人の窺えない孤独な信仰によって懐疑の筋金を通された、と観ることに、少しの無理もないように思う。そう考えないことは、むしろ至って不自然だろう。白鳥が亡くなった直後に、小林秀雄は、河上徹太郎と行なった対談「白鳥の精神」(昭和三十八年一月『文藝』)のなかで、こんなことを言っている。

「ぼくは前から、もうだいぶ前だが、きみにも話したことがあるけれども、正宗さんという人は、若いときキリスト教をやったということを考えないでは、あの人のことを考えることはできないと、だいぶ前にきみに言ったことがあるけれどもね。そういうことをずっとぼくは考えていた。これは、きみの言う日本独特の問題だな。正宗さん自身にも大変現しにくい問題があった。正宗さんはいつもこの問題に衝突していたが、何というかな、表に出しにくかった。やはり隠していたと言ってもいいかな」。

隠していたものは、キリスト教への帰依ではあるまい。教会を疑い、聖書を疑い、キリストを疑ってさえなお消えることのない信仰の埋もれ火——自分にものを書かせ、生きることをやめさせない働きの根源がここにあることを、白鳥は語らなかった。そのことを隠した。あからさまにしてしまえば、火は燃え尽き、その働きは消え去るからだ。

対談「白鳥の精神」のなかで、小林は続けて語る。去年、正宗さんと会った時、こんな話をしていた。京都で都ホテルの新館に泊まったら、夜寝る時に聖書がない。新館だからまだ部屋に配られていない。「ぼくは寂しかった」と、白鳥は小林に洩らしたそうである。小林は「なるほどなあ」と思う。「だからね、あの人の青春時代というものがだんだんまた老年になって顔を出したって、そういうものじゃない。いつも正宗さんの心の底にあった問題だったんだ。そして、話をそちらに向けようとすると、正宗さんは話を外らしてしまうのだ」。その小林の言葉に対して、河上徹太郎が言う。「だけれどもさ、それほどキリスト教というものに関心のあるあの人がね、そいつがついに二十代から八十代まで表に出さなかったということが、日本の文壇の歪みだったんだよ」。

小林が応じる。しかし、それは「歪み」というものなのか。そうやってみんなが「歪み」のなかで生きてきたのなら、歪んでいるのは、「たいへん自然なこと」なのではないか。そのなかで、「白鳥先生みたいなクリスチャンというものは、やはり独特」なのだ、「独特なものを育てている」のだと。つまり、近代の日本にのみ生まれ得るクリスチャンの姿を、白鳥は示している。漢字、漢文、仏教、儒学を十五世紀近くに亘《わた》って咀嚼し、血肉とし続けて来た日本人の末裔が、キリスト教なるものに惹きつけられ、心中に蔵してこれと闘い、ついにこれを無心の信仰として育て上げる秘密の過程が、白鳥のなかにはあったに違いない。

二

小林が、白鳥に彼の信仰のことを尋ねようとすると、白鳥は恥ずかしそうに話をそらす。ホテルで寝る前に聖書を読むなんて、そんなのは習慣でね、習慣で読むだけのことだと。小林は河上に言う。

「キリスト教、宗教の話をまともにするということに関する大変純粋な羞恥の情ともいうべきものがあるのだな。それが私を打つのだ。日本の歪みとあんた言うけれども、それが歪みなら歪みでよい。しかし、何だな、キリスト教なども、口にする恥かしさを失ったらキリスト商売になるからな。その意味で外国人は皆キリスト教については無恥だとも言えやしないかね。日本人正宗白鳥の方が純粋なんだ。宗教くらい人間をいい気なものにするものはないからな。ああいう信仰の仕方というものは、ぼくは歪みというよりも、たいへん自然のように思えるが」(「白鳥の精神」)。

信仰を持っていることが恥ずかしいのではない。そのことを語るあらゆる言葉の浮薄や感傷や傲慢や軽率が恥ずかしいのである。宗教を持ち出して神を語っている時、人は神から離れて世俗の見栄を張り、何かしら善い者になった気でいる。その顔が表わしているのは、まず大抵の場合、精神の衰弱か無神経である。そういうものが、白鳥は恥ずかしい。だが、それだけでもあるまい。宗教の話をまともに、得々とした理でもってすることへの羞恥は、この国に仏教という世界宗教が伝来して以降、千何百年間、当たり前の日本人が持ち続けてきたものだ。

それは、口下手というものではない。むしろ、宗教なるものが伝わる以前からあった信仰心、教義を必要としない信仰心の純粋さに根を持っている。「日本人正宗白鳥」のあの彫りの鋭い、素っ気ない批評文が、その中心に蔵していたものは、実は古代の闇から連続する言葉を持たない信仰心だったのだと、小林は言いたいのである。むろん、白鳥はそんなことを決して言わぬし、言われることも好まなかっただろう。

都ホテルの新館に聖書がなかった話は、彼自身が「ひとり旅」と題する随想（昭和三十七年一月一日発行の『文藝春秋』に掲載）に書いている。自分が旅をする時は、大抵ひとり、「殆んど一口も口を利かないで、孤独境にさまよつてゐる」。今度もまた、行き馴れた法隆寺の辺りをひとりで歩き、京都のホテルに泊まった。

「私は、酒は飲まず、何処にも、馴染みの遊び場所はないし、知人があつても訪問する気にはならず、所在ない思ひをする夜が多いのであるが、近年は、かういふ場合に聖書を読むのを例とするやうになつた。無論、私は旅中聖書を携へてゐるものではない。たゞ、ホテルの部屋々々に、和英の聖書の供へつけられてゐるのに気づいて、時間潰しに読む癖がついたのである」。

ひとり旅の徒然に、ギデオン協会とやらがホテルに寄贈した聖書を読む癖が、歳を取ってからついた。白鳥の筆致は、おそらく小林に語ったであろう言葉、そのままのもので、信仰心のことなどは、仄めかしてさえいない。けれども、若い頃、「新旧全書共に眠気醒しにならんでもないが」（「論語とバイブル」）と言い放っていた彼の心は、明らかに聖書という書物の打ち消しがたい魅力に還ってきている。ひとり旅の夜が退屈なら、ほかに「時間潰し」はいくらもある。

「不断は聖書を読むことの殆んど無いやうな私が、旅行中、ホテルに泊ると、それを捜し出して、あちらこちら読んで、夜をふかすこともあるのである。たゞ何となしに法隆寺をぶらつき、その夜ホテルで聖書を読むことに、自分でも訳の分らぬ快さを覚えるのである。

それで、今度も、奈良から京都へ帰つて、睡眠前、その聖書を捜したが、この部屋の机のあたりには見つからなかつた。それで気づいたのは、このホテルは最近増築され、私は新館の方に泊らせられたのだが、その新館の方へは、まだ聖書が寄贈されてゐないのだらうと云ふ事だ。新たなお客には必要でないだらうが、私だけの為には、当然部屋に供へつけられるべき必要物であつたのだ。私は物足らぬ思ひをした」。

奈良で法隆寺境内をぶらつき、京都のホテルに帰って聖書を読み、やがて眠りに就く。すると、「訳の分らぬ快さを覚える」と、白鳥は言うのである。仏教は、日本人の暮らしに物言わぬ文化を蓄積し、私たちの生存の根に染み透っている。その根づき方は、欧米化したキリスト教などの比ではない。白鳥の生れついての宗教心は、疑いなく暮らしの文化となり切ったこのような仏教によって養われたものだろう。彼が奈良を好み、「何となしに」古寺を巡って心地いいのは、その記憶に因るのだ。

近代になり、西洋文明と共に流入したキリスト教は、饒舌極まりない教養と合理化された運営組織とを持っていた。少年白鳥が、キリスト教に強い魅惑を感じたのは、彼のなかに、昏々と眠るようにして在った日本古来の信仰心を、この外来宗教が、言わばけたたましい教義の声と共に呼び覚ましたためだろう。教義との烈しい共鳴は、起こるべくして起こった。以後、白鳥の問題は、ここで目覚めた厄介な信仰心の嵐とどのように折り合うか、いかにしてそれを鎮め、我が心として育て直すか、そこにあるほかはなかった。

この「日本独特の問題」（小林）によって引き起こされる心中の闘いを、白鳥は生涯秘めた。これを秘めて生きることと、批評の魂をもって生きることとは、彼にあっては唯ひとつの行為であった。確かに、このような生涯が「日本独特」のものとならぬはずはない。トルストイやドストエフスキーの生涯が、あくまでロシア独特のものであったのと同じように。しかし、このようにして独特であるもの以外に、いったい何が歴史や風土を貫いて人を動かすだろう。

白鳥が、その最晩年に至ってなお内村鑑三を「先生」と呼ぶのは、内村こそが、自分とまったく同じ「日本独特の問題」を負って生き通した唯一の先人だからである。白鳥は、キリスト教への信仰を生涯にわたって秘め、内村は、市川団十郎張りの名演で、世間にそれを鳴り響かせた。しかし、内村にはまた内村で、彼だけの辛い秘密がなかったと誰に言えよう。晩年の白鳥には、そのことがはっきりと観えていたに違いない。

たとえば、大正七年一月に神田基督教青年会館で行なった講演「聖書の預言的研究」を皮切りに、一年半ほどにわたって、内村が盛んに「キリスト再臨論」を唱えたことは、よく知られている。新約、旧約の両面から聖書の文言を熟読、心読すれば、キリストが再びこの地上に、かつてあったがままの姿で降臨するであろうことは疑いない、という主張である。さらに、念の入ったことには、そこで示唆されている再臨の地が、日本に当たることも間違いないと言う。それが、今日、明日のことであるか、百年後、千年後のことであるかはわからぬ。しかし、聖書のあちこちに、キリスト再臨が預言されていることは、明白であって、キリストおよび聖書を根本から信じるほどの者ならば、すべからくこれを事実として受け容れねばならない、というのである。内村のこの奇矯とも見える言動について、白鳥は昭和二十四年の『内村鑑三――如何に生くべきか――』のなかで、次のように書いている。

「内村はキリスト再臨を、聖書のいろ〳〵な方面から研究し、証拠立て、また肉体の復活を強調してゐたが、しかし私は、内村自身それを心魂に徹して信じてゐたかどうかと疑つてゐる。信じてゐるつもりであり、また口や筆で絶えず、世間に自説を発表するため、その信仰に熱を加ふることになるのだが、本当に信じて安んじてゐたのであらうか。安んじ切つてゐたのであるか。さういふ信仰の夢は淡くなり稀薄になり、稍々《やや》もすれば消えかゝるのではあるまいか。それを消すまいとして、絶えず掻き立て〳〵するのだが、信仰の夢が生気のないマンネリズムに陥るのは如何ともし難いのである」。

いかにも白鳥らしい遠慮のない言い方だが、こういうところほど、注意をして読む必要がある。彼は、内村の言葉に、その再臨説に惹かれてやまない自分自身の心を語っているのである。内村が人の心魂に沁み渡らせる信仰への深過ぎる夢、単なる夢とは決して断ずることのできないその熱や力、そういうものは、どこから来るのであるか。白鳥の内村論は、その問いをめぐって旋回し、旋回し、ついに問いの結晶となって形を結ぶ。

内村は、キリスト再臨を、みずからの「生存中の大問題」として、正面から論じ切った。その論に賛成しようとしまいと（単なる知性は、もちろん賛成すまい）、白鳥は内村のその振舞い自体に「重要な意義を認めようとするのである」。なぜか。内村のキリスト再臨説には、「如何にして生くべきか、或ひは如何にして死すべきか」（白鳥）の問いに対する、一身を賭した答え方があるからだ。

再臨の事実そのものが重要なのではない。如何に信じて如何に生き、如何にして死を迎えるか、という切迫した問いへの断乎とした回答、白鳥は、キリスト再臨を、異様な説得性をもって論じる内村の言葉にそれを観る。あまりにもよく、それが観えると言ってもいい。そこに映ってくるものは、白鳥自身の裸の信仰心である。どうしてそれを疑うことができようか、否定することができようか。

三

内村は、芝居や小説の類を嫌い抜いたが、その憎悪には、一種芝居めいた名優の仕草があった、白鳥はそう見ている。そこに「内村の面目があつた」と。また、次のようにも書く。

「しかし、内村は小説でも演劇でも愛好する素質を持つてゐる。彼の演説そのものには劇的な効果があつたのだ。一時青年男女を惹きつけ、大手町の会場に聴衆が堂に満ちてゐたのも、そのためなのであつた。彼の『基督信徒の慰め』のうちの数篇は、あの頃の『私小説』であると云つてもいゝのだ。彼は小説や演劇を毛嫌ひしてゐたが、詩は愛好してゐた。詩に心酔する素質を持つてゐたゝめに、彼の基督教が冴えてゐたのだ。彼は米国流浪の途に上つた時にも「本居宣長の」『古今集遠鏡』を革鞄のなかに入れてゐたほどで、彼一流の古今集和歌評が『[東京]独立雑誌』に掲げられた事もあつた。それ〴〵の和歌を愛誦してゐたのに関らず、この歌集に収められた和歌千首のうちの三分の一以上が恋歌であつて、しかも醜猥口にすべからざる痴情を歌つたものゝ多いのを遺憾としてゐる」(『内村鑑三——如何に生くべきか——』)。

内村は、たまたま文才に恵まれていたキリスト教思想家、というような人ではない。彼の文が、演説が持っていた、人を圧してやまない魅力は、彼を貫いて運動する宗教的感情の烈しいリズムから来るのであり、これが文学的であるかどうかは、彼の与かり知らぬところだっただろう。だが、このリズムの本体が、一種の詩魂で成っていることを、白鳥ほどの批評家が見逃すはずはない。

内村の宗教思想は、天与の驚くべき詩魂と共に在った。いや、むしろその詩魂が、やむなく引き連れてきた余剰の理《ことわり》だったかも知れない。内村が、時代と闘う者として、遠慮会釈なく語ったのは、このような理である。彼は、公言される自分の信仰を「武士道的基督教」と称した。その時、彼の赤子のように柔らかな信仰心は、その詩魂と共に隠されている。『古今和歌集』の恋歌を、「醜猥口にすべからざる痴情を歌つたもの」としながら、彼の無垢な宗教的魂は、和歌の恋情と、そのリズムと深く共鳴し合う。

内村が恥じて隠したものは、白鳥が恥じて隠し通したものと実によく似ている。それはつまり、どんな宗教形態とも馴れ合うことの出来ない信仰心であり、世間の風に当たっては生き延びられない宗教的魂である。むろん、彼らふたりの筆法は、大きく異なり、鍛え抜かれた思想の外観は、まったく異なる。しかし、ふたりの比類ない文章家を分化させ、生き続けた元の力は、窮極のところ、ただひとつのものだ。そこにある裸の信仰心を何と名づけ、いかに語るか。話は変わるが、内村が、日本とロシアとの開戦を目の前にして、『萬朝報』紙などで堰を切ったかのごとくに語り出した「非戦論」は、よく知られている。日清戦争が義による戦いであることを、かつて英文で綴って欧米に強く訴えたことのある内村が、その論の誤りをきっぱりと認め、敢然と撤回したのである。

彼は言う。日清戦争の勝利は、祖国に取り返しのつかぬ頽廃を、卑怯な享楽の毒をもたらした。聖書の教えを根本から歪曲し、その教えが「大罪悪」としたはずの殺傷を、キリスト信徒である自分でさえ義戦と称して持てはやした、その結果がこれなのだ。剣を抜いて国運の進歩を計ろうとする者は、必ず頽廃し、堕落し、剣による滅亡の罰を受ける。自分は、日露戦争に反対するのではない、あらゆる戦争に、殺戮と強奪と侵略とに対して、その絶対の廃止を主張するのである。

当時を回顧しながら、白鳥は書いている。

「あの時分、内村ほど熱烈に誠実に非戦論軍備撤廃を唱へたものはなかつたやうに思はれるが、それは実際的に何の効果もなかつたのだ。それに刺戟されて、小さな反戦運動が一つ起されるのでもなかつた。政府をつゝいて、露国と開戦させようとする運動は、学者の間にさへ起つたのであつたが、仏教徒の間には元よりの事、基督教徒の間にも反戦運動の破片も現れなかつた。

内村の所論は、今日から回顧すると、旧約聖書時代の預言者のやうに感ぜられ、彼の面影に後光が差すやうである」(同前)。

日本中がロシアとの開戦に向けて沸騰している時に、内村が断乎として主張した非戦論は、まったくの無関心をもってやり過ごされた。迫害も弾圧もなかった。いたって寛容な時代だったとも言えるが、これが第二次大戦中のことであったらどうか。内村が生きていて同じことを言ったならば、「戦争反対の殉難者になる事を免れなかつたであらうが、それほどまでに馬鹿正直に、危地に突進することは敢へてしなかつたであらう」と白鳥は言う。

たとえば、「徳川初期の切支丹迫害史を読んで、私は人間の想像し得る限りの惨忍な迫害振りに戦慄を覚えるとゝもに、よくもこれに堪へ忍んだものかと、その頑強な殉教精神に驚歎したのであつたが、かゝる殉教精神が我等に取つて模範的の生き方であるのだらうか。『自反して直ければ千万人と雖も我往かん。』といふ意気は、我々も保つべきであるが、あの頃の切支丹諸氏の如き妥協のない態度が最も正しく、それでこそ生甲斐があると云ふのであらうか」(同前)。

こうした歴史事実を前にして、「我々如何にして生くべきか」と白鳥は問う。明確な回答は出ない。江戸初期の文献にある切支丹迫害の実相は、さながら地獄絵図である。「見るも憂《う》しいかにかすべき我心」という呪文のような西行の歌の言葉が、この時、白鳥のなかにも響いているど言っていい。ここに記録された「切支丹諸氏」が、酸鼻を極めた迫害に耐え得たのは、彼らがひたすら「天上の光栄を確信してゐた」からだろう。言い換えれば、来生での祝福という夢物語に浸り切ることができたからだろう。しかし、それが一体いいことであろうか、信仰に生きるとは、果たしてそういうことなのであろうか。明らかに違う。「紛るゝ方無く、唯独り在る」(『徒然草』) 白鳥の批評の魂が、そう答える。

内村の非戦論には、適度に童話的なところがある。軍備を全廃した後、強国が攻めて来た時には、聖書を持って出て行き、戦争は、殺戮は、他国の侵略はいかんと、この頁に書いてある、そう教えてやればいいと、内村は主張する。自分が外務大臣ならそうすると。「内村は真剣にさう思つてゐたのであらう」と白鳥は書く。内村の真剣さを疑いはしない。そういう論も童話として、あるいは詩としてなら面白い、しかし、それだけのことだ。同時に、大いなる疑いが、内村に対して起こる。

「此処が私の内村観のうちの重要なところである。彼は、攻撃者が理非もわきまへずに攻めて来て、此方で聖書を振り翳して防がうとしても防ぎ切れない場合にもすべて無抵抗主義で行け、その時は此方が負けて、一時ひどい目に会はされても、いつかは神が此方の味方となつて、暴虐な敵を完全に破滅して下さるのであると云つてゐる。さう信じて云つてゐるのだ。

ところで、彼内村は本当に頭脳の奥底に於いて、さう信じ切つてゐたであらうか。彼自身自国の代表者となつた場合、聖書を持つて行つて先方を説得するといふ確信が動揺しないであらうか。私はそれを疑ふのである」(『内村鑑三――如何に生くべきか――』)。

晩年のトルストイに向けたのと同じ白鳥の眼を、読者はここでも明瞭に感じることができる。「私はそれを疑ふ」と言いながら、内村が唱えた非戦という夢の真剣さを疑い、難ずるわけではない。白鳥自身のなかに、まさにその夢は、滅ぼし難くあるからだ。が、それと同時に、夢や童話によっては決して養われることのない精神の力が、白鳥の内にある。その精神の力が、白鳥をして語らせる。「トルストイの無抵抗主義でも、当人左様に信じて心に安を得てゐたか否か疑はしいが、内村の無抵抗主義なんか、自分で自分を欺いてゐたのぢやないかと疑はれないこともない。事物を強調する者は、己《おのれ》自らを欺いて、作られたる自己を、自己以外に持つやうな気持になる事もあるのである」(同前)。

こう書きながら、白鳥は国の軍備を推奨しているのではあるまい。軍備全廃の無抵抗主義は、自分にとっても魅力あるひとつの夢である。が、その夢は、結局のところ、「作られたる自己」についての陶酔以外、何の安心も与えはしない。白鳥にこう語らせるものは、退けようのない単純な現実主義《レアリスム》ではない。生きることに永遠の意味を求めてやまない絶対の理想主義《イデアリスム》、要するに魂の奥底に秘められた彼の信仰である。

だが、この事情は、内村にとっても同じことなのだ。内村が、真剣に、激烈に主張した非戦論の童話が夢想に終わるほかはない現実を、彼ほどの知性が知っていなかったはずはなかろう。何のために、彼はそんな童話を作り出したのか。己を欺くため、信者を巻き込む底の知れた自己陶酔のためでないことは、明らかである。一体何が、彼をして、このほとんど荒唐無稽な形式を取る非戦論を語らせたのか。内村が、生涯秘め続けた孤独にして純潔な唯ひとつの信仰以外には、考えようがない。

内村の非戦論に、政治的主張の色合いは微塵もない。同じく、それを疑う白鳥の辛辣な批判にも、政治的な思惑などは一切ない。白鳥には、何もかもが観えているのだ。「内村先生」の偉さ、辛さ、男らしさ、彼だけが我がものとしていた幸福の純潔、それを伝えるために必要とした方便、時に嘘、こういったものすべてを、晩年の白鳥は、すでに自在となった自らの筆を通し、見事に描き出したのである。

# 第十二章　〈士大夫《したいふ》の文学〉が在ること

## 一

　河上徹太郎は、五十七歳の時『日本のアウトサイダー』（昭和三十四年、中央公論社）という列伝体の評論集を刊行した。これは、河上後期の代表的著作と言っていい。取り上げられている人物は、中原中也、萩原朔太郎、「昭和初期の詩人たち」、岩野泡鳴、河上肇、岡倉天心、大杉栄、内村鑑三などである。

　序文があり、この書名が、最近イギリスでよく売れたコリン・ウィルソンの『アウトサイダー』から借りたものである旨を、ことわっている。ウィルソンの言う「アウトサイダー」の意味は、漠然とはしているが、別に事新しいものではない。「常識社会の枠外にある人間の謂で、アウト・ロウ、疎外された者、異教徒、異邦人、これ等のわれわれにお馴染の文壇用語はすべて字義的に一応妥当するのである」と河上は言う。ウィルソンが取り上げる人物は、ドストエフスキー、ランボーは当然のこととして、ヤコブ・ベーメやスウェーデンボルグのような宗教的神秘家から、バレエのニジンスキー、T・E・ロレンスのような行動家、哲学者サルトルから歴史家トインビーまでが入ってくる始末で、まことに一貫性がなく、「アウトサイダー」の定義さえろくにない。が、それがよいのだと、河上は言う。

ウィルソンという、あらゆることに素人の青年が、任意の人物の異教徒性、異邦人性を、興の赴くままに書き連ねていくには、それがいい。たとえば、異教徒たることに厳密な形式上の定義などがあれば、ある人物の根っこにある異教徒性は、必ずその定義を逃れて生きるだろう。「アウトサイダー」であるとは、まさしくそういうことだ。ウィルソンの本は、その機微をよく捉えている。「つまり思想的な権威が現代を救い得ない時、これを否定し、『初心』を再建する役目を果すものとしてディレッタンティズムが受入れられる」という世情を、実によく示しているのである。

だが、河上に関心があるのは、そういうことではない。彼が書こうとするのは、「日本のアウトサイダー」とも言うべき人々の孤独な独特の〈正統性〉である。明治維新によって始まった日本の近代は、まず何を措いても近代機械産業の導入、「文明開化」という名のもとでの強引な資本主義の拡充だった。この近代化には、それを推し進め、統御するための地に着いた近代精神の活動がなかった。これは、当然のことである。河上は書く。

「[…]明治以来の立国の精神が、十九世紀西洋の物質文明の成果を出来るだけ取り入れてその後れを取戻さうといふのだから、それは徹底した功利的実証主義であつた。勿論一方、この西洋文明の基礎をなす近世の人文主義に眼覚めたわれらの先覚者も十分にゐた。しかし現実のわが社会は、何としても功利主義と物質主義が先行し、その跳梁に任せる外なかつたのである」（『日本のアウトサイダー』「序」）。

この趨勢から離反した者たちは、もちろん多いが、河上に言わせれば「現実にはそれが余りはつきりした思想の形をとらなかつた」。彼らの多くは「政治的叛逆者」であって、新政府に対する不平分子の反乱として武力で鎮圧された。やがて、自由民権運動が起こり、それは明治三十年代の無政府主義、社会主義へと連なり、大正期のマルクス主義運動にまで発展する。「これらの動きが持つ意義については、人によつて説があらうが、アウトサイダーといふ一般的な精神純化運動としては、決して大きく見ることは出来ないのである」（同前）。

河上の言う「日本のアウトサイダー」の存在とは、すなわち「精神純化運動」そのもののことだろう。この言い方は奇妙だが、じっくり考えれば当を得ている。明治以降の日本の近代化が落伍させ、敗走させ続けたものは、新政府が掲げる「功利主義と物質主義」に背き、抵抗するほかない「精神」というものであった。続けて、河上は書く。「さういふ場合その力は文学運動に現れるのが一般であるが、わが明治期の文学にはその面ではつきりしたものが現れてゐないのである」と。

たとえば、明治二十年代に興った『文學界』一派の浪漫主義、それに十年ほど遅れて出た自然主義文学、大正期に世を風靡した耽美派、心理派、続いて出たプロレタリア文学などは、「文明開化」という近代日本の大方針から見るなら、むろんアウトサイダーの系列に入るだろう。河上の著書は、そのような系列を牽引した幾人かの詩人、小説家を丹念に取り上げている。しかし、彼らは、河上が言う「精神純化運動」の役割を、真に果たす者とは成り得なかった。

言い換えれば、純粋な「精神」として、澄み切ったその「運動」として、「日本のアウトサイダー」たり得た者たちは、ほかにいるのである。ここで、河上は興味深い論点を持ち出してくる。

「元来アウトサイダーとは字義的にいつて異教徒・異邦人の謂である。すなはちキリスト教徒でないといふ意味だ。つまり西欧ではインサイダーがキリスト教徒であつて、概念の対立がはつきりしてゐる。ところで日本では明治以来キリスト教がはいつて来て、明治の文学者の過半は若い時その教へを受けてゐるくらいだが、一体この教へはわが国民の精神生活にどの程度にしみこんでゐるだらうか？　この問題は近年主としてわが文芸評論家の間で論じられて来たが、アウトサイダーの観念をここに当てはめてその説明に役立たせることが出来るのではあるまいか？　民族的に異教徒であるわれわれがキリスト教の教へに接する時、そこに生れる教養は如何なる異端の偶像崇拝的様相を呈するだらうか？　しかも人の求道心といふものは洋の東西を問はず同じであらうから、神を求める心の激しさが即ちアウトサイダー的情熱の激しさに通じることにもなるのである。かういふ概念の矛盾が、かへつてキリスト教の本質と日本的アウトサイダーの在り方との両方を解明する結果になることも考へられたのであつた」(同前)。

明治維新以来の西洋経験は、一方で近代機械産業の強圧的な流入と、その懸命の摂取だったが、他方では、キリスト教という条理を尽した精神世界の圧倒的な侵入としてあった。この宗教に強く惹きつけられ、これとまさに精神によって闘った日本の異教徒たちは、近代日本の「功利主義と物質主義」に対してアウトサイダーになっただけではない、西洋社会で制度づけられたキリスト教の全体に対しても、異端、異教の徒となるほかはなかった。「神を求める心の激しさ」が、そのことをいよいよあからさまにした。この激しい心は、輸入物ではない。儒学、老荘、仏教を消化し尽した、旧幕からの武士の教養に根を張っていたものだ。

ここで起こった精神の激突は、ある場合には「かへってキリスト教の本質」を明らかにしたし、また「日本的アウトサイダーの在り方」を直接に、鮮やかに顕わす結果にもなった。河上は、そう観るわけだろう。そういうことであるのなら、日本の近代が、精神として持ち得た真の正統《オーソドクス》は、ここにこそあると言えるのではないか。これが、『日本のアウトサイダー』の根底を流れる史観である。

この本が出てちょうど十年目に刊行された『吉田松陰――武と儒による人間像』(昭和四十三年、文藝春秋)の「序」は、河上のこの史観を一層明確に言い表わした、あるいは、はっきりと宣言した文章である。河上は書いている。この本は「松陰の評伝でもなければ、幕末の思想史でもない。もつと切実な、思へば日本人の血の中に、少くとも私には、今でも隠れ流れてゐる主導的感情を辿つてゐるやうなもので、私の今日のものの考へ方もここに現れてゐる筈である」と。

「日本人の血」を流れるこの「主導的感情」は、一体いつ頃から流れ出したものだろうか。河上は明言していないが、疑いようはない、漢字漢文を土台にした大陸の文明が、この島々に押し寄せ、やがて仏教という世界宗教に日本人が一挙に直面しなければならなくなった時からである。いや、これらのものとの激突から「日本人」という外向けの観念は、生まれ出たのだと言ったほうがいい。

二回目の激突は、明治維新によって引き起こされた。漢字漢文は、アルファベットで記された西洋の諸言語に替わった。古代に大陸から取り入れざるを得なかった律令制度は、明治では西洋近代の立憲主義、デモクラシーに替わった。しかし、起こったことは、同じなのだ。同じ精神の劇が、何人かの特権的な魂たちによって徹底的に演じられなければならなかった。『日本のアウトサイダー』が描こうとしたのは、この劇である。『吉田松陰』の「序」で、河上は次のように書いている。

「こんなテーマを思ひついたのは、今から十年前、中央公論に『日本のアウトサイダー』を連載した頃からである。この列伝の中でこの機会に新たに魅力を感じた人物は、岡倉天心・内村鑑三・河上肇であつた。彼等はそれぞれの分野に於て近代日本にいはば西欧の伝統を確立することに一生を捧げた。しかもその伝統への誠実さは、それがために同時代のわが文化圏の中でアウトサイダーの立場に立たせ、更にそれがためにオーソドクスの確立を強固なものにしたのである」。

「西欧の伝統」は、この三人のそれぞれの身を否応なく襲ったものだったが、ではなぜ彼らはそんなものの「確立」に「一生を捧げた」のだろうか。彼らのなかを流れる千何百年の血こそが、彼らをして「西欧の伝統」のうちに一挙に飛び込ませたからである。飛び込んだあとには、魅了されることと闘うこととの間に何の境目も見出せない、烈しい精神の劇が待っていた。

## 二

河上徹太郎に、『日本のアウトサイダー』という列伝体の批評作品を書かせた真の動機は、河上肇、岡倉天心、内村鑑三を扱う章において最も鮮やかになる。この三人には、共通するどんな特徴があるのか。河上は、それをふたつ挙げている。

「一つはかうである。彼等は三人とも文学者ではない。然し同時代の文学者がなすべき重要な役割を、それぞれの分野に於て果してゐるのである」（『吉田松陰』「序」）。彼らと同時代にあった文学は一体何をしていたのか、ドイツ、イギリスのロマン主義でなければ、フランスのレアリスム、そうしたものの慌ただしい影響下でせっせと書かれた詩、小説の類があった。それらの作品は「自我の拡張や『家』から社会への解放を行ひ、それなりに時代的意義を帯びてゐる。然しわれわれが近代人として人間的に眼覚めるためには、消極的・間接的な方法論しか持合せてゐない」。その「方法論」によって為しうることは、結局のところ、抒情や物語による新味ある感情や思惟の造形に止まる。河上は、そう観るのだろう。

　三人が行なったことは、抒情にも物語にも頼らない一種の峻厳な自己告白である。彼らは、その告白を通して、己《おのれ》一身が「近代人」として生きる意味を、生き甲斐を、まったく新たに、根本から創造した。河上は、そう言いたい。したがって、彼らに共通するひとつめの特徴をさらに突き詰めて言うと、そうした自己告白に必須の、隆として見事な文体が、文勢が、そこにはっきりと在ることだ。河上は書く。

「彼等三人は皆ともに一代の名文家である。そしてその著作は、外来思想の祖述であるよりは、それに触発されて時務を語り、自己を語つてゐるのである。それは一種の告白文学であるともいへよう。それによつて、明治の文明開化によるわれわれの精神的ひずみを直し、専ら物的文明の遅れを取り返すために人間性の点でなりふりを構はぬわれわれの姿勢を整へようとした。これは当然文学がやる仕事なのだが、少くとも文壇の主流は積極的にこの課題に取組む意欲がなかつた」(同前)。

しかし、明治の文明開化を、「功利主義と物質主義」に侵されたものとして批判するだけなら、簡単なこと、西欧の人文的学問を型通りに修めた学者、論客なら容易にできるのであり、その種の実例はいくらもある。河上が語っているのは、そんなわかりやすいことではない。そうした批判は、どれもこれも単に尤もらしい意見に過ぎず、「明治の文明開化によるわれわれの精神的ひずみを直し」うるものなどでは到底ない。

「精神的ひずみ」は、ひずんだ精神自身の内側から新たに生れて来る強い意欲、みずみずしい願望がなければ、直りようがない。河上肇、岡倉天心、内村鑑三が、身ひとつの力で産み出した一代の文業は、そうした治癒を根本から可能にさせる何ものかとしてあった。河上を動かすのは、紛れることのないこの事実である。このような文業こそが、文学の本筋でないのなら、世に言う文学などは、取るに足りぬ。河上は、そう言いたいのだ。

「これらの明治大正の文化的エリートの著作を見てゐると、わが文学の本質的な在り方が旧幕以来のそれと同じものがあるのを感じるのである。即ち士大夫《したいふ》の人生論は主として儒教的教養がこれを受け持ち、文学プロパーの世界は稗史小説の類ひで、西鶴近松に風俗小説的表現に見るべきものがあるも、その末端は情緒官能のたはむれに過ぎないといふ在り方である。私はここで価値の上下を論じてゐるのではない。人生観の広さ、つまり全人性の点で、昔も今も文は儒に及ばないといふ実情を指摘したいのである」(同前)。

「文は儒に及ばない」とは、町人の戯作は武士の学問に及ばない、という意味ではない。河上が「儒」という言葉で語ろうとしているものは、つまるところ、如何に生きるべきか、という問いに一身をかけて答えようとする努力そのもののことだろう。その努力が纏った言葉の仕組みを、儒学と呼ぼうが、仏教と呼ぼうが、その他何と呼ぼうが、そういうことは所詮どうでもよい。町人か武士か農民かの区別もまた問題ではない。重要なのは、「士大夫」の魂と、眼に見えぬその系譜とが、実際に在ることだ。三人に共通する特徴のふたつめを、河上徹太郎は、この「士大夫」の系譜のうちに読み取っている。

「その結果、私の挙げたい第二の特徴がある。それはこの三人が揃つて儒教的教養で以て人格的に骨格づけられてゐることである。天心は儒教といふより老荘がかつた傾向があるが、鑑三は儒者ともいひ得る武士を父親に持ち、その厳格な躾のもとに成人した。彼はこの異教性をその『初心』の如く身につけて忘れず、晩年に至るまで武士道的クリスチャンを自称してゐた。河上肇は私がしばしば吉田松陰に擬したくなる人で、事実彼自身松陰に私淑して梅陰と号したこともあり、その志士=革命家的情熱は武士的ピューリタニズムが主導してゐるのである」(同前)。

重ねて言うが、ここで重要なものは「儒教的教養」ではない、その種の修養によって「骨格づけられ」た彼らの人格である。儒教、老荘、仏教、そして古神道が、溶け合ってひとつとなるまでに咀嚼され、骨格を得た彼らの人格——河上徹太郎はそれを「士魂」とも呼んでいる。「明治文化の基礎」には、そうした「士魂」があり、それは「単にそのつらだましひといつたポーズだけでなく、人間的自己表現の方法論をも支配してゐることを忘れてはならないのである」と。

したがって、「士魂」は、武士階級に属していることから育つのではない。大陸の文明を引き受け、迎え撃ち、独立した一身の生き方に高めようとする努力から育つ。河上の言う「士大夫」とは、そうした努力の内に一生を送った者たちのことを言う。こうした「士大夫」たちこそが、「明治文化の基礎」を、精神の屋台骨を支えたのだが、彼らはそのことによって、文明開化を偏《ひとえ》に推し進める近代日本のアウトサイダーになった。なるほかはなかった。

彼らアウトサイダーたちが、西洋の文物に、思想に、外来宗教たるキリスト教に激突したさまは、それぞれに壮観であった。彼らは、瞬時も〈知識人〉などという、魅力を欠いたあやふやな生き物だったことはなかった。颯爽の文勢を持ち、更新され続ける生きた思想を身ひとつに持ち、俗論を焼き払う士大夫の魂を持っていた。

経済学者にしてマルクス主義運動家、河上肇(一八七九—一九四六)の例を『日本のアウトサイダー』で見てみようか。この人物は著者の同郷人、その遠縁にあたる。河上徹太郎は、二十三歳年長だったこの血縁者の若い日の面影をよく憶えている。徹太郎が少年時、小学校の真夏の校庭で砲丸投げの練習をしていると、帰省中の肇が、隣の家の二階からのんびりそれを眺めている。子供の全力を振り絞って投げた鉄球が、「足許へストスト落ちる」。ややあって、肇が声をかける。「――労多くして功尠《すくな》いやうな遊びですな」。

肇との淡い交流は、その後も長い間を置いて続いている。二十四歳で早世した肇の長男、政男が徹太郎の親友だったせいもあろう。肇が亡くなって、かなり年月が経ち、その妻を尋ねて行った徹太郎は、「今でも血色のいい、挙措のハキハキした、そして『刀自』といふ敬称がピッタリな老婦人」の思い出話を記している。

「その時の未亡人の故人に関する話では、たまたま自分のことを心配する周りの人達に向つて、

『わしは正直だから救はれるが、お前らはみんな地獄へ落ちるぞ。』

といつたといふのが一番頭に残つた。この人間認識が誤りなく河上肇の一生を導いて行つたのである」（『日本のアウトサイダー』）。

まさにひたすらに「正直」であることが、マルクス経済学への傾斜を次第に深め、ついに社会運動への一途な没入を促した。晩年にさしかかってからの地下潜入、検挙、四年間の獄中生活は、肇の体には想像を超える苦役であっただろう。が、彼は、自分が学究として突き詰めた経済学理論に、何の変更も、訂正も付け加えることはなかった。出獄に際して、彼が官憲に約したことは、経済学の研究をただ停止すること、一切の社会運動から離れることだった。ここには、思想的転向と呼ばれるものは何もない。老僧の暮らしにも似た晩年の静謐は、心中に秘めたその自信、ひとりの「正直」な者たることへの逃げも隠れもしない信念からやってくる。

徹太郎は、そう見ている。

　家を出て、地下に潜り、検挙され、入獄から釈放されるまでの経験を克明に綴った『自叙伝』は、宗教文学の香りさえする陰翳の濃い文体で書き進められている。特に「地下生活時代の項は、そのままわが左翼文学中の最高傑作である」と河上徹太郎は断言する。その称賛ぶりを、『日本のアウトサイダー』から引いておこうか。

「行く先々の宿の主人、連絡の党員、検事、囚人のそれぞれが人間的に躍如してゐる。氏はもと大学でも法科より文科に学ばうとし、ここいらの描写は『創作』のつもりで筆をとつたといつてゐるが、それは氏の『小説家』的教養の上での同年輩である自然主義の客観描写とは、筆力の上でまるで違つてゐる。疑ひなく氏の『信念』の力がこれだけ人間の姿を深く刻んで浮彫にしてゐるのである。この検事戸沢とドストエフスキーの『罪と罰』の同ポリフィリイと、勿論立場も人間も違ふが、鮮かさにおいて似たものがあるのは故ないことではない。ドストエフスキーの超人に関する『信念』が、この『罪と罰』といふ理想小説を書かせてゐるのであつて、それが検事といふ敵役——或ひはお望みなら弁慶に対する富樫といつてもいい——に人間的ニュアンスをつけるのである」。

三

　精神に強力な「理想主義《イデアリスム》」が在る時、作品にはその分だけの強力な「現実主義《レアリスム》」が宿る。このふたつは、常に並行して実現される。河上肇の『自叙伝』とドストエフスキーの『罪と罰』

との間に在る類似《アナロジー》は、絶えず産み出されるこの並行関係の類似《アナロジー》だと言える。しかし、『日本のアウトサイダー』が、力を込めて描き出そうとするものは、こうした類似であるよりは、ひとつの系譜、士大夫の文学に関わる明確な系譜である。

河上肇の精神のうちにある「理想主義《イデアリスム》」は、社会科学としてのマルクス経済学が養ったものでは決してない。和歌、漢詩をよく修め、道徳の修養と文業の練磨とをひとつにして生きた「旧幕以来」の士大夫の覚悟が、彼の理想を、「士魂」を養った。河上肇は、内村鑑三の「士魂」がキリスト教と激突したように、マルクス経済学の精緻な体系とまさにその「士魂」によって激突したのだ。

岡倉天心の場合を見てみようか。天心もまた「一代の名文家」であったことに変わりはないが、彼は文章をもって立った人ではない。新しい、名状し難い理想に駆り立てられて突き進んだ行動の人である。河上徹太郎はそう観る。

天心は、明治のロマン主義を最も烈しく体現したような人物だが、それは時代思潮から来ると言うよりは、彼の天性から来る。彼の天性が一身に時代を背負った、その特異な態勢が、周囲からはその時代のロマン主義と見られるものになった。それだけのことだろう。

したがって、彼を「時代思潮の標本みたいな類型」として扱えば、天心のすべてはわかりにくく、矛盾に満ちたものに映る。彼は「時代の中にゐてそれに創られた人物であるよりも、その外にあつて、自分の声でその精神を大きく歌つてゐるやうな存在である。のみならず、時に時代の流れの自然的な歪曲を、自分一人の手で受けとめて、これを正しい方へ匡《ただ》さうとする気魄も見える。つまり私のいふアウトサイダーとはそのやうな存在であつて、その故に私は天心をその中に数へたいのである」（同前）。

河上の言うこの時代の「自然的な歪曲」とは、むろん文明開化がもたらした「功利主義と物質主義」の歪みのことである。これは、近代日本がみずから選んだものではない、歴史の圧力によって強いられたものだ。天心のうちの一体何が、これに抵抗していたのか。彼の血のなかを流れ続ける道教という、アジア古代の思想的系譜、それ以外にない。それ以外に、天心という稀代の実行家を「一代の名文家」として現われさせる源泉はなかっただろう。

確かに、道教が持つ自然観ほど、天心の血を沸き立たせる炎はなかった。明治の日本画家たちに対する彼の美術指導は、実際にはどんなものだったか、それはほとんどわかっていない。ただ、絵筆の内側から来る力それ自体をして、絵を描かしめようとした。その絵筆を動かすものは、古木、流水、虫の声、雨の音、その他一切のものを、天地に鳴り響かせる巨大な何ものかである。彼は、これを単に理の言葉で語ったのではあるまい、天心という「士魂」の底知れない感化力をもって、明治の青年画家たちに、このような理想が現に有り得ることを教えたのである。

明治三十年代、日露戦争をきっかけに勢いづいた国粋主義の潮流は、英文を自在に操って日本の古美術の優秀を海外に鼓吹した天心を、しばし時代の寵児に祭り上げたが、河上から見れば、そんなことは大した問題ではない。確かに——

「彼はこのブームに乗つて大いに東洋精神の優位について叫んだ。そこから志士・思想家岡倉天心の名が出来上るのだが、彼自身ここで西洋の物質文明に対する東洋の精神性を説かうとしてゐて、実は物質文明の進出に負けないやうな人間性の恢復をいつも強調してゐたのである。だからそれは国内に向つてもさうであつた。彼が国粋主義に見られるのは、国内に向つては外来の物質文明に足をとられて人間性を害《そこな》ふなと警《いまし》める時であり、外国に向つては東洋文化が自然で健康な人間像をいつも追求してゐるものであることを宣伝する時である」（同前）。

時代の潮流にすぎない国粋主義などは、どの国であろうと束の間のインサイダーたちが唱えたがるものだが、天心が掲げた「東洋の理想」は、どんな時にあっても万人を動かしうる世界性を持ち、しかも近代の富に対しては、孤独な士大夫の「精神性」をもって鋭く対立した。『日本のアウトサイダー』のなかで、河上の本領を最も発揮し、勝れた叙述を成しているのは「内村鑑三」の章である。この列伝体の作品のなかで、著者の言う「アウトサイダー」の意味を、日本におけるその独特のねじれを、完全に体現している人物は内村だと言っていい。彼ほど正統的なキリスト教信仰を持った人はいなかった。しかし、その正統性には、武士の血が脈々と流れていて、彼はその血のなかにある異教性をむしろ誇りとしていた。日本に教会を建てにやって来る抜け目ないアメリカの宣教師などは、内村の眼には不信心の事業屋と映っている。

彼がキリスト教に入信したのは、明治十年、札幌農学校の寄宿生となった頃だが、それは武家育ちの教養を棄てての宗旨替え、というものでは全くなかった。河上は言う。「所で私は信徒ではないから不当な瀆言をするかも知れないが、彼のこの回心は異教徒からクリスチャンへの抜本的な切り換へではなかつたのである。それは生来いはば武士道的儒教主義で育てられた少年が、この教義を否定することなく、その延長の上にそれよりもつと完璧な体系で『義』といふものが存在することを知つた喜びなのである」。

言い換えれば、「武士道的儒教主義」を通して育てられた内村の「士魂」は、習俗と化したあれこれの宗教とは異なる、普遍の光に照らされる信仰心をすでに宿していた。彼は、己の心中深くですでに育っていたものに、「もつと完璧な体系で」出逢い直したに過ぎないということだ。河上は、このように書きながら、半分は自分自身のことを言っているのだろう。「私は信徒ではない」、浅薄な門外漢である、といった言葉を繰り返し呟きながら、彼の「士魂」はキリスト教に惹かれている。その深奥を照らし出す普遍の光としてのキリスト教に惹かれているのである。この事情は、正宗白鳥に酷似すると言ってもいい。

内村を「一代の名文家」として、あれほどまでに烈しく時務を語らせ、歴史を語らせ、聖書の魅力あふれる解釈へと赴かせたものは、彼の内なる異教性としての「士魂」、あるいは「義」を求めて止まない、黙した信仰の心だった。まさにこのことが彼をして、欧米の社会的宗教制度としてのキリスト教に向かっても、それを唯々諾々と受容した近代日本に向かっても、異端者にする。河上が語りたいのは、内村のこの宿命であり、それは取りも直さず、己自身の「士魂」を批評の言葉で開いて見せることだった。

内村にせよ、白鳥にせよ、河上肇にせよ、日本の傑出した近代精神が、キリスト教に強く惹かれたのには、いたって深い理由があるだろう。それは、簡単に言うならば、江戸期以前から脈々と繋がる士大夫の覚悟と理想とが、この外来宗教の普遍の精髄と強く響き合い、彼らの精神のなかに日本独特の闘いと共鳴とを引き起こしたからである。内村鑑三の生涯ほど、このことを明確に示しているものはない。彼の著述が、「わが近代文学史の正統の中に座を占め、のみならず専門の小説家が果さなかつた重要な自我の文学の一面を補強してゐることに注目するのは大切なこと」だと河上徹太郎は言う。

「自我」とは、近代ロマン主義が高唱した例のヨーロッパ式自意識のことではない。近代に蘇り、新たに覚醒した「士魂」のことである。したがって、彼らが「日本のアウトサイダー」たることを強いられて産み出した「自我の文学」とは、日本の近代にはっきりと在らねばならない〈士大夫の文学〉のことだった。

内村鑑三が明治四十一年に英文で刊行した列伝体の人物論『代表的日本人』は、こうした文学の傑作というべきものだ。ここでは歴史中の五人の人物が、士大夫の魂が演じた系譜のなかに、内村自身の五つに分化した自画像のごとくに鮮明に描き出される。これを紹介する河上徹太郎の文章もまた、みずから進んでこの系譜を継ごうとするかのように、最も生き生きとするのである。

「まづ主人公の人選だけ見ても、この書の著者の意図が分るであらう。西郷隆盛・上杉鷹山・二宮尊徳・中江藤樹・日蓮上人の五人である。彼等は鑑三自身の分身でないとすれば、聖書の中の名君・指導者・義人・殉教者なのである。読者はこの中の西郷が余りにクロンウェルにつき過ぎ、日蓮がルーテルもどきの法難に遭ふと思ふだらうか。いや彼等の運命の個別性はちやんと描き分けられてゐるのだが、その節に殉ずる純潔が神の国の『義』に準じるまでに昇格されるためにさうなるのである。或ひは又、既成宗派を難じる日蓮が鑑三の無教会主義に似、西郷の征韓論が長袖者流の『内治論』に屈したのは、鑑三の悩みと戦ひの信仰が宣教師流の社会安穏のそれにまるめられたのに似てゐるが、それはすべて唯一神の御心の裁きによつてさうなつてゐるのである」（『日本のアウトサイダー』）。

# 第十三章　批評が系譜を創造すること

## 一

河上肇は、昭和十七年、六十三歳の誕生日前日から書き始めた回想録「大死一番」(『自叙伝』に収録)のなかで、若い頃に内村鑑三から受けた強い感化について書いている。内村の講演は、上京して間もない河上肇の心の底に食い入る。肇は、この時に捉えられた、内村のキリスト信仰が持つ力から、恐らく生涯逃れることができなかったのではないか。この事情は、正宗白鳥の場合と大変よく似ており、同時に、同郷で二十三歳年少の縁者、河上徹太郎ともはっきりと共通する。

「大死一番」のなかで、肇は書いている。上京し、東京帝国大学法科に入りたての頃、自分は市中あちこちで開かれる「演説会」に足を運んだ。そちらのほうが、大学の講義よりもよほど面白かった。内村の風貌に初めて接したのは、そうした演説会においてである。その頃の自分が聖書を手にし、「宗教というもの」に近づくようになったのは、「全く内村先生の感化によるのである」と。「私はバイブルを読んで非常に強い刺戟を受けた。それは論語や孟子などを読んで得たのとは全く品質の違ったもので、これまで如何なる書物からも私のかつて得なかったところのものである」（『自叙伝　五』岩波文庫版）。

すでに述べたように、河上徹太郎は、『吉田松陰――武と儒による人間像』の「序」で、「儒教的教養で以て人格的に骨格づけられてゐる」内村鑑三と河上肇との精神の類似性を説いていた。類似し合うこの「士魂」こそが、彼らをして西洋のキリスト教から「非常に強い刺戟を受け」させるのである。河上徹太郎の『日本のアウトサイダー』は、ふたりを論じて己の信仰を、聖書に惹かれて止まない我が「アウトサイダー」の心を告白するものだったと言っていい。このような告白形式に、おそらく河上徹太郎は、批評文学の真骨頂を観ていたのである。

河上肇の「大死一番」から、もう少し引いてみようか。聖書は――

「初めて読んだ時に、ひどく私の心を突き動かし、それ以来、ずっと後々までも、強い力を以て私の魂に迫ったものは、なかんずく次の一節である。

『人もし汝の右の頬をうたば、左をも向けよ。なんじを訟《うった》えて下衣《したぎ》を取らんとする者には、上衣《うわぎ》をも取らせよ。人もし汝に一里ゆくことを強いなば、共に二里ゆけ。なんじに請う者にあたえ、借らんとする者を拒むな。』（マタイ伝、五、三九―四二。大正訳による。）

私には之《これ》が絶対的非利己主義の至上命令と感じられた。私の良心はそれに向って無条件的に頭を下げた。今考えて見ると不思議のようだが、何故というような理由の反省は少しもなしに、私はただ心の中で『そうだそうだ』と叫んだ。そうした絶対的な非利己的態度こそが、洵《まこと》に人間の行動の理想でなければならぬと思われた。そして自分の心の奥には、文字通りその理想に従って自分の行動を律してゆくようにという、強い要求のあることが感じられた」(同前)。

河上肇は、マタイ伝のこの一節をしばしば引いている。これに優る思想は、結局どこを探してもない、とでも言うかのように。青年期に焼き付けられたこの単純にして強烈な「行動の理想」から、彼は生涯どうしても離れることができなかった。もちろん、こんな理想をもって行動すれば、遠からず身を亡ぼすであろうことは、始めからわかっている。果たして、こんな行動が正しいと言えるのだろうか、こうした「危惧の念」が同時に彼のなかで動き出す。烈しく信じようとする者だけが持つ烈しい疑いが。

「かくして私の心には、初めて人生に対する疑惑が、——私は自分の生活をどう律して行けばよいのかという疑惑が、——植え付けられた。私の心の煩悶はそこから始まる。それは私のこころの歴史の始まりだといってもよい」(同前)。

河上肇は言っている。たいていの者が人生への疑問から煩悶するのは、近親を亡くしただとか、手痛い失恋をしただとか、不治の病にかかっただとか、あるいは人生の悲観すべき重大事に突き当たっただとか、いずれ、そんな時であろうが、自分は、まったく何の悩みもない平坦な学業生活を送り始めた頃に、突然こうした「疑惑」に襲われた。「私は自ら進んで、いわば平地に波瀾《はらん》を起したのであった」。起こしたものは、聖書が彼の耳元で囁いた「行動の理想」である。彼の心は、まるで待ち構えてでもいたかのように、己の内に聖書のこの言葉を迎え入れ、己の天分が引き起こす嵐のなかに突き進んで行った。

河上肇は長州の先人、吉田松陰を尊敬していた。というよりも、同郷人として、同じ血の流れを感じずにはいられなかったのだろう。肇が松陰に憧れ、私淑して、晩年には自ら「梅陰」と号したことは、河上徹太郎も『吉田松陰』の「序」に書いている。松陰の像に肇を並べた時、肇の姿は、その精神の骨格は、より明確になる。徹太郎はそう考えていたのであって、その彼が、ふたりの先人を結ぶ線の先に改めて自分を発見していたことは間違いない。これは単なる自己発見ではない、批評による「系譜」の創造と言うべきものだ。

「系譜」は、『日本のアウトサイダー』あたりから、河上徹太郎が好んで使うようになった言葉である。批評は、同時代作家たちの「コメディ・リテレール」を描くばかりではない、いや、そういうものよりはるかに困難な、しかも喜びに溢れた義務を負っている。この義務は、同時に、矜持に満ちた批評の特権でもあろう。その義務とは、特権とは、明確なる〈魂の系譜〉を創造することにほかならない。批評によって創造された「系譜」の線は、いつも秘かに批評家自身の身の内深くに繋がっている。そうでなければ、彼は「系譜」を創造できない。せいぜいが、過去や歴史から素材を借りた意見、解釈、自己主張、つまりは任意の御託を並べるだけのことになる。

河上徹太郎は、死の前年、昭和五十四年七月に為されたインタビュー「厳島閑談」（『新潮』十月号）のなかで語っている。

「オーソドクシイといふことでいへば、大ざつぱにいつて日本はキリスト教国ぢやないから、頭の中で自分の正統を作つてゐなければならず、つらいんですよ。吉田松陰もつらいし内村鑑三もつらい。ぼくの仮説では、もしも松陰が安政元年の下田踏海に成功してアメリカへ行つてゐたら、クリスチャンになつて帰つてくるかも知れない。これはぼくの頭の中ではなりたつことなんです。だから観念的には松陰はクリスチャンです」。

もしも松陰が、あの時アメリカへの密航に成功していたら、彼は西洋の軍事技術を吸収すると共に、キリスト教精神を体して戻ってきただろう。これは「ぼくの頭の中」にある空想だが、そのように空想させるのは、河上の内なるキリスト教である。松陰、鑑三、肇へと繋がる魂の系譜を、徹太郎は自分のうちにすでに創造している。創造することは、もはや空想することではない。松陰は、なぜクリスチャンになり得るのか。彼が孟子と山鹿素行の熱読から育てた思想ないし「行動の理想」は、打てば響くようにキリスト教の精髄に、つまり「絶対的非利己主義の至上命令」に応ずるものだったからだ。この事情は、内村鑑三、河上肇の場合と何ら変わりがないのだ。

河上徹太郎のなかにも、同じ精神の態勢がある。キリスト教への潜在し続ける渇望がある。そのことを、彼はこんな言い方で語ってみせる。同じく「厳島閑談」の言葉から引く。

「ぼくが入信しないといふのは、ずぼらでふんぎりがつかないからです。カトリック作家たちを見てゐると、悪口を言ふやうで悪いけど、何でも神様に預けて、あとは好きなことをしてゐるみたいで、ぼくはいやなんです。つまり自力に頼りたいのです。そんなことはしたくない。自分が責任を負ひたいんです。さうすると、非カトリック的になつてしまふ。ずぼらと同時に、自分の責任といふのを大事にする、これはさむらひ精神だと思ふんです」。

ここから考えるなら、河上徹太郎が持ち続けたのは、キリスト教への信仰というよりは、それに惹かれてやまない己自身との戦いだろう。この戦いのなかから、この身ひとつで〈如何に生きるべきか〉の問いが、「さむらひ精神」の問いが生れる。この問いは、彼には文学などと呼ばれるものより、よほど重要だった。そのことを最初に教えたのは、いまや多くの人には意外であろうが、同郷の詩人、中原中也である。続けて河上は言っている。

「カトリシズムといふのがぼくを惹きつけたのは、完全に中原中也に教へられたことですね。カトリシズムは全宇宙を包摂、包括するものであるといふ一つの議論と、もう一つは、のどかな、無邪気な、いはゆる幼な児の心で生きるといふこと、この二つのことを中原に教はった」。

「教はつた」とは言うが、「この二つのこと」は、河上の「さむらひ精神」がもともと己の身の内に持っていたものだった。中原は、それを意識の明るみへと引き出したに過ぎない。確かに、中原の詩には「この二つのこと」が絶えざる底流としてある。小林秀雄に倣って言い換えれば、彼にもまた〈文学のモチフ〉にはるかに先立って、〈人生のモチフ〉がやってきたようである。そこで河上は、こんな風にも言う。「[…]ぼくは日本文学で本当に好きなものはないんです。志賀直哉、佐藤春夫、谷崎潤一郎等は、ぼくが生きる上の糧にはならなかった。漱石、鷗外も又しかり。ぼくにとつての日本文学は、中原中也と小林秀雄だけでいいんです」。

二

このような河上の告白は、死を目前のものと自覚した批評家だけに可能なのかもしれない。すでに触れたが、青春期の河上、中原、小林が、岩野泡鳴訳のアーサー・シモンズを経由して心酔したフランス象徴主義には、詩の美学というよりも、如何に生きるべきか、近代に抗して何を信ずるべきか、への最高級の回答が秘められていたのである。これは、いたって特殊な象徴派の受容だと言うほかない。河上徹太郎の批評家としての生涯は、ここから出て、ここへ還ったということだろう。「ぼくにとつての日本文学は、中原中也と小林秀雄だけでいいんです」とは、そういう意味だ。

こんな男が、「よく文芸時評で飯食つてたと思ふ」、河上はそう述懐する。「月々の文壇小説を読むなんていやでいやでしやうがなくて書いてゐたんです。ただ、小説の中に時代相を見るのが楽しみだつたといへませうか。それで生きてゐたとは文壇人として身勝手な話です」(「厳島閑談」)。要するに、文壇でコメディ・リテレールを書きもし、演じもするなど、自分には柄にもない役回りだったと言うのである。

河上徹太郎の『吉田松陰――武と儒による人間像』は、昭和四十一年五月から同四十三年四月まで『文學界』誌上に連載された。二年をかけてゆったりと書き進められたこの著作は、興の赴くまま、想の進むまま、おのずからに仕上がった威風ある批評文だが、やはり河上の代表作と言っていい。代表作とは、彼に与えられた天分を最もよく表わす一作、という意味だ。

冒頭の河上の言葉を、もう一度引いてみようか。「これは、松陰の評伝でもなければ、幕末の思想史でもない。もつと切実な、思へば日本人の血の中に、少くとも私には、今でも隠れ流れてゐる主導的感情を辿つてゐるやうなもので、私の今日のものの考へ方もここに現れてゐる筈である」。この「日本人の血の中」を今も赤々と流れる「主導的感情」とは、何だろうか。それをはっきり口に出せば、多分に滑稽なこととなろう。だから、河上は苦労するわけだが、要するに、あらゆるものを愛し、世の為、人の為に身を尽して生きるという、たったそれだけのことに還ろうとする感情、なぜかは知らず、湧き上がってやまない感情である。たとえば、河上肇が、キリスト教との、次いでマルクス経済学との遭遇、激突から燃え上がらせた感情は、これなのだ。

こうした感情を、不朽の道徳としてあえて思想の言葉とし、日々の自戒として生きたのは、やはり徳川時代の武士だろう。黒船来航の危機にあたって、吉田松陰のなかに爆発したのは、何よりもこの感情だった。松陰を敬慕してやまなかった河上肇には、そのことが実によく観えていたに違いない。が、またその敬慕の意味を、自身に繫がる系譜として捉え直し、新たに創造したのは、昭和の批評家、河上徹太郎なのである。

松陰には、徹底した実行家の魂があった。それは、岡倉天心にも内村鑑三にも、また河上肇にもあったものだが、松陰ほど激越な現われ方をしたことはない。しかも、その魂は、いまも「日本人の血の中」を流れている。自分が書きたかったのは、その事実だと河上は明言する。彼の松陰論の末尾にはこう書かれている。「私は明治百年に当つて松陰を現代に生かさうなどいふ野心は持たなかつた。ただ、百年前に死に狂ひになつて生きたこの知的紳士の血の色を、いろんな角度から照らして見たかつたのだ。その血は、好むと好まぬに関らず、われわれの中に脈打つてゐるからだ」。

松陰の思想的骨格を作っているものは、孟子と山鹿素行とである。このふたりから松陰が学び、受け継いだものは、平たく言えば、世の為人の為に生涯を焼き尽くす覚悟だった。松陰が巧みに駆使するあらゆる論法は、いかなる時もそのことに帰着していく。孟子も素行も、その覚悟を固めるために使われるものであればよい。その気概から生み出される彼の文章は、河上徹太郎が言うところでは「一代の名文家」の格調を成す。ただし、その「名文」は、文学を厭う人の文学、深く強い心中のリズムが、そのまま言葉の純潔な意味となって、敢然と躍動し続ける大文章だと言っていい。

松陰が山鹿素行から受け取り、片時も手放さなかった思想は、武器を必要としない泰平の世に、戦《いくさ》をする以外能を持たない我々侍は何を為し、いかなる職分に従事すべきか、という覚醒した実践上の問いそのものだった。河上は「素行の考へ方の見本」を示すものとして『武教小学序』の始めにある次の一節を引く。

「大農・大工・大商ヲ天下ノ三宝トナス。士ノ農工商ノ業ナクシテ、シカモ三民ノ長タルユヱンノモノハ、他ナシ、ヨク身ヲ修メ心ヲ正シクシテ、国ヲ治メ天下ヲ平ラカニスレバナリ。然レドモ、世遠ザカリ人亡ビ、郷ニ善俗ナク、世ニ誠教乏シ。故ニアルヒハ短衣蓬頭シテ、臂ヲ怒ラシ剣ヲ按ズルヲ以テ俗トナシ、アルヒハ深衣非服シテ、記誦詩章ヲ以テ教トナス。ソノ過不及、甚ダ嘆息スベキカ」。

物を作る事にも、売り広めることにも従事しない武士は、なぜ農工商三民の長たりうるのか。学問を通し、身に深く修めた道徳を持するからと言うほかはない。それあるが故に、国は治まり、天下は平らかになる。にもかかわらず、現今の武士はどうであるか。これ見よがしに大刀を横たえ、武張った振る舞いで鼻つまみ者になるか、ぞろりとした衣服で文芸とやらに打ち興じ、石潰《ごくつぶ》しの厄介者になっている。「ソノ過不及」まことに嘆かわしいというのである。

武士の仕事とは何か。「凡ソ士ノ職ト云フハ、其身ヲ覰《ウカガ》フニ、主人ヲ得テ奉公ノ忠ヲ尽シ、朋輩ニ交リテ信ヲ厚クシ、身ノ独リヲ慎ンデ義ヲ専ラトスルニアリ」。奉公するのは、殿さまの為ではない。忠君は、世の為、人の為に生きんがための方便と言ってもいい。この方便は、特定の歴史のなかで現実社会が求めてくるものだが、それを方便として用いる武士の理想主義《イデアリスム》は、そうではない。武士だけが、現実社会を踏み越えて生きる責務を、三民のために負っている。

農人は農作物に丹精すればよく、工人は物の造作に専念すればよく、商人は物品の流通に心を砕いていればいい。どれもみな、立派にして不可欠の仕事である。石潰しの侍は、三民の為に、三民の肩代わりをして、人は如何に生きるべきか、を問う学問に励まなくてはならない。武士の職分は、そこにこそある。その問いによってのみ、武士は石潰しの汚名と非難とをかろうじて免れ得る。

「そんな専門家《プロ》がなり立つものかどうか」、と河上は言う。後世近代の人の眼には、素行の論じるところは、はなはだ怪しい詐術に見える。封建社会に嵌め込まれた武士階級が「自己を正当化するための理論」に見える。しかし、その見方もまた、後世近代の人の自己正当化から来ているとは言えまいか。素行が信じたものは、近代知識人が好んで批判する、いわゆる封建道徳などではない、万世を貫く道徳の神髄である。だからこそ、「この考へは、後代の忠実な弟子松陰にあつては謙遜かつ純潔に守られてゆくのである」と河上は書いている。

そこで、武士が奉公を通じて世の為、人の為に生きる覚悟は、諫死《かんし》できるか否かにかかっている。主君が暴政を行ない、三民が窮迫するような時には、殿さまを諫《いさ》め、諫めて遂には腹を切れるかどうかに、である。殿さまの上には江戸幕府がいる。ならば、幕府を諫めるために働くのが、わが主君への忠義というものである。武士全体の上には天子がいる。しかるにこの六百年来、幕府の率いる武家社会の権力が、天子に向かって犯した大罪は計り知れない。いかなる生産にも携わることのない武士が、その統治権力によって、生産の民の中心に在るべき天子を蔑ろにし、その位置を武力によって奪い取ってきた。このことについての「罪の自覚」が、松陰の「階級的良心」の根源にある。少なくとも、河上はそう見る。

討幕運動に身を投じた尊王思想家、僧黙霖に宛てて、萩の実家に幽閉中の松陰が、安政三年八月十八日に認《したた》めた書簡は、河上徹太郎をして「これ程条理を尽した手紙は、彼の書簡集千二百頁を通じてないであらう」と言わしめている。少し長くなるが、河上が引くままを引いてみようか。「一代の名文家」松陰の真骨頂を見ておくのもよい。

「僕ハ毛利家ノ臣ナリ。故ニ日夜毛利家ニ奉公スル事ヲ練磨スルナリ。毛利家ハ天子ノ臣ナリ。

故ニ日夜天子ニ奉公スルナリ。吾等、国主ニ忠勤スルハ即チ天子ニ忠勤スルナリ。然レドモ、六百年来、我ガ主モ忠勤ヲ天子ヘ竭《ツク》サザル事多シ。実ニ大罪ヲバ自ラ知レリ。我ガ主六百年来ノ忠勤ヲ今日ニ償ハセ度キコト本意ナリ。然レドモ幽囚ノ身ハ上書モ出来ズ直言モ出来ズ、唯ダ父兄親戚ト此ノ義ヲ講究シ蠖屈亀蔵《クワククツキザウ》シテ〔退き隠れて〕時ノ至ルヲ待ツノミ。時ト云フハ吾レ他日宥赦ヲ得テ天下ノ士ト交ハルコトヲ得ルノ日ナリ。吾レ天下ノ士ト交ハルヲ得ル時ハ天下ノ士ト謀リ、先ヅ我ガ大夫ヲ諭シ六百年ノ罪ト今日忠勤ノ償トヲ知ラセ、又我ガ主人ヲシテ是レヲ知ラシメ、又主人同列ノ人々ヲシテ悉ク知ラシメ、夫レヨリ幕府ヲシテ前罪ヲ悉ク知ラシメ、天子ヘ忠勤ヲ遂ゲサスルナリ。若シ此ノ事ガ成ラズシテ首ヲ刎ネラレタレバソレ迄ナリ。若シ僕幽囚ノ身ニテ死ナバ、吾レ必ズ一人ノ吾ガ志ヲ継グ士ヲバ後世ニ残シ置クナリ。子々孫々ニ至リ候ハバイツカ時ナキコトハコレナク候。今朝ノ書ニ『一誠兆人ヲ感ゼシム』ト云フハ此ノ事ナリ。御察シ下サルベク候。僕口上ニテ呶々《ダウダウ》スルコトハ生来大嫌ヒニテ右等ノ事モ常ニハ申サズ候ヘドモ、上人ノ事故申出デ候。僕ガコレニ死ヌル所ヲ黙シテ見テ呉レヨ」。

三

河上徹太郎は言う。「諫死する所に吉田松陰のイデオロギーの根本があり、彼の全人格の発露があるのだ」と。しかし、諫死することだけをその根本とするような「イデオロギー」とは何であろうか。「一誠兆人ヲ感ゼシム」という徹底した反覇道主義の覚悟ではないか。武士階級に属しながらの、これほどな反覇道主義、言い換えれば反政治主義に「彼の全人格の発露がある」と河上は観るのだろう。松陰は、孟子と素行とから最も直接に学んだが、「彼の全人格」は、やはりどうにもならず彼自身のものであった。その「人格の美しさ」に河上は強く衝き動かされ、動かされる自分の心の底を見詰めさせられる。彼の松陰論が、幕末研究でも歴史随想でもなく、「批評」と名づけられた士大夫の告白文学たる理由はそこに在る。

　松陰は、孟子の何に学んでいるのか。たとえば、『孟子』「滕《とう》文公章句上」で、孟子は彼一流の分業統治説を説いている。百姓をしながら、鍛冶仕事をしながら天下を治めることはできない。君子には君子の、小人には小人の仕事がある。小人の仕事もまた農を受け持つ者、鍛冶をこなす者、などが多数あって、百工の仕事が一人々々の身に備わる。そのような分業がなければ、天下の者すべてが難儀するだろう。故に、心を労する者は人を治め、力を労する者は人に治められる。人に治められる者は人を食べさせ、人を治める者は人に食べさせてもらうことになる。小人がいなければ君子は飢え、君子がいなければ小人の世は乱れる。

　ここに窺える孟子の特権意識は、近代人である私たちの心に反発を起こさせるだろう。「然し待つて貰ひたい」と河上は言う。「これは聖人政治の話である。そして松陰は、この最も倨傲な断定を享けて、最も謙虚な自己反省に至らしめるのである」。孟子は、松陰の心、あるいは美しい彼の「全人格」のなかで、その意味の態勢を変える。河上は、松陰の『講孟余話』から次の一節を引いてくる。

「大人ノ事ハ心ヲ労シ、人ヲ治メ、人ニ食《ヤシナ》ハルルナリ。小人ノ事ハ力ヲ労シ、人ヲ食《ヤシナ》ヒ、人ニ治メラルルナリ。凡ソ人ニ四等アリ、士農工商トイフ。ナカンヅク農工商ヲ国ノ三宝ト称シ、各々ソノ職業アリテ、国ニ於テ一モ欠クベカラズ。独リ士ニ至リテハ三者ノ如キ業アルコトナシ。而シテソノ職業ヲ思ハズ、厚禄ヲ費シ衣食居ノ奢ヲ窮メ、傲然トシテ三者ニ驕ルハ、アニ畏レ多キコトニ非ズヤ。故ニ士ト生レタル者ハ、文武ヲ修熟シ、治乱ノ御奉公ヲ心掛クベキコト固ヨリナリ。タダ吾ガ輩已ニ幽囚ノ身トナリ、コレラノ事ヲ語ルモ空談ニ近シ。而シテ大イニ然ラザルモノアリ。何トナレバ、今日食フ所ノ食、衣ル所ノ衣、用フル所ノ器、皆コレ国家ノ余沢ニ非ズヤ。而シテ我レ農工商ノ業ヲナシテ、以テ国恩ニ報ズベキノ身ナラネバ、又、タダ書ヲ読ミ道ヲ講ジ、志孝ノ一端ナリトモ研究シ、他日ニ報ズルコトヲ忘ルベカラズ。士ハ三民ノ首ニシテ、君ハ又諸士ノ長ナレバ、ソノ自ラ養フ益々厚ク、自ラ職トスル益々重シ。人ニ食《ヤシナ》ハルルノミニテ、心ヲ労シ人ヲ治ムルコトナクンバ、ソレ何トカイハン。コレ許行ガ説ノ已ムヲ得ザル所ナリ」。

「許行」とは『孟子』中の登場人物で、みずから農耕をもって民を導くことを第一とする楚の篤農家である。彼のもとに走って、教えを受けた陳相は、本業の儒学を捨てて「神農の道」を説くようになる。その陳相に向かって、孟子は「君」と三民それぞれの分業説を整然と述べるのである。松陰は、孟子の言に従う。その説の「仁義」に適って隙のない実践性には、抗し難い魅力があるからだ。が、松陰の心には許行への共感もまた捨て難くある。「諸士の長」である「君」が、農事にたずさわって民を治める、「神農の道」を行く、この理想もまた捨て去ることができない。そこで、河上は書く。

「松陰はどうしてもこの種の精神的重農主義といつたものを一言口にしたい人なのである。しかもその言葉は道徳的であるのみならず、詩的な美しさを持つてゐる。そしてこの農耕と政、又は学との兼ね合ひは一生松陰の人格形成の骨子をなしてゐたもので、それはただの社会的良心といつたものではない。彼の実践性、彼の実行家としての原動力もそこにあるのだ」。

松陰は、孟子を通して「仁義」による政策の優秀さを徹底して学ぶ。その孟子は、小国の間を遊説して回り、王から、その説は「将にわが国を利するあらんとするか」と問われると、直ちに「何ぞ必ずしも利と曰はん、たゞ仁義あるのみ」と答えるような人であった。国の利をはるかに超えた、天の定める「仁義」がある、それに従って策を建てることこそが、「国家繁栄のための現実的な施政方針であるといふ徹底した信念は、松陰を驚喜させたのである」。

だが、言うまでもなく、孟子が生きた大陸の戦国と、松陰が身を置く「わが国の封建制との間に重大な相違があった」。大小の独立国が、広大な領土をめぐって激しく覇を競い合うところに生まれた政治思想を、どうしてわが国の現状に、そのままあてはめることができようか。「[…]我れは諸侯を統べる幕府があり、その上に隠然と、然し四民の心の中に拭ひ去ることの出来ぬ天朝の意識がある。これは勿論政治的圧力でもなければ、宗教的感情でもない。御望みならこれを方便と解してもいいのだが、要するにわが民族意識の象徴なのである」。

しかし、「拭ひ去ることの出来ぬ天朝の意識」を、統治上の単なる「方便」とみなすことには、やはり大きな無理があるだろう。「天子」の存在は、「わが国」の農と深く結びつき、農への根源の信頼とひとつになっている。骨の髄まで実行家であった松陰が、孟子に驚喜し、魅せられつつ、同時に、大陸の儒学に抵抗するかのように抱き続けていた「勤王思想」は、彼の

「精神的重農主義」として育った。まさに実践上の最大指針として育ったのである。河上が言おうとしているのは、このことだろう。

聖人政治における孟子の社会分業説は、素行のなかでは、一種の精神的名分論に変化を遂げている。松陰が連なろうとしたのは、孟子から素行へのこの系譜であるが、〈世の為、人の為〉を烈々と思い抜く彼の桁外れの純粋さ、実行家としての人格の美しさは、また格別のものだ。素行を師と仰ぐ松陰の魂の純潔は、師の経世思想を思いがけない地点にまで押し上げ、いっそう高邁な、実践的な道徳思想に変質させていると言える。

だからと言って、松陰の思想は決して彼一人が抱いた特殊な着想ではない。河上が描き出す吉田松陰という「武と儒による人間像」の系譜は、「日本人の血の中に」、観る気になれば「今でも隠れ流れてゐる主導的感情」なのだ。この「感情」を、河上は歴史家の観察や分析によって語るのではまったくない。一身を賭けた批評家の魂によって、描き上げようとする。その行為は、批評による潑剌たる系譜の創造だと言っていい。まさに批評という「士大夫」の文学形式には、そのようなことができる。

河上が、「いやでいやでしやうがなくて書いてゐた」(「厳島閑談」)文壇小説の時評を棄てて取り組んだものは、結局のところ、孤独な士大夫の系譜物語に帰する。帰するが如くに、そこへ向かうのである。そうやって描き出される系譜、血の奔流は、彼自身の批評の魂へとまっすぐに流れ込んでいる。それでなくて、どうしてこのような系譜を創造することができようか。

ここに、「士大夫」の文学に携わる批評家と、歴史小説を扱う作家との根本的な違いが現われてくる。小説家が生み出す登場人物たちは、歴史ものであれ現代ものであれ、それを書く作家当人の分身が、虚構の上でそれぞれの発達を遂げたものにほかならない。その発達には、異様なものもあれば、見え透いたものもあろう。だが、彼ら登場人物の元の親は、みなひとりの小説家なのである。ある登場人物に立派さがあるとすれば、それは作家自身のなかに潜在し、虚構を通して現実化した、ひとつの優れた可能世界だろう。別の人物に、救いがたい卑しさや下劣があるとすれば、それもまた、作家自身の生の底から汲み上げられたひとつのれっきとした可能世界と言える。小説家が、単なる嘘つきでなく小説家たりうるのは、そのようにして、である。

「士大夫」の文学者たる批評家は、そうではあるまい。彼は、いつも彼の外に実在し、彼自身をはるかに超えた対象を相手にする。その対象は、彼を魅了すると同時に格闘を迫り、私が誰であるかを、私と闘って明らかにせよと命じる。この時、批評家の闘い方は、まずもってその批評家に固有の称賛であり、創造されるものとしての尊敬の念である。この方法だけが、「士大夫」の批評を万人に開かれた最大文学とし、批評家自身を対象に匹敵する者へと引き上げる。いや、対象を超える者とさえするだろう。

吉田松陰の『講孟余話』は、彼がアメリカへの密航（下田踏海）に失敗し、萩の野山獄に繋がれていた時期、安政二年六月から始まる『孟子』講義に基づいている。この講義は、「無気力と絶望が支配してゐた」（河上）同房の囚人たちの心魂を揺さぶり、牢番でさえ牢格子の外に端坐して聞き入ったという。『講孟余話』を読めば、その情景がありありと観える。この著作は、孟子という人を至上の対象とし、ついに孟子を超え出た批評文学の傑作である。

松陰、鑑三、天心、肇……河上徹太郎が創造し、明鏡と化した自己の心底に映し出そうとする「アウトサイダー」の系譜とは、このような「士大夫」たちの〈批評の系譜〉なのだ。

# 第十四章　天地の間に己一人生《おのれひとりいき》てあり

## 一

河上徹太郎が『日本のアウトサイダー』を刊行して間もなく、小林秀雄は『文藝春秋』誌に連載していた「考へるヒント」の一篇に「歴史」と題する小文を寄せ（昭和三十五年一月）、この本を「大変面白かつた」と書いている。「世に背いて、世を動かした人々の簡潔な生き生きとした列伝である」と。ここで河上君が言う「アウトサイダー」には、説明されている通りの厄介な意味があろうが、平たく言えば「変り者」のことではないか。そして書く。「変り者といふものは面白いものだと思つてゐるうちに、変り者といふ極く普通の言葉は、なかなか含蓄の深い言葉だと考へ出した」。どう深いのか。

世間が他人《ひと》の悪口を言って「あいつは変り者で誰も相手にしない」と評する時には、「変り者」という言葉は「殆ど死んでゐる」。が、「例へば、女房が自分の亭主の事を、うちは変り者ですが、と人に語れば、言葉は忽ち息を吹き返す」。こういう時には、誰も「変り者」という言葉には「或る感情がこめられて生きてゐる事を、直ぐ合点するだらう」。この種の亭主は、むろん英雄豪傑ではないが、狂った人でもない。「独創的人間」とか「叛逆者」とかとインテリ好みに言い換えても無駄である。すねたはぐれ者よりも、むしろその人の社会性を表わしているこの言葉の親愛の響きに近づけはしない。そこで、小林は言う。

「誰も、変り者にならうとしてなれるものではないし、変り者振ったところで、世間は、直ぐそんな男を見破つて了ふ。つまり、世間は、止むを得ず変り者であるやうな変り者しか決して許さない。だが、さういふ巧まずして変り者であるやうな変り者は、世間は、はつきり許す、愛しさへする。個性的であらうとするやうな努力は少しもなく、やる事なす事個性的であるより他はないやうな人間の魅力に、人々はどんなに敏感であるかを私は考へる。と言ふのは、個性とか人格とかの問題の現実的な基礎は、恐らくさういふ処にしかない、これを摑へてゐないと、問題は空漠たる言葉の遊戯になるばかりだ、と思へるからである」(「歴史」)。

内村鑑三、岡倉天心、河上肇らは、なるほどこうした意味の「変り者」であった。止むを得ずして、彼らはそのような自分を世間に現わした。世間は、そのような者たちを「はっきり許す、愛しさへする」。なぜなら、そこには人間の実体があり、実体はそれが〈在る〉という性質そのものによって、すでに愛するほかないものだからだ。この事情は、偉人と呼ばれる人であろうと、呑ん兵衛の亭主であろうと同じである。小林は、そう言っているのだろう。そして、その手の「変り者」であることを一切やめずに、人生の問題を己一身で解き通した人は、なんと少ないか。彼は、そうも言いたいに違いない。そこには、嘆息がある。

日本に明治維新を強いた西洋文明の襲来は、言うまでもなく日本の学問界を一変させ、学者は近代化した官立大学の教授に収まった。そこで講じられる学問は、みな西洋からにわか仕込みで取り入れられた知識体系の寄せ集めである。日本の古典や歴史に関する学問でさえ、それを取り扱う方法は、西洋伝来のものに取り替えられた。やがて私立大学というものが、あちこちに建てられるが、〈官〉に対する〈私〉の意味、が果たしてどこまで考えられたか。官学であれ私学であれ、大学とやらで給金を貰っている学者には、とんと「変り者」が見られない。とすれば、すなわち、そこには世間が許し、愛しさえする学問、庶人が端坐して聴き入りたくなるような講義がないということだろう。

江戸時代を通じ、躍如として存続した私学、私《わたくし》の学問には、そのような魅力がはっきりとあった。中江藤樹、山鹿素行、伊藤仁斎、荻生徂徠などの儒学が、あるいは契沖、賀茂真淵、本居宣長などの国学が切り拓いた新しい学問の道は、明らかにそうである。彼らは皆、徳川幕府が官学として定めた学問体系――朱子学への見事な批判を体現しており、一代の名演技をもって生きた私学の化身たちであった。つまり、彼らこそは、「変り者」列伝の華として語られるべき名優たちであった。

ところで、近代化した日本が、大学のなかに囲い込んだ歴史学、哲学、文献学といった官製の学問体系からは、「変り者」列伝の華となるような人物は、ほとんど生まれることがなかった。当然のことだろう。そこには、〈如何に生くべきか〉の一身を賭けた問いがまるごと欠けているのだから。欠けているばかりではない、そうした問いを努めて排除する方法が、学問の顔をして歩いている。そういうことであるなら、近代日本のうちの別の誰かが、この問いを根本から引き受けて立たねばならないだろう。この問いなくして、人はほんとうには生きてゆけないものだからだ。

小林秀雄や河上徹太郎は、日本に近代批評を確立した人たちだと、よく言われる。しかし、話はそう簡単なことでもない。彼らは、近代批評などというものを、実際にやっていたのだろうか。彼らの批評は、むしろ近代日本の諸学が葬り去って顧みなかった問いそのものの、文字通り一身を賭けた再生だったように思われる。

「考へるヒント」の連作が始まる直前、昭和三十四年五月の『文藝春秋』誌に、小林は「好き嫌ひ」と題する短い随想を発表している。これは、実に美しい仁斎論であり、十八年後に完成する『本居宣長』へ、ひと筋に繋がっていく主題を包み込んでいる。おそらく、この頃にはもう宣長論の骨組は、充分に温められていたのだろう。たとえば、こんな一節がある。

「仁斎は、当時の学問の習慣に従ひ、朱子学を学んで、深くこれを極めたが、やがて、要するに豪《えら》さうな理屈に過ぎぬではないか、と悟つた学者である。学問の道は、『明白端的』なものでなければならない。『十字街頭ニ在ツテ、白日、事ヲ作《ナ》スガ若《ゴト》キ』ものでなければならない。さういふ考へに達した。当節の学者達は、人の耳目を驚かす様な事ばかりやつてゐるが、そんな事では、いよいよ人情に遠ざかり、時俗に背き、世間の人は、学問といふものは、日本を漢様《やう》に仕替《から》へるものかと考へる様にならう。さういふ言葉が、書簡の中にあるが、本居宣長より百年も前に生れた学者が、宣長の様な事を言つてゐるのも面白い」。

ここで言う「朱子学」とは、江戸幕府が、林羅山を主唱者とし、全国の武士に、統治上の精神的規範として課した儒学体系のことを指す。元にあるのは、中国宋代の儒学思想家朱熹《しゆき》の壮大極まる窮理の学である。仁斎は、当然朱熹に遡ってこの学を深く、精確に修めたのだが、「やがて、要するに豪《えら》さうな理屈に過ぎぬではないか」と悟った。悟らせたものは、『論語』という一冊の書物、孔子という「明白端的」なひとつの人格との邂逅である。この邂逅によって、自分が学んできた学問が、いかに物の役に立たないか、人情に遠ざかり、時俗に背く「漢様《からやう》」の空論であるかを一挙に知り得た。このような経験は、江戸期の日本に次々と出現する私学の化身たちにまったく共通のものだ。

その『論語』だが、仁斎はこの書を「最上至極宇宙第一」(この言葉は『童子問』のなかにある)と呼んだ。仁斎の死後七年を経て刊行された大著『論語古義』の草稿と見られる文章の冒頭で、彼はこの言葉を書き、書いては消し、消しては書いた跡が見られるという。書いたのは、そうとしか言いようがないからだろうが、消したのは、そう言って褒めてもまだ足りず、おまけに世人は誤解して、笑うからだろう。いずれにせよ、これ以上の褒め言葉がないのは残念でならぬ、というわけか。これは、仁斎の私情ではない。この人の学問が摑み取った「愛読」という至純の方法が行き着いた結論である。『論語』はこれを読み、これを読み、その含蓄を思って得る以外に会得しようのない書物なのだ。小林は書いている。

「当時の学者の見解に反対した仁斎の宇宙論などを、今日読んでも何も面白いことはないのだ。のみならず、彼が、自分のさういふ説に、本当に興味を持つてゐたとも考へられない。彼の考へでは、学問の道は、『論語』を愛読する事、どう考へても、宇宙第一の書と信ぜざるを得なくなるまで愛読する事に尽きるからである。そして、彼の信ずるところによれば、『論語』は平易近情、意味親切なる書であつて、広大甚深の趣など全く見られぬ、それだからこそ宇宙第一の書なのである」（「好き嫌ひ」）。

仁斎が「宇宙」などという言葉を使って、自前の理を説くのは、ほんの付き合い上のことに過ぎぬ。幕府公認の朱子学は、やたらとその種の口吻を好む。そういうことなら、自分としてはこう述べる、といった程度のことでしかない。『論語』には、そんな理屈はひとつも書かれていない。あらゆる言葉は「平易近情、意味親切」、それでいながら、読んでも読んでも読み尽くせない意味を湛えている。真理とは、こうしたものであることを、『論語』は教えている。「それだからこそ宇宙第一の書なのである」。仁斎の使う「宇宙」という言葉には、その語を使うこと自体へのためらい、不本意、逆説、自嘲が含まれているのだ。続けて小林は書く。

「孔子は、仁の定義など、何処にも説いてゐない。どう言つたものか自分にはわからぬ、とさへ言つてゐる。義人秀才は、いくらでもゐるが、徳を好む事色を好むが如き人物は、未だ見ず、といふ。この有名な言葉は、『論語』に二度も出てくるし、已《やん》ぬるかな、と嘆息してゐる程だから、これは孔子の余程大事な思想だつたと考へて差支へあるまい。仁斎が、晩年、熟慮の末、『論語』を好む事色を好むが如きを最上とするに至つたと考へても差支へないであらう。惚れた女を、宇宙第一の女といふのに迷ひはなかつた筈はあるまい」（同前）。

仁斎は、『論語』という「惚れた女」をここまで「好む」のに、彼の全生涯を費やした。逆上した心理の働きなど、何もない。それは「熟慮の末」、愛読の果てに得られた学問上の動じない信念であった。ところで、このような学問は、今日、私たちが普通に考える学問とは、まったく異なった性質のものだ、というところが肝心なのである。

二

小林の「考へるヒント」の連作は、江戸期の学者論をたくさん含んでいる。いずれの文章も充実の極みにあって、己の文業が連なる系譜を摑みきった人の自信と喜びとに溢れている。ここで次々に取り上げられる儒学、国学の雄たちは、幕府が定める官学に対して、みな私《わたくし》の学を主張した。ただ主張したのではない、実際にその学を己一身で生き、それぞれが空前の文業を産み出した。彼らに共通していたのは、対象とする古典を、ただただ愛読のひと筋によって究め尽くそうとする気迫、心魂であった。

漢土の長い歴史が積み上げてきた中国古典への膨大な釈義の山と、それへの我が国の追随は、一挙に、ことごとく放擲され、信ずべき原文の姿だけが明瞭に残った。なぜこのようなことが、江戸時代初期から中期にかけて、決河の勢いをもって学問界に起こってきたのだろうか。それを考えるには、江戸幕府が泰平の世を築くのに先立った百五十年近い戦国の世の経験を想ってみなくてはならない。少なくとも、小林はそう見ている。

下剋上と呼ばれた乱世の経験がすっかり崩壊させたものは、単に政治上の秩序だけではなかった。漢として何ものかを前提とし、それに依存する文化上、精神上の惰性化した秩序が根こそぎ崩壊したのである。ここに生じた荒野のなかで身を起こした者たちは、己の実力以外には何ものも頼らず、信じない意志と行動によって世を制した。農民から出て、乞食同然の身の上から天下を取った豊臣秀吉は、おそらく、そうした実力者の最たる者であったに違いない。徳川幕府による天下統一がなり、強固な統治機構が確立された時、武士階級に課された精神の秩序は、官学として体裁を整えたいわゆる朱子学が受け持った。この時、己の実力以外には何ものも頼らない戦国の気風は、言うなれば精神上の下剋上として深く内面化し、そこから朱子学に対する百花繚乱の戦いが開始された。

幕府が取った鎖国という政策は、この戦いを挫いたどころではない。読むべき書物を厳しく制限した国法は、むしろ、学問上、空前絶後の傑物を産む結果になった。精神の歴史には、そのようなアイロニーがいつもある。江戸期の学問界が、官製学問への民間学者たちの攻勢によって活況を呈したとは、誰もが当たり前のように言う通説である。「だが、大事なのは、彼等が、どう勝負して、どう勝つたかにある」と小林は言う。

「勝負は、文字通り、たゞ、読みの深さといふ事で決つたのである。今日の学問の概念には親しい、新事実の発見、新仮説、新法則、そのやうなものを、彼等は夢にも思つた事はない。その点で、当時の学問とは、学といふよりむしろ芸に似てゐた。彼等の思想獲得の経緯には、団十郎や藤十郎が、たゞ型に精通し、その極まるところで型を破つて、抜群の技を得たのと同じ趣がある。彼等の学問は、彼等の渾身の技であつた。この特色に着目せず、彼等の思想を、その理論的構造の面から解しようとしても無駄である」(「学問」、昭和三十六年)。

江戸初期に開花した「渾身の技」としての学問は、鎖国が解かれた明治に至り、すっかり消滅した。近代的大学での学者たちの仕事は、新知識の輸入、紹介、体系化に追われ続ける浮世離れのした新式の官製職種になった。こんな世界で磨かれる「技」とか「芸」とかいうようなものは、考えようがない。鎖国が愚かで野蛮な政策だったと言うのは、いとも簡単なことだが、その歴史から新たに何が産まれたか、どのような人生の意味が根底から摑み直されたか、を深く問う人はめったにいない。

近世に私《わたくし》の学を創始した英傑たちは、「皆、読書の達人であつた」と小林は言う。重要なのは、その「読書」の意味である。「素行や仁斎の古学と言ひ、徂徠の古文辞学と言ひ、近代的な学問の方法といふやうなものでは、決してなかつた。彼等は、たゞ、ひたすら言を学んで、我が心に問うたのであり、紙背に徹する眼光を、いかにして得ようか、と肝胆を砕いたのである」(同前)。小林は、学問の方法を言っているのではない。もったいぶった方法論議など歯牙にもかけない私学者たちの決然とした努力の性質を言っているのだ。原典を熟視し、「紙背に徹する眼光」を得んとすることに命を賭ける、彼らにとって、学を生きるとはこれ以外のことではなかった。

「戦国時代が終り、朱子学が、家康の文教政策として固定してから、実は、思想上の戦国時代は始つたと言へる。中江藤樹の直弟子熊澤蕃山は、『天地の間に己一人生《おのれひとりいき》てありと思ふべし』と言つてゐるが、近江の農夫の子から身を起した藤樹にとつても変るところはないであらう。これには、秀吉が尾張の百姓から出て天下を取つたのと同じ気味合ひのものがあるので、たゞ、二人の天下の意味が違ふだけだ。藤樹は、戦国の兵乱を、『天下の大不幸』と呼んでゐるが、この大不幸によつて養はれた己れ一人の実力に頼るといふ覚悟は、徳川初期の学問上の群雄には皆あつたのである」（同前）。

「尾張の百姓」が「天下」を取る、という意味は、はっきりしている。秀吉は戦国の諸大名を臣下として従えることに成功し、土地の石高や行政区分を決め、物の活発な流通や文化の興隆を保証した。桃山文化という日本の歴史上未曾有の華やぎも、そうしてやってきた。藤樹が学問界で取った「天下」は、言うまでもなく、その時代に生きていた人間たちの内部にあった。いかなる破壊の後であろうとも、何かを信じて生きねばならないあらゆる人間たちの心のなかにあったのである。このことに士農工商の別はない、社会上の強弱の違いも、貧富の差もない。

藤樹が説いた「孝」の思想は、万人によって信じられるべき、その何かの凝縮され尽くした私学者、独学者の表現だった。この表現が、みずから選び取った儒学教典の徹底した熟視から来ていたことを、想わなくてはならない。その熟視が、万人の心のなかに道徳への新たな渇望を産み出した。彼が、学問によって「天下」を取ったとは、このように驚くほど単純率直な意味においてである。藤樹の直弟子、熊澤蕃山が、師から学び取った最も重要な教えは、こうした私学者の底知れない覚悟、「天地の間に己一人生てあり」という烈しい学者魂ではなかったか。

まったく同じことが、仁斎にも徂徠にも言える。

仁斎が『論語』を「最上至極宇宙第一」の書としたのは、彼が「思ツテ得タ」ところを、註解として正直にそう書いたまでなので、その根拠を挙げて論証しようなどとは、彼は少しも考えていない。彼が書いている「最上至極宇宙第一」とは、『論語』を読むたびに新たにする、この書への驚きの声だろう。小林は言う。「これは、大げさな言葉ではない。これ以上大げさな言葉が見付からぬのを悲しんでゐる自分の心事が理解されるだらうか。それは覚束ない事である。いつそそんな事は何も言はず、黙つて註解だけを見て貰ふ方がよからう。しかし、どう註解してみたところが、結局、『最上至極宇宙第一』と註するのが、一番いゝといふ事になりはしないのか。——これは本物の信念といふものが持つ一種のためらひであつて、軽信にも狂信にも、決して見られないものだ」(「弁名」、昭和三十六年)。

方法を掲げ、理を以て万物を語り、思いのままに歴史の説を為す類の学者たちは、このような「ためらひ」を持たない。彼等は、『論語』というはっきりとした実在の「物」を眼前に持とうとしないから、この書を思って得る無量の喜びも、それを語る言葉が見つからない悲しみも決して知らない。

徂徠が仁斎から受け取り、拡大した方法は、やはり「物」としての経典、いわゆる四書五経に出会い、これを読んで読み抜く覚悟以外にはなかった。蓄積されてきた古来の注釈、研究は、一挙に投げ棄てられた。なぜか。そういうものは、要するにみな「豪《えら》さうな理屈」に過ぎぬからである。めいめいの時代が、その時代の「今言」で、理を以て論じた「古言」の勝手放題な解釈は、私たちを「物」としての書物から遠ざけ、「古言」の姿それ自体への視力を尋常な生活者の心からすっかり奪う。これほど邪《よこしま》な学問があろうか。徂徠が選び取って惑わなかった「学問の道」について、小林は書く。

「学者は、ひたすら身にとりて思ふ事を努めればよいので、何も思惟自体に細工を施す事はない。何を思ふかといふ確かな対象が、あれば足りるのだ。我が身にとつて思ふこれといふ確かな物があれば、古人も言つたやうに、『之ヲ思ヒ、之ヲ思ヒ、之ヲ思ツテ通ゼズンバ、鬼神将《マサ》ニ之ヲ通ゼントス』で不足はない、それが、学問の道だ、と説く。今日から見れば、ずゐ分乱暴な学問の道だが、飜つて思へば、今日の学問の道が、ずゐ分取り澄ましたものになつて了つた事も解るだらう」(「徂徠」、昭和三十六年)。

念のために言っておくと、この場合「取り澄ました」とは、我が身の処置を失った、という意味である。

三

徂徠は「見聞広く、事実に行わたり候を、学問と申事ニ候故、学問は歴史に極まり候事ニ候」(『徂徠先生答問書』上)と言った。今日の私たちには、実に何でもない、わかり切ったような言葉だが、それは「歴史」という語を今日流に解して疑わないからである。徂徠の言っていることは、難しい。「歴史」をいわゆる客観的事実の諸系列と考え、そこに科学的法則に類する論理を当てはめて、何事も自分たち好みに説明する、そういうやり口に根本の疑いを持たない眼には、徂徠の言っていることは簡単に見える。

現代人が好む客観的歴史事実、という通念は、歴史事実を言葉から切り離し、知らず知らずのうちに、その辺に転がった物体のように観じている。転がっている物体なのだから、そこに自然科学に似た法則が適用されて何の不思議があろう。徂徠の言う「歴史」は、天地自然の理に根源から対立するものであり、過去の言葉の外には決してない。が、また言葉は、しかじかの世を一回限りで生きる人々の外には決してない。「歴史」を知る難しさは、そこにあるのだ。その困難の急所を、徂徠は次のように鮮やかに要約して言う。「世ハ言ヲ載セテ以テ遷《ウツ》リ、言ハ道ヲ載セテ以テ遷ル。道ノ明カナラザルハ、職トシテ之ニ是レ由ル」（『学則』二）。

したがって、「道」を明《あき》らめる努力は、「言」を明らめる努力と一致するほかない。その「言」は「世」と共に遷り、遷り続けて還らない。「道」は、遷って還らない古代中国の諸聖人の「古言」にある、という鍛え抜かれて熟した信念が、徂徠の学問の中核を貫いている。彼の主唱した古文辞学とは、一方では、遷って還らない「古言」についての史学だが、他方では、「古言」がその姿において表わす「道」についての学問、すなわち経学だった。「道」が遷ることはない。遷るものであっては「道」とは言えぬ。しかし、その「道」は、「歴史」と呼ばれるもののなかにしかないだろう。史学、経学が、あたかも縦糸と横糸とで織り成されるように進むのが、彼の古文辞学であった。「古言」を得る難しさを徹底して感じ続けること、ここに、彼が果たした学問の最も大切な教えがあると言える。

ところで、「道」という「古言」を徂徠がどう解いたか。その答は、彼の主著『弁名』のなかにはっきりとあるのだが、小林の注釈によって、その答を聞き取ってみようか。

「『生民ヨリ以来、物アレバ名アリ』は当り前な事で、人間がかういふ無自覚な自然状態で、長い間済ませて来られたのも、物とは、すべて、感覚的なもの、一と口で言へば形ある物に過ぎなかつたからだ。ところで、聖人が現れて、形のない物に名を立てた。『道』といふ名を発見した。これは大事件だつたのであつて、先づ道といふ名を、古書を詠《なが》めて弁じなくては、道といふ名を立てた、即ち名教《めいけう》といふ聖人の経験を解する事は出来ない、と徂徠は考へた。道とは、形ある個々の物の名ではない。物全体の『統名』なのだ、と彼は言ふ。人間経験全体の名だと言つてもよい。人間の生活力の綜合的な表現だと言つてもよい。それは全く形のないものである」(「弁名」)。

聖人とは、「道」という名を製作した人であって、理をもって「道」を説いた人ではない。徂徠は、聖人に冠せられる「聖」の字を、「作るといふ行為を指す名」(同前)だとした。古言の姿をまさにその用法において究めれば、このことは明々白々なのだと。むろん、製作は常人でも行なうわけだが、「六教」の言語によって古聖人が行なった製作は、その最高位にあって、以後、誰も真似することができない。「道」という「統名」の製作は、そうした製作物のうち、第一のものだと言える。なぜか。

「『物アレバ名アリ』の自然状態で、人間が暮してゐることは、人間が、ばらばらになつて暮してゐるやうなものだ。各人の心も目も、外に在るばらばらな物の名から離れる事が出来ないやうでは、人間生活の意味といふやうなものは生じやうがない。道といふ統名の発見によつて、はじめて、人々の個々の経験に脈絡がつき、人間の行動は、一定の意味を帯びた軌道に乗るやうになつた」(同前)。

ここで小林の言っている「人間生活の意味」、あるいは「人々の個々の経験」をつなぐ「脈絡」とは、つまり「道徳」のことである。彼がここで、「道徳」の語を慎重に避けていることに注意しなくてはならない。聖人が作ったものは「道」という統名であって、後の世が論《あげつら》う教理教説としての「道徳」ではない。「道」の語義は、語ることができない、その語義を決して語ることができない「統名」の製作によって、「人間生活の意味」を創造した人こそ聖人であった。小林が徂徠と共に、徂徠の行なう「弁名」によって語っているこの思想は、やはりあくまでも語り難いものだ。

「道といふ定義を拒んだ統名は、或る個人の個人的な思ひ付きや経験で得られたものではない。さういふものを越えたもの、或はさういふものの土台となつてゐる言ふべからざるものにも、人間は触れてゐるのだ。この常人には気付かぬ事に気付いたのが聖人だといふのが徂徠の考へだ。従つて、何んといふ聖人が、何時現れたといふ事よりも、聖人が現れた事を信じなければ、歴史とは凡そ無意味なものだ、といふ考への方が、彼には余程大事だつたのである」(同前)。

歴史を学ぶとは、過去の事実を並べ立てることでも、こちらの都合で解釈することでもない。そうした歴史事実は、まず言葉がなければ天地自然のなかに生まれてくることはなく、いろいろな言葉があっても、それらが「道」という「統名」によって「人間生活の意味」を形作っていくのでなければ、歴史はみずからを紡ぎ出すことができない。したがって、聖人は歴史のなかにいると言うよりは、歴史が言葉によって天地自然のなかに創り出されるその根源で働き続けるのだと言ったほうがいい。

聖人の出現は、歴史事実のひとつではない、歴史が「人間生活の意味」として自然の内に出現したことそれ自体と一致する出来事である。徂徠の古文辞学、すなわち聖人の古言を明《あき》らめる学問は、歴史の学でもあり、道徳の学でもあり、さらに一切の学問の根幹でもあるものとして、渾身の力で支えられていた。これは、物識りたちの歴史学とは恐ろしいほど異なった学問である。世に物識りほど始末に悪いものはない。彼等の性根が本能のように蔵している言葉への軽信は、「物アレバ名アリ」ではなく「名アレバ物アリ」の混乱状態、言いたい放題の理屈で歴史を裁断する「新しい型の蒙昧状態」をもたらしたと小林は言う。

「喋つてばかりゐる人は、言葉は、意のまゝにどうにでも使へる私物のやうに錯覚し勝ちなものであり、又、事実、言葉は、さういふ惑はしい性質を持つが、彼等が侮る放心を、心を傾けて逆用し、言葉を静観すれば、言葉は、人々の思惑ではどうにもならぬ独立の生を営んでゐるものである事を知るであらう。特定の古文辞に限らず、古い過去から伝承して来てゐる私達の凡ての言葉には、みなその定かならぬ起原を暗示してゐる意味不明の碑文の如き性質が秘められてゐる事を知るであらう。それなら、学問は、雄弁や修辞を目指すものではあるまい、先づ言語の学でなければならぬ筈だ。これが、徂徠が、彼のさゝやかな種から導かれた思想であり、その基本的な著作を『弁名』と呼んだ所以《ゆゑん》である」(同前)。

「彼等が侮る放心」とは、徂徠が晩年の回想のなかで「愚老が懺悔物語」と称して語っているところに依る(『徂徠先生答問書』下)。徂徠は若年の頃、御小姓衆の「四書五経」の素読吟味役をやらされたことがある。「毎日明六時《あけむつどき》より夜の四時《よつどき》迄」、経典を素読する小姓たちを前に、座り続けていると、ことに夏のさなかなどは疲労のために放心してしまい、書物の紙を返すことも忘れている。ただ本文ばかりを「詠暮《ながめくら》し申候」といった始末であった。「如レ此注《かくのごとく》をもはなれ、本文計《ばかり》を、見るともなく、読ともなく、うつら〳〵と見居候内に、あそこゝに疑共出来《しゆつたい》いたし、是を種といたし、只今は経学は大形如レ此物《おゝかたかくのごときもの》と申事合点参《がてんまゐり》候事に候」と言う。自分の学問は、本文ばかりを前にしたこのような放心から始まり、それが極まるところに成った、と言うのだ。

　小林が、徂徠の学問を「言語の学」と呼ぶのは、このような意味においてである。ただただ本文を年月久しく、碑文のごとくに「詠暮《ながめくら》し」て成る学問、これを生涯貫くには、一身に秘めて動じない覚悟、天地のあいだに独り生き、何ものをも懼《おそ》れることのない勇心が要る。江戸初期に躍り出た私学の雄たちには、まずこれがあった。この心がなければ、彼らの学問が起こることはなかった。小林は、そう語ってやまない。

　言うまでもなく、小林はここで、自分が「批評」と称して行なってきた文業を振り返り、それを敢行するのに要した覚悟を秘かに告白しているのである。日本も近代となり、西洋からの文物がとどめようもなく押し寄せる時勢がやって来た。仁斎や徂徠が開き、頂点を極めた「技」としての学問、当時の武芸にも似たあの古典心読の学問などは、みな根こそぎ消え失せてしまった。新たに登場し、たちまち乱立してきたのは、明治新政府が導入した大学という教育制度に囲われた種々の学問であり、科学研究である。

　仁斎、徂徠が戦った朱子学、あるいは宋の儒学は、大学制度に守られた近代の諸科学に代わった。昭和の小林秀雄が、「私の批評」という名を提げて行なった孤独な戦いの相手は、つまるところ、こうした近代知の諸体系だったと言ってもいい。その戦いの果てに、彼の批評が自力で摑み直した己の真の血脈は、仁斎、徂徠の古学の底に在り、さらには契沖、宣長の国学の淵に在った。小林が演じたこの大経験の意味の深さは、今日でもまだ計り知れない。

# 第十五章　己を顕わして無私に至ること

一

小林秀雄が『新潮』誌上に『本居宣長』の連載を始めたのは、昭和四十年六月からで、満六十三歳の時である。小林は、いつ宣長を読み始めたのだろう。おそらく昭和十年代の早い時期には、精読に入っていたものと思われる。『無常といふ事』に収められる連作を書いていた頃の昭和十七年七月、小林は「歴史の魂」と題する、講演に基づいた一文を発表している。そのなかに、こういう言葉が出てくる。

「あの本〔宣長の『古事記伝』〕が立派なのは、はじめて彼が『古事記』の立派な考証をしたといふ処だけにあるのではない。今日の学者にもあれより正確な考証は可能であります。然しあの考証に表れた宣長の古典に対する驚くべき愛情は、無比のものなのである。彼には『古事記』の美しい形といふものが、全身で感じられてゐたのです。さかしらな批判解釈を絶した美しい形といふものをしつかりと感じてゐた。そこに宣長の一番深い思想があるといふことを僕は感じた」。

宣長が『古事記』の「形」を観た、その眼光で、小林は宣長の『古事記伝』を観るに至ろうとしていた、そう受け取っていいだろう。それから二十三年後に書き始められる『本居宣長』は、ついに得られたその眼光を確かめるために、どうしてもやってみなくてはならないものと、小林には感じられていた。そこに、自己自身の批評の道が、成就するか否かが賭けられていた。

戦争中も戦後も、小林の批評が闘わねばならなかったものは、まったく変わっていないことに注意してもらいたい。それは、つまり近代の「さかしら」というものだ。その闘いは、宣長が「からごころ」を相手に生涯行なった闘いと、いかに深く通い合うものであったか、どれほど繰り返し言っても言い足りない気がするほど共通のものであったか、小林の宣長論の底を常に流れているのは、この想いである。

昭和十七年に、日本が推し進めていた戦争を引っ張っていたものは、頑迷で蒙昧な封建思想などではない。精一杯に装備した近代の兵器、産業、国家制度、観念の体系によってである。言い換えれば、日本が推し進めた近代戦争は、西洋から押し寄せてやまない「さかしら」によって一貫して支えられていた。この「さかしら」と、江戸期に宣長が烈しく執拗に難じた「からごころ」による「さかしら」との間には、それらが人間の思考に対して果たす役割、機能において、まったく面白いほどの相似性がある。同じ講演で、小林は続けて言う。

「僕は［宣長の］さういふ思想は現代では非常に判りにくいのぢやないかと思ふ。美しい形を見るよりも先づ、それを現代流に解釈する、自己流に解釈する、所謂解釈だらけの世の中には、『古事記伝』の底を流れてゐる、聞える人には殆ど音を立てて流れてゐる様な本当の強い宣長の精神は判りにくいのぢやないかと思ひます。のつぴきならない或る過去の形に対する愛情、尊敬を言ふので、凡庸な考証家の頭に、記憶によつて詰つてゐる歴史的な事実の群れといふやうなものを申すのではない」（「歴史の魂」）。

小林がこう言ってから、二十数年の時が流れ、世のさまは大きく遷り、「宣長の精神」をめぐる日本の人々の言葉遣いは変わったであろうか。少しも変わりはしない。考証だの批判だのと称して為される「現代流」の、あるいは「自己流」の解釈に溢れ返った、学者、知識人、文筆業者の世界は、実に何ひとつ変わってはいないのである。

しかし、この変わらなさは、宣長が生きていた、まさにその時代からのものだ。変わったのは、向き合う大陸が、アジアから欧米に移ったことだけだと言っていい。小林は、日本近世のいわゆる「私学」の雄たちの徹底した熟読を通して、そのことをはっきりと確認する。小林の『本居宣長』は、次のような文章から書き起こされている。

「本居宣長について、書いてみたいといふ考へは、久しい以前から抱いてゐた。戦争中の事だが、『古事記』をよく読んでみようとして、それなら、面倒だが、宣長の『古事記伝』でと思ひ、読んだ事がある。それから間もなく、折口信夫氏の大森のお宅を、初めてお訪ねする機会があつた。話が、『古事記伝』に触れると、折口氏は、橘守部の『古事記伝』の評について、いろいろ話された。浅学な私には、のみこめぬ処もあつたが、それより、私は、話を聞き乍ら、一向に言葉に成つてくれぬ、自分の『古事記伝』の読後感を、もどかしく思つた。そして、それが、殆ど無定形な動揺する感情である事に、はつきり気附いたのである。『宣長の仕事は、批評や非難を承知の上のものだつたのではないでせうか』といふ言葉が、ふと口に出て了つた。折口氏は、黙つて答へられなかつた。私は恥かしかつた。帰途、氏は駅まで私を送つて来られた。道々、取止めもない雑談を交して来たのだが、お別れしようとした時、不意に、『小林さん、本居さんはね、やはり源氏ですよ、では、さよなら』と言はれた」。

小林秀雄が折口信夫を訪ねたのは、「戦争中の事」だというのだから、小林の言う「動揺する感情」は、「歴史の魂」のなかで、すでに幾分か表白されている。いや、はっきり表白されていると見たほうがいいのだろう。宣長には「『古事記』の美しい形といふものが、全身で感じられてゐた」――この直覚のなかには、小林の批評家魂の裡に産まれ、一向に言葉にはなってくれぬ『古事記伝』という書物の「美しい形」が在った。

折口が小林に話したという「橘守部の『古事記伝』の評」とは、守部が天保十三年頃に書いた『難古事記伝』にある徹底した宣長否定の考えを指すのだろう。素直に読めば、その否定には、どこか憎悪すら感じられる。守部は、宣長に五十年ほど遅れて伊勢に生まれた同郷人、独学の国学者で、『古事記』ではなく、はっきりと『日本書紀』を重んじた。神話と史実とが区別されるべきことを明確に説き、神典の合理的解釈に独自の路をつけたことは、よく知られている。この人物にとって、『古事記』は稚拙、猥雑を極めた寓言の堆積に見えた。

折口は、橘守部を引き合いに出しながら、『古事記伝』に対する自分の評価を、おそらくは、かなりな程度に辛辣な評価を、小林に語ったに違いない。「浅学な私には、のみこめぬ処もあつた」と小林が書くのは、今も昔もあるそのような型の宣長否定に一体何の意味があるのか、という彼自身の強い疑いを、あるいは苛立ちと憤りとを、表には出さず語っているのである。実際、守部の『難古事記伝』にある宣長攻撃は、今日読んでも何ら驚くべき考え方ではなく、ここに引くほどのものでもない、ほとんど常識の範疇に入るだろう。

小林の疑いは、「動揺する感情」に押し包まれ、「宣長の仕事は、批評や非難を承知の上のものだつたのではないでせうか」という言葉が口を突いて出る。これは、折口の話を断ち切る言葉である。碩学の諄々とした話を、いわば素人同然の自分が、「動揺する感情」を抱いたままに断ち切る。折口の沈黙が、小林を突き放す。「私は恥かしかつた」とは、そのような己の無作法、未熟が恥ずかしかったのだろうが、むろん、それだけではあるまい。『古事記伝』という「美しい形」の実在を前に、身動きもならず独り在る自分の姿が恥ずかしい。恥ずかしかろうが、どうであろうが、これは、辛い、焼けつくような批評の魂を与えられて、近代の日本に生きる者の、取り繕いようもない孤独である。

小林を駅まで送って来て、折口は言う。雑談の終わりに、不意に言う。「小林さん、本居さんはね、やはり源氏ですよ、では、さよなら」と。これは、小林のもどかしげな問いかけに対して、遅れて為された折口のきっぱりとした答である。それだけを答えると、折口は背を向けて去ったのだろう。折口の言おうとすることは、はっきりしている。宣長が評価されるべきは、古事記研究によってではない、その源氏論によってである……。

以来、二十数年、「私の考へが熟したかどうか、怪しいものである」と小林は書く。読んでも読んでも、「やはり、宣長といふ謎めいた人が、私の心の中にゐて、これを廻つて、分析しにくい感情が動揺してゐるやうだ」（『本居宣長』）と。この感情は、調査、検討、解釈の試みで片の付く代物ではない。自分を動揺させる「宣長といふ謎めいた人」の魂の形、これを書き通し、みずから生き直してみる以外には、鎮まることのないものだ。

「物を書くといふ経験を、いくら重ねてみても、決して物を書く仕事は易しくはならない。私が、こゝで試みるのは、相も変らず、やつてみなくては成功するかしないか見当のつき兼ねる企てである」（同前）。「物を書く」ことが、かういう企てであるのなら、居心地よく大学に収まって、調査、検討、解釈の試みに終始する学者の論文などは、物を書く仕事の部類ではないことになるだろう。

言うまでもないが、折口信夫はそうした種類の学者では決してない。彼もまた、やってみるしか先の見えない文業を、日本の古典学、民俗学の世界で孤独に切り拓いた人物のひとりである。だからこそ、小林には、折口の別れ際の言葉が胸に残って消えない。「小林さん、本居さんはね、やはり源氏ですよ、では、さよなら」。だが、小林が観た「宣長といふ謎めいた人」は、そうではない。『古事記伝』という、さかしらな解釈を拒絶した「美しい形」は、そうではない。折口が、橘守部を援用し、おそらくは手厳しく批判してみせたような書物ではないのだ。

源氏論はすぐれているが、古事記注釈はだめだ。神話と史実とを、強引に、時に狂信的に混合させてしまう『古事記伝』中の諸説は、とうてい学説とは言えぬものを含んでいる。宣長に対するこうした批判、と言うよりも非難は、彼が生きた江戸期から、小林が批評家となった近代にいたるまで、連綿としてあった。

当然のことだろう。神話で語られる事柄すべてを事実として受け取る、たとえば、天照大御神を、今も天空からこの世を照らすあの太陽である、というような考えに、あるいは「天津神」たちが住む「高天原」が、この地上と同じく山も川も緑野もある天空の場所だというような考えに、そのまま同調できる人間は、今も昔もいるはずがない。こういう考えに反対するのに、理性だの悟性だのを持ち出すには及ばない。日常生活で見聞きし、考え慣れた事実を尺度にものを言うだけで充分である。しかし、「宣長といふ謎めいた人」は、『古事記伝』を書くにあたって、そういうものの言い方を、厳しく己に禁じた。小林の批評家魂を深く動揺させ続けるものが、そこにあった。

二

『古事記伝』は、一方では本文の訓み下しと考証において、ついに後世の及ばない精密さを示すが、他方では荒唐無稽の解釈、狂信としか言いようのない珍説を含んでいる。『古事記伝』のこうした両面性、もしくは矛盾は、宣長を評価する側にとっては何とも厄介な問題だろう。近代に出た宣長研究者も、この奇怪な両面性の合理的解釈にどれだけ手を焼いたことか。だが、小林は、そこに偽の問題があることをはっきりと嗅ぎ取る。偽の問題は、決着不可能な議論の紛糾を生むだけだ。どうとでも言えそうな解釈の終わることのない錯綜を生むだけだ。

病者は別として、誰が、狂信家と厳密な文献学者との同居という分裂を生きられようか。生きるとは、どんな場合にも、自己を統一して行動しようとすることである。宣長とは、この統一を、誰も知らない極点において成し遂げた人ではなかったのか。『古事記伝』は、それを示している。小林の直覚は、始めからそこにあった。その直覚は、なるほど一種の「動揺する感情」とひとつであったが、同時に『古事記伝』という言語世界が示す紛れようのない「美しい形」にしっかり抱かれて在った。

小林秀雄の『本居宣長』は、その冒頭で何気ない思い出話のように語り出される折口信夫とのこのエピソードを、実は全篇にわたって、秘められたままに引き摺っている。気付く人は、気付くであろう、というような筆遣いで。橘守部の『難古事記伝』を持ち出す折口に対して、「一向に言葉に成つてくれぬ」小林のもどかしい感情は、全体で五十節ある『本居宣長』の四十九番目の節で、読み手を圧倒する壮絶な批評文となって爆発している。少なくとも私には、そう感じられる。この節を書き上げるのに、小林が十一年以上にわたって積み上げた慎重の上にも慎重な、息詰まるような考究の時間を、この本の読者は、彼と共に生きてみる必要がある。そうしなければ、この大作は読まれなかったも同然だろう。

では、その四十九番目の節は、何を語っているか。この本で何度も描かれた上田秋成と宣長との激越な古事記論争が、ここでもう一度取り上げ直されている。小林が言うように、ここで「二人は、それぞれ、論争といふ切つ掛けがなかつたなら、決して語らなかつたやうな語り方で、己れを語つて見せた」。そのことは、確かだが、宣長に対する秋成の論難は、また見事に『古事記伝』に対する「世の物識り人」の至って一般的な拒絶の型を示してもいる。守部の

『難古事記伝』は、その型をなぞって、国学者流の、わけ知りの役どころを繰り返しているに過ぎないとも言えようか。

『古事記』が描き出す神話世界を、歴史事実の世界に持ち込むことが不可能だとは、当然のことながら誰もが思う。しかし、宣長の言葉を借りれば、そういうものの言い方、考え方は、後世の者たち、「文字といふ物のさかしら」に慣れきった物識りたちの「常見」から来るに過ぎない。第四十九節の小林の文章から引こうか。

「もう委《くは》しく繰返す必要はないと思ふが、秋成に言はせれば、『此国の人は、大人《うし》〔宣長〕の如く太古の霊奇なる伝説をひたぶるに信じ居らんぞ直かるべき』とは言へようが、これは学問の問題ではあるまい。むしろ人情の世界に属する事であらう。それを、大人は、学者の立場にあつて、まるで無視してゐる、のみならず、更に進んで、此の国一国一天地の伝説を、他国にまで及ぼし、――『わが皇国《みくに》の古伝説は、諸の外国の如き比類にあらず、真実の正伝にして、今日世界人間のありさま、一々神代の趣に符合して妙なることいふべからず』と主張するに到つては、全くの強説であり、従ふ事は出来ぬ、とする」。

秋成の説のまともに過ぎる性質と、宣長の主張の異様に過ぎる性質と、この二つを前にして批評の業《わざ》はどういう態度を取るか、取らねばならないか。言うまでもない。宣長が生涯をかけて育て上げ、その表現にこれほどの異様さを強いられるに至った、語りがたい思想、洞見、愛惜、信仰の内部に跳躍しなければならないのだ。もっともらしい「常見」をいくら弄したとて、批評にはならない。宣長の学問に一歩も近寄ることはできない。小林は、そう言いたかった。

この時、小林は、みずからの批評の魂を、宣長という人の文業の系譜にはっきりと流れ込ませる路を摑み取った喜びに溢れていたはずだ。

秋成は言う。宣長大人が唯一無二の真実と強弁するような神話伝説は、民族が集まり棲むところならどこにでもある。万国無数にある話から、唯これをのみ真と言い張る証拠はどこにもない。いっそのことみな偽物と言い切ったほうが、よほど清々し、理に適っているではないか。宣長が、譬え話をもって答える。

「京極黄門の小倉山庄百枚の色紙、真筆はもとより一首一枚づゝならでは無き物なるに、今其巻頭の色紙とて持たる者十人あらむ、これを万国おの〳〵伝説ありて、いづれも似たる事共なれ共、其中に真の古伝説は、一ッならではあらず、余はみな偽なるに譬ふ、かくて上田氏の今の論は、皆是を贋物なりと云て、十枚ながら信ぜざるが如し、これ贋物なることを知てあざむかれざるは、かしこきやうなれども、然れ共其中に一枚はかならず真物のあることをえしらずして、大づもりに皆一ッに思へるはいかにぞや、是なまさかしらといふ物にして、その真を見分ることをばえせずして、たゞ贋に欺かれざる事を、かしこげにいひなせる物也、そは何のかしこきことかあらん、一枚の真物をよく見分てこれを信ぜむこそ、かしこきにはあらめ」（『呵《カ》刈葭《ガイカ》　下』）。

すべてにわたって証拠がないなら、すべてを信じない。これは尤もな話のようでいて、決してそうではない。宣長が当初から実行するところでは、学者の仕事は「真物をよく見分てこれを信ぜむ」ことであって、騙されてはならじと、ひたすら証拠を集め、その不足を「かしこげにいひなせる」ことではないのだ。そこで、小林は書く。

「真偽は物の表裏であらうが、真を得んとする心と、偽を避けんとする心とでは、その働きは全く逆になるだらう。それが、彼等には見えてゐない、と宣長は言ふのである。彼等が固執する態度からすると、大事なのは、真ではなく、むしろその証拠だと言つてよい。真が在るかないかは、証拠次第である。証拠が不充分な偽を真とするくらゐなら、何も信じないでゐる方が、学者として『かしこき事』と思ひ込んでゐる。

そんな馬鹿な事があるか。生活の上で、真を求めて前進する人々は、真を得んとして誤る危険を、決してそのやうに恐れるものではない。それが、誰もが熟知してゐる努力といふものの姿である。この事を熟慮するなら、彼等が『かしこき事』としてゐる態度には、何が欠けてゐるかは明らかであらう。欠けてゐるのは、生きた知慧には、おのづから備つてゐる、尋常で健全な、内から発する努力なのである。彼等は、この己れの態度に空いた空洞を、恐らく漠然と感じて、これを被はうとして、そのやり方を、『かしこげにいひな』す、――それで、学者の役目は勤まるかも知れないが、『かしこげにいひな』して、人生を乗り切るわけにはいくまい、古人の生き方を明らめようとする宣長の『古学の眼』には、当然、そのやうに見えてゐた筈である。真と予感するところを信じて、これを絶えず生活の上で試してゐる人々が、証拠が揃ふまで、真について手を拱《こまぬ》いてゐるわけもなし、又証拠が出揃ふ時には、これを、もう生きた真とも感じもしまい、といふわけである」。

宣長はそう語っている、と小林は言うが、ここで小林が書いていることは、「様々なる意匠」

以来、彼自身が文壇で歩き通してきた批評の道そのものである。文壇の「様々なる意匠」に欠けていたものは、「生きた知慧には、おのづから備つてゐる、尋常で健全な、内から発する努力」、「真を求めて」生きようとする努力そのものであった。近代の大学を中心にして為される学問は、彼にはなおさらそのようなものと見えた。近代科学の方法の上に居座って、大学の学者らが「かしこげにいひなせる」諸説は、期せずして彼らの心に空いた埋まることのない「空洞」を表わしている。「そは何のかしこきことかあらん」、そう言っているのは、小林自身である。

批評という散文の一形式は、小林が「真を求めて」生きるために「内から発する努力」によって開いた血路であった。日本の近代は、この努力を、小林という天分に否応なく強いたのかもしれないが、為される努力そのものは彼の内側から、常に強い喜びと共に生成し、持続し、発展してきたものだ。真を真として捉えるのに、「証拠」などは要らない。あって邪魔になるものでもないが、そんなものと照らし合わせた挙句に認定される真などに、「人生を乗り切る」生きた力はない。このように歩み続けてきた批評の努力が、宣長が経験し、精通したあの徹底して語りがたい精神の努力に出会えないはずはない、その心底を揺さぶられないはずはないのである。

三

「世の物識り人」が捨てることのできない「常見」のうち、もっとも強固なものは、歴史事実の客観性と神話の主観性、という考え方だろう。むろん、主観、客観という概念は西洋近代に発したものだが、そういう言葉が入り込む前から、この区別は「世の物識り人」の「常見」のなかに抜きがたくあった。『古事記伝』をめぐって宣長が演じた数々の論争は、はっきりとそれを示している。『古事記伝』という一種異様な大著を、在るがままに読み解く困難の中心は、まさにその「常見」を、残る隈なく洗い流すことにあったと言える。一体、そういうことができるのであろうか。そのあとには、何が顕われるのであろうか。小林が語る言葉に、依然としてもどかしげなその文勢が赴くところに、再び耳を傾けよう。

「宣長からすれば、秋成の眼は『理学』の眼とは言へようが、『古学の眼』とは言へないものだ。『上ッ代の伝説《ツタヘゴト》』が語る神々の物語を、ありのまゝに素直に受取るなら、明らかに、それは『神たちの御しわざ』であり、読む人が眼のあたりするその姿は、『神の御こゝろ』の現れに他なるまい。それで何が不足であらうか。歴史は、『神たちの御しわざ』についての、どんなに古い頃からか、誰が言ひ出したこととともない伝へ言で始つた、と『記紀』は言ふ。わが国の正史をものした人々にも、これを読んだ人々にも、歴史はさういふ風に見えてゐた。この基本的な事実を疑つてかゝる理由など全くない、と宣長ははつきり考へてゐた。当然、神々の御《ミ》所為《シワザ》で動いてゐた神の代は、人々の行為に運転される人の代に、いつの間にか移り、その間に断絶は見られない。宣長の見方からすれば、他に書きやうがなかつたからである」（『本居宣長』四十九）。

『古事記』と並行して成立したと言っていい『日本書紀』が、大陸の史書に倣って漢文の編年体で記され、神代と人代とを明確に区分して書かれていることは、すでにこの頃、神話と歴史事実との明確な区分は、当然為されるべき作業として意識されていたことを示す。しかし、漢文編年体の歴史叙述によっては、決して表わすことのできない暮らしの連続が、生き方と信仰の形とが、文字など必要としない古代には在った。その時代に、誰言うともなく当たり前に信じられていた「言霊」の働きは、「神たちの御しわざ」を目のあたりにさせ、それが「人の代」へと切れ目なく続く歴史を顕われさせていた。

「この基本的な事実」は、文字ある時代に発生した客観的な歴史事実という曖昧な、私たちを欺いてやまない観念よりも、実ははるかに明瞭な歴史の実体として在った。「上ッ代」の人々が生きる意味や理由として在ったのだ。これを「疑ってかゝる理由など全くない、と宣長ははつきり考へてゐた」、そう言う小林のなかでも、宣長と同じ強さ、明瞭さで「この基本的な事実」が成り立っている。つまり、小林の批評文は、宣長の言わば訓詁の努力の奥底で起こっている事件を、物学《ものまな》びの精神が演じた烈しい劇を、その内側からそっくり生き直している。批評の言葉は、そこからのみ、低く、しかし鮮やかに響いてくる。

『古事記伝』が釈《と》く歴史の実体は、主観でも客観でもない。神話、伝説と歴史事実との学問的、実証的な峻別、などという物わかりのいい「かしこげ」な素振りなど、始めから一笑に付して成り立っていると言えようか。秋成を、あるいは守部を激昂させたものが、そこにあった。さらに、小林の言葉を聞こう。

「上ッ代の『伝説《ツタヘゴト》』といふ、今は耳遠くなつた、宣長自身の言葉に固執して、今日普通になつてゐる『神話』といふ言葉を避けて来たのも、神話を神話として受取り、これに『私説《ワタクシゴト》』を加へぬといふ、神話研究者の態度に反対する理由は、宣長にはなかつたのだが、彼の『古学』は、本質的には、神話学とは、決して言へないものだつたからである。神話の内容が整理され、分類され、比較され、例へば、『日神《ひのかみ》の伝説』は、『太陽崇拝』といふ神話の一類型と理解される、さういふ道を、宣長は行かなかつた。彼には全く無縁な道だつた、とは言はないまでも、彼の学問からすれば、やはりこれは、脇道には違ひなかつた。『日神の伝説』が、そのまゝ、わが国の上ッ代の人々の、掛け替へなく個性的な『心ばへ』の姿と観じられてゐれば、それで充分と、彼は、自分の学問の中心部で、考へてゐたからである。それは、見るにも飽かぬ眺めであり、その中から、汲みつくせぬ意味が現れて来るのであつた。さういふ姿に仕上げてみせた力は、何処から来てゐるかといふ事になるなら、それは、言はずと知れた、物語として統一されたその魅力に他ならない。『天照大御神』といふ実在の神様が信じられ、生きられる物語に、耳を傾けてゐさへすれば、其処には、分析的理解など、一切入込んで来る余地がない事を、彼は確かめてゐたわけである」(同前)。

『古事記』にある「物語として統一されたその魅力」は、やはり主観的なものでも、客観的なものでもない。「上ッ代」の人々の、外界への知覚に、自然との接触、経験に発して育った明瞭な言語の姿である。その姿は、「見るにも飽かぬ眺め」であり、「天照大御神」という神様を実在させるのに充分なものだった。古代人たちが、この実在を信じ、これと共に生きたという事実から眼を逸らし、『古事記』という混濁した奇怪な漢字表記で成る物語の、すべてにわたる鮮やかな訓み下しなどできはしなかった。実際、この訓読は、「上ッ代」の人々とその信仰も、畏れも、激しい喜びと悲しみも、彼らの言葉だけを通して内側から分け合った宣長だけが、やり遂げたのである。続けて、小林は書く。

「『伝説』は、古人にとつては、ともどもに秩序ある生活を営む為に、不可欠な人生観ではあつたが、勿論、それは、人生理解の明瞭な形を取つてはゐなかつた。言はば、発生状態にある人生観の形で、人々の想像裡に生きてゐた。思想といふには単純すぎ、或は激しすぎる、あるがまゝの人生の感じ方、と言つていゝものがあるだらう、目覚めた感覚感情の天真な動きによる、その受取り方があるだらう、誰もがしてゐる事だ。この受取り方から、直接に伝説は生れて来たであらうし、又、生れ出た伝説は、逆に、受取り方を確かめ、発展させるやうに働きもしたらう。宣長が入込んだのは、さういふ場所であつた」（同前）。

歴史と呼ばれるものが出来事の集まりであることに、誰も反対はないだろう。それらの出来事に主観、客観の別を持ち込み、科学めかした用語法で客観的歴史事実の発展法則などを云々したりするのは、近代人の「人生観」による。だが、人間の生は、そんなに簡単なものなのか。少なくとも、宣長には、そういうお目出たい考えは、持ちようがなかった。

宣長が説いたのは、歴史の出来事とは、言葉と行為と心とが、始めからまったくひとつになって織り上げられる、見極めがたい経験の錯綜体だということだ。古人たちには古人たちだけが経験し、言葉にし得た出来事の織物（それが、神話、伝説の類であるか歴史事実とやらであるかは、彼らには何の興味もないことだったが）があり、そのなかに入り込む通路は、彼らによって生き抜かれた「古言《イニシヘゴト》」の定まりのなかにしかないのである。小林を捉えて離さなかった『古事記伝』からの呼びかけがここにある。さらに、小林は書く。

「上代の人々の『心ばへ』を言ふ時、さういふ場所を、彼〔宣長〕が考へてゐたとすれば、古人の『心ばへ』と言つても、真淵の言つた意味とは余程違つたものだつたわけだし、又、これを言ふのに、今日の意味合で、主観的とか客観的とかいふ、惑はしい言葉に躓いてはならない。古人の素朴な人情、人が持つて生れて来た『まごころ』と呼んでもいゝとした人情と、有るがまゝの事物との出会ひ、『古事記伝』のもつと慎重で正確な言ひ方で言へば、――『天地《アメツチ》はたゞ天地《アメツチ》、男女《メヲ》はたゞ男女《メヲ》、水火《ヒミツ》はたゞ水火《ヒミツ》』の、『おの〳〵その性質情状《アルカタチ》』との出会ひ、これが語られるのを聞いてゐれば、宣長には充分だつた」(同前)。

宣長の国学の師、賀茂真淵が称揚した古人《いにしえびと》の「心ばへ」とは、よく知られているように、彼が『万葉集』の「しらべ」にあると烈しく主張した「ますらをの手ぶり」であった。ひたすら雄々しく真っ直ぐな清々しいこの古代の「心ばへ」は、万葉の「しらべ」に横溢し、その及びがたい言葉姿とまったくひとつになって無心に歌われている、真淵はそう観じた。宣長の言う古人の「心ばへ」は、『古事記』が示す在る物(天地《アメツチ》、男女《メオ》、水火《ヒミズ》)への知覚、外界と接触する「情《ココロ》」の働きそのものにあった。宣長がこうした観想を、あるいはヴィジョンを育てたその種子は、『源氏物語』の「もののあはれを知る」道にあったが、このことはまた次章で述べよう。

もし、大雑把な言い方をしてみるなら、真淵が称揚した万葉の古代精神は、彼の天与の素質が創り出した一種性急な美学だが、宣長が『古事記』の「伝説《ツタヘゴト》」のなかに明《あき》らめようとした古人の「心ばへ」は、美学には属さない。それは、道徳を知らない人々の純粋極まる道徳、いかに生きるべきかを求める、烈しく澄んだ心の態勢であったと言える。小林が『古事記伝』のなかに読み取って、心を揺さぶられるものは、宣長の心魂から発せられるこの道徳の比類なく強い呼びかけなのだ。しかし、これは何と言葉にしがたい呼びかけか。小林の批評文は、全身全霊をもってこの困難に激突し、砕けてはまた激突している。そうした有様が、これほどまでにあからさまになった文章を、彼は、ほかでは書いていない。第四十九節の終わり近くにある文章を引いてみよう。宣長の学者魂が、小林の批評の言葉となって砕け散っていくさまが見えるだろうから。

「さういふ彼〔宣長〕の考へからすれば、上古の人々の生活は、自然の懐に抱かれて行はれてゐたと言つても、たゞ、子供の自然感情の鋭敏な動きを言ふのではない。さういふ事は二の次であつて、自分等を捕へて離さぬ、輝く太陽にも、青い海にも、高い山にも宿つてゐる力、自分等の意志から、全く独立してゐるとしか思へない、計り知りえぬ威力に向ひ、どういふ態度を取り、どう行動したらいゝか、『その性質情状《アルカタチ》』を見究めようとした大人達の努力に、注目してゐたのである。これは、言霊の働きを俟《ま》たなければ、出来ない事であつた。そして、この働きも亦、空や山や海の、遥か見知らぬ彼方から、彼等の許に、やつて来たと考へる他はないのであつた。神々は、彼等を信じ、その驚くべき心を、彼等に通はせ、君達の、信ずるところを語れ、といふ様子を見せたであらう。さういふ声が、彼等に聞えて来たといふ事は、言つてみれば、自然全体のうちに、自分等は居るのだし、自分等全体の中に自然が在る、これほど確かな事はないと感じて生きて行く、その味ひだつたであらう。其処で、彼等は、言ふに言はれぬ、恐ろしい頑丈な圧力とともに、これ又言ふに言はれぬ、柔かく豊かな恵みも現してゐる自然の姿、恐怖と魅惑とが細かく入り混る、多種多様な事物の『性質情状《カタチ》』を、そのまゝ素直に感受し、その困難な表現に心を躍らすといふ事になる。これこそ人生の『実《マコト》』と信じ得たところを、最上と思はれた着想、即ち先づ自分自身が驚くほどの着想によつて、誰が言ひ出したともなく語られた物語、神々が坐《ま》さなければ、その意味なり価値なりを失つて了ふ人生の物語が、人から人へと大切に言ひ伝へられ、育てられて来なかつたわけがあらうか」。

# 第十六章　批評が未完の自画像であること

## 一

小林秀雄の『本居宣長』が、折口信夫の「小林さん、本居さんはね、やはり源氏ですよ、では、さよなら」という言葉で始まっていることは、すでに述べた。折口が投げかけたこの短い言葉への応答は、この本の全篇を通して、まことに忍耐強く、精緻な歩みで行なわれているように思われる。『源氏』をめぐる文学論はいいが、『古事記伝』には受け容れがたい狂信が混じる。それが学問の考証を濁らせている。なぜ、そんなおざなりを、皆平気で言っているのか。そんな分裂が、一人の人間のなかで起こり得るはずがないではないか。小林の宣長論を、この直覚が導いている。

宣長が、『源氏』によって「開眼」した、という事実を、小林は、むしろ誰よりも重視していると言っていい。宣長における『源氏』の意味を、小林ほど徹底したところまで掘り下げて考えた論者はいない。宣長の源氏論とは、すなわち「物のあはれ」論である。しかし、ここで論じられていることとは、「物のあはれ」とは何か、ではなく「物のあはれを知る」とは何か、なのだ。二つの問い方の間には、天地の開きがある、と小林は観た。前者が行き着くところは、所詮は曖昧な心理上の美学でしかない。後者の問い方は、どうか。そこにこそ、源氏という「歌物語」の比類ない錯綜体の意味を摑み取る路がある。

『源氏物語』が、「歌物語」と呼ばれる形式の過剰に発展した姿であることは、いくら強調しても足りない。『源氏』とは、歌であり、歌とは何か、についての感嘆するほかない追究なのである。宣長はそのように観じ、彼の青年期の『紫文要領』も、晩年の『源氏物語玉の小櫛』も、その観じ方から決して離れることなく書き通されている。ここで言う歌とは、言うまでもなく「和歌」のこと——漢字、漢文の渡来より以降、「公認の教養資格の埒外《らちぐわい》に出ざるを得ない」（小林）言語組織のことであった。小林は書く。

「極端な唐風模倣といふ、平安遷都とともに始まつた朝廷の積極的な政策が、和歌を、才学と呼ばれる秩序の外に、はじき出した。しかし、意識的な文化の企画には、言はば文化地図の塗り替へは出来ても、文化の内面深く侵入し、これをどうかうする力はない。生きて行く文化自身の深部には、外部から強ひられる、不都合な環境にも、鋭敏に反応して、これに処する道を開いて行く自発性が備つてゐる。さういふ、知的な意識には映じにくい、人々のおのづからな智慧が、人々の共有する国語伝統の強い底流を形成してゐる。宣長はさう見てゐた」（『本居宣長』二十七）。

このような「国語伝統」は、通常の在り方では、決して意識されることはない。人間の心とその母語との関係は、ひとつの生を成して流れる深い河のようなものであり、私たちの意識が何を見ようと、捉えようと、母語の働きはその全体を浸して流れている。母語の働きが意識されるのは、どんな場合にも外からの強い圧力を通して、文化上の生存の危機を通してである。古代日本語において、この危機は、まず漢字、漢文の、続いて仏教、儒学の移入によって生じた。文字も、組織化された宗教もなく、しかも自律する言語生活の伝統は明瞭に持っていた「上《カミ》ッ代《ヨ》」の人々の心が、これによって変貌、消滅の巨大な危機を迎えることになる。

　この危機と、何らかの戦いを演じて生き延びるか、戦わずして心を亡ぼすか、この二つ以外に道はなかった。戦いは選ばれた。『古事記』『万葉集』『古今和歌集』の編纂は、「国語伝統」をめぐって為された苦しい戦いの明確な中心としてあった。最終の勝利は、ついに『源氏物語』によってもたらされる。それが、宣長の断乎とした観方だが、すでに彼の時代にあっては、この戦いはもはや遥か昔のもの、記憶の底に眠って思い出される要の決してないものとなっていた。それほどまでに、先人たちの勝利は「国語伝統」の新しい流れを創造したと言えるのだが、かつて為された戦いのこの忘却は、この忘却に固有の危機を充分に育ててもいた。近世国学の雄たちが次々に生まれて来たのは、その時である。

「言霊《ことだま》」という古代語は、漢字、漢文による公式の言語表現からはじき出された「和歌」というものに向けての、歌人らの苦しい自覚に基づいている。この言葉は、窮境で発せられた古代歌人の志を示していると言ってもよい。窮境がなければ、こんな言葉が発明される必要はなかった。そのことを、忘れるべきではない。小林の言うところを、さらに聞こうか。

「『言霊』といふ言葉は、万葉歌人によつて、初めて使ひ出されたものだが、『言霊のさきはふ国』とか、『言霊のたすくる国』とかいふ風に使はれてゐるので明らかなやうに、母国の言葉といふ意識、これに寄せる歌人の鋭敏な愛着、深い信頼の情から、先づほころび出た言葉である事に、間違ひない。生活経験が教へるところだが、順境が、却つて人を眠らせる事がある。逆境にあつて、はじめて自己を知るといふ事がある。『言霊のさきはふ』道も、さういふもので、環境の抵抗を感ずるやうになつて、言霊にも己れを摑み直すといふ事が起る。さういふ時代が到来する。宣長の言ふ、時代の『おもむき』とは、言霊のさういふ歴史的生態を指すのである」(同前)。

しかし、問題は「和歌」だけではない。漢詩ならざる「和歌」とは何かを語り、考え究めるのには、どうあっても「和文」が必要なのではないか。『万葉集』を開けば、すぐ気づくことだが、この歌集ではまだ「不思議な事」が続いている。「[…]詩の表記には、万葉仮名が用ゐられてゐながら、題詞や左註の散文は、漢文で書かれてゐるのである。当時の歌人達が、このやうな二重の経験に、実際、どんな言語感覚を以て、処してゐたかは、明らかでないとしても、詩の表現の上で、あれほどの高所に達してゐた彼等である、日本語による散文の制作といふ次の問題に対する心構へは、誰にもあつたであらう。だからこそ、続いて起つた大学教育の普及による学問の盛行が、和文の発展、確立への跳躍台となり得たのである」(同前)。

平安時代に推し進められた「大学教育の普及」とは、要するに何もかもを漢文式の表現、伝達に変えることである。「教育」に価する公の知識が、そうやって整備される。律令制度その他による国家機構の強化には、「大学教育の普及」こそ不可欠のものだった。その趨勢が、「和文」の「発展、確立」を強く促したとは、何という逆説だろう。だが、驚くまい。人には、生活の内に潜んだ身ひとつの心が在る。文字に依らない大和歌《やまとうた》の、あれほどの精錬に生きた人々の身ひとつの心が、公の漢文に対抗する、もうひとつの文字表記を求めて動かないはずがあろうか。『古事記』、『万葉集』の表記法は、すでにその動きを示していたのであり、仮名の発明はその先に、どうしてもなくてはならぬものだった。

『万葉集』にはなかった序文が、仮名書きで勅撰の『古今和歌集』になると、和歌とは何かについての意を尽くした序文が、紀貫之によって平仮名で書かれることになった。有名な『古今』の「仮名序」と呼ばれるもの、「やまとうたは、ひとのこゝろをたねとして、よろづのことの葉とぞなれりける。世中にある人、ことわざしげきものなれば、心におもふことを、見るもの、きくものにつけて、いひいだせるなり」と書き出された和文である。ここには、公の知識に追い詰められ、異様な表記法に頼ってもなお生き延びてきた「和歌」というものの内部で、否応なく育てられた批評の魂が息づいている。こうした事情につき、小林は、たとえば次のように書く。

「和歌は［平安期の］歌合せの流行といふ好機を捕へて、漸く復興の道を開いたと言はれるが、歌合せは、当時の社交形式だつたのだし、これによつて、生活への屈従を脱したといふやうな簡単な話にはならない。それよりも、和歌が、歌としての趣向を意識する余地がないほど、生活に密着し、平凡だが現実的な生活感情のうちに浸つて、これを映し出すのに、われ知らず苦労してゐた期間は、大変長かつたといふ事に注目した方がいゝ。さうすれば、才学が和歌を追いつめたところは、何の事はない、和歌にとつて、全く健全な状態であり、言はば、和歌は、生活のたゞ中に落ちて沈黙し、そこから再び出直すといふ事をやつた事を納得するだらう。どう出直したかを、一と言で言つてみるなら、到頭、反省と批評とを提げて出て来る事になつた。無論、誰かの思ひ附きといふやうなものではなかつた。才学の舞台を望み、言霊が、自力で己れを摑み直すといふ事が起つたのである」(同前)。

「才学の舞台を望み」と小林が言うのは、その舞台を欲して、という意味ではない、遠くに見て、という意味である。「仮名序」を書いた紀貫之は、漢籍に通暁していた。律令国家の一官僚として必要な公式の教養を充分に身につけていた。その彼が書いた勅撰和歌集の「仮名序」は、「生活のたゞ中に落ちて沈黙し」た和歌の内なる言霊が、「自力で己れを摑み直すといふ」さまをはっきりと現わした。和歌の言霊は、「到頭、反省と批評とを提げて出て来る事になつた」のである。

小林によれば、宣長は、「和文」というものの真の成立をここに、その徹底して批評《クリティック》的な在り方に観た。漢籍の才学は、輸入ものの学問の上に、その空漠たる観念体系や知識の上に、いくらでも望むだけ乗れようが、「和文」となった「反省と批評と」は、「生活のたゞ中に落ちて沈黙し、そこから再び出直す」身ひとつの営みからしか産まれも育ちもしない。そのような「反省と批評と」の土壌こそ、漢籍に追い詰められてなお生き延びた詠歌の経験なのだ。宣長の生涯の学問が、己自身の弛《たゆ》まない詠歌の経験を必要としたのは、そのためである。

# 二

紀貫之は『古今和歌集』の「仮名序」のなかで、在原業平の歌「月やあらぬ　春や昔の　春ならぬ　わが身ひとつは　もとの身にして」を引き、次のような評を加えた。「在原業平は、その心余りて、言葉足らず、しぼめる花の色なくて、匂ひ残れるが如し」と。ここで「心余りて、言葉足らず」と述べるその意識は、歌というものが起こり来るその源泉への鋭い批評意識である。「このやうな作歌の過程に、反省、批評が入り込んでくる傾向を、貫之は、『心余る』といふ言ひ方で言つた」(『本居宣長』二十七)。小林はそう見る。『源氏物語』がついに「物語」を紡ぎ出す、その元の力は、このようにして発生したものだ。宣長の源氏論で、常に根底を成しているのは、この直覚である。

紀貫之は、『古今和歌集』に「仮名序」を書いてから三十年後に、『土佐日記』という大胆な「和文の実験」(小林)を行なった。「仮名序」で意識されていた漢詩集の「序」という手本は、ここにはもうない。「漢文の問題が、裏にかくれて、表に現れた和文が、和歌の体《たい》に対する和文の体として、意識されるやうになつた。[『土佐日記』の]有名な書き出しは、この意識につながる。さう見てもいゝだらう。『女もしてみむとてする』この日記は、『男もすなる日記といふもの』、つまり、漢文体で書かれた文体も持たぬ覚書に、対抗して書かれたのではない。対抗するものがあれば、それはむしろ、和歌の体であつた。和歌では現すことが出来ない、固有な表現力を持つた和文の体が、目指されてゐた」。(同前)

『土佐日記』は、周知のように「男もすなる日記といふものを、女もしてみむ、とて、するなり」という書き出しで始まる。そう述べて書かれる本文は、故意に女の書きざまを装ったものではまったくない。やはりここにあるのは、和字、和文の性質をはっきりと摑み直した「鋭敏な批評家」（同前）の意識だろう。日記の形を取った和文という、思い切った実験が意識していたものは、「漢文体で書かれた文体も持たぬ覚書」ではない。文字など一切必要としない高度な姿を、いつの時代からとも知れず生活の内で磨き上げてきた「和歌の体」というもの、「和文の体」が真に対抗しようとしたのは、これであった。

「和歌の体」が保たれ、洗練されるのに文字はいらぬ、が、「和文の体」を創り出すのに、文字は、女手《おんなで》と呼ばれる仮名書きは、必須のものだった。「和文」は、声から解放された黙読を要求する。「これは、言葉が、己れに還り、己れを知る動きだとも言へる」（同前）。音声や身振りは、言語に付随して、そのときどきに発生しては消える行為である。つまり、それは言語そのものではない。仮名書きを必須の条件にする「和文の体」は、文字の制約を引き受ける代わりに、声と身振りとの制約から自由になった言語表現だろう。言語の働きは、「観念といふ身軽な己れの正体に還つてみて、表現の自在といふものにつき、改めて自得する」（同前）ということがあった。

続いて、小林は言う。「貫之が、和文制作の実験に、自分の日記を選んだのは、方法を誤らなかつたと言つてよい。何の奇もないが、自分には大変親しい日常の経験を、たゞ伝へるのではなく、統一ある文章に仕立て上げてみるといふ事が、平凡な経験の奥行の深さを、しつかり捕へるといふ、その事になる」。和歌は、「平凡な経験の奥行の深さ」を詠み続けてきた。その和歌が、心余って、言葉足らず、となるところ、ならざるを得ないところを、音声と身振りとの制約から自由になった和文が語る。まさしく、「平凡な経験の奥行の深さ」そのものにおいて語り通すのだ。『源氏』への道が、ここにはっきりと開かれることになる。小林は、書いている。

「『源氏』が成つたのも、詰るところは、この同じ方法の応用によつたといふところが、宣長を驚かしたのである。宣長は、『古今』の集成を、わが国の文学史に於ける、自覚とか、反省とか、批評とか呼んでいゝ精神傾向の開始と受け取つた。その一番目立つた現れを、和歌から和文への移り行きに見た。この受取り方の正しさを保証するものとして、彼は『源氏』を読んだ。それが、『古今』の『手弱女《たわやめ》ぶり』といふ真淵の考へに、彼が従はなかつた最大の理由だ。『やまと歌は、人の心を種として』と貫之は言つたが、から歌との別を言ふやまと歌といふ言葉は、『万葉』時代からあつたが、やまと歌の種になる心が、自らを省み、『やまと心』『やまと魂』といふ言葉を思ひつかねばならないといふ事は、『古今』時代からの事だ。さういふ事になるのも、から歌は、作者の身分だとか学識だとかを現すかも知れないが、人の心を種としてはゐないといふ批評が、先づなければなるまい」(同前)。

真淵が『古今』に技巧化した歌の「手弱女ぶり」を見たところに、宣長は「自覚とか、反省とか、批評とか呼んでいゝ精神傾向の開始」を見た、小林は、そう言っているわけである。『源氏物語』が示しているのは、この「精神傾向」が登り詰めた頂きだと言ってよいのだが、宣長はここに見られる「精神傾向」を、「物のあはれを知る」の一語をもって名づけた。「やまと歌」が詠むべき「人の心」という「種」は、すなわち「物のあはれ」であろう。それを「知る」働きが、その働きを極めんとする和文の「道」が在る。そのことを宣長は、『源氏』から大きな驚きをもって学んだ。この驚きの強さは、彼が数え年三十四歳の時に書き上げた『紫文要領』の、たたみかけるような、切迫した文体のなかによく表われている。

『源氏物語』は、どんな書物なのか。小林の言葉で聞いてみよう。

「『源氏』は、作者の見聞した事実の、単なる記録ではない。作者が源氏君に（「蛍の巻」の玉鬘との会話のなかで）言はせてゐるやうに、『世にふる人の有様の、みるにもあかず、聞にもあまる』味ひの表現なのだ。そして、この『みるにもあかず、聞にもあまる』といふ言ひ方を、宣長はいかにも名言と考へるのである。事物の知覚の働きは、何を知覚したかで停止せず、『みるにもあかず、聞にもあまる』といふ風に進展する。事物の知覚が、対象との縁を切らず、そのまゝ想像のうちに育つて行くのを、事物の事実判断には阻む力はない。宣長が、『よろづの事にふれて、感《ウゴ》く人の情《ココロ》』と言ふ時に、考へられてゐたのは、『情《ココロ》』の感《ウゴ》きの、さういふ自然な過程であつた。敢《あへ》て言つてみれば、素朴な認識力としての想像の力であつた」（『本居宣長』十五）。

漢字、漢文の公的制度からはじき出されて生きる「和文」の「道」は、「物のあはれを知る」一途な「批評」の道であることを強いられた。ここでの小林の言い方に従えば、このような「批評」の道とは、対象に向かって「知覚」をただひたすら深くする道、「事物の知覚が、対象との縁を切らず、そのまゝ想像のうちに育つて行く」道である。このような「想像」は、もちろん空想ではない、「知覚」の無私な運動のなかにおのずから伴い、「知覚」とひとつになって物を視る能力だろう。「みるにもあかず、聞にもあまる」物のありさまは、「知覚」のその努力のなかから生れてくる。

そうであるなら、宣長が紫式部のなかに観ていたものは、古今無双の物語作者などではない、大作家のみがその制作行為の奥深くに秘めて語らない批評の魂である。『源氏物語』は、書かれていた当時から、式部の周囲にいた人々によって争って読まれていたようだが、「制作の意味合についての式部の明瞭な意識は、全く時流を抜いてゐた。［宣長が］その中に身を躍らして飛び込んだ時、この大批評家は、式部といふ大批評家を発明したと言つてよい。この『源氏』味読の経験が、彼の『源氏』論の中核に存し、そこから本文評釈の分析的深読みが発してゐるのであつて、その逆ではないのである」（『本居宣長』十四）。

『源氏物語』の裏側には、「式部といふ大批評家」が隠れている。この批評意識は、制作行為一般におのずと伴う技法の自覚とは異なる。「漢国《カラクニ》」から、文字なるものが日本と呼ばれるようになる島々に渡り、そこに生じる国家機能を中枢から制した。しかし、それでもなお亡び絶えることなく命脈を保ったひとつの道、「物のあはれを知る」道についての「大批評家」の意識が『源氏』にはある。宣長には、そう観えた。宣長という「大批評家」が、「式部といふ大批評家を発明した」と小林が言うのは、勝手に式部をそういう者に仕立て上げたという意味では、もちろんない。ここで「発明」するとは、観えないものを観えるようにすることだ。

宣長の『源氏』論にある「本文評釈の分析的深読み」は、宣長という「大批評家」が一挙に躍り込んだ紫式部の批評の魂から発しているのであって、「その逆ではない」と小林は言う。これは、小林とその対象たる宣長との関係をそのままに語る言葉でもある。批評の対象とは、ひとつの方向をもって運動し続ける魂そのものだ。批評家は、その運動のなかにみずからの魂を一挙に躍り込ませるところからしか、仕事を始められはしない。あれやこれやの言葉の分析から、そうした運動に遡る路は、ありそうでいて決してない。が、その運動のなかに跳躍し、身を沈めた批評の魂は、誤ることなく対象となる言葉の表面に浮上してくる。その意味で、宣長という「大批評家」が、『源氏』を「深読み」して誤ることなどは、始めからあり得ないのだ。

「物のあはれを知る」働きは、物に触れて「感《ウゴ》く」人の「情《ココロ》」に在る。その働きは、物の心、事の心の中心に、一気に身を置くことからしか始まらない。ここから知られる「物のあはれ」は、花鳥諷詠に浸る歌人の独占物ではない、最も深い生の嘆きから、日々の暮らしに要する諸事万端の心得にいたるまで、ことごとくに行き渡っている〈在るもの〉の様態、この世の真実な有りさまである。人が、これを知って知り過ぎるということはない。これを知る深さの度合は、人が「道」を観る深さの度合になる。

宣長が、『源氏』の徹底した味読から会得したのは、「歌の事」が、そのまま深さの度合を重ねて「道の事」に、すなわち、いかに生きるべきか、への深められた回答に進んで行く、明らかなその階梯だった。『源氏』にある「歌の事」から、『古事記』にある「道の事」へと遡ってゆく道は、宣長には、断絶のないただ一筋の光を通して観えていた。

「本居さんはね、やはり源氏ですよ」というのは、その通りである。だが、それは、折口が言おうとした意味においてではまったくない。『源氏』への開眼がなければ、歌を詠むことへの若年からの宣長の激しい愛着は、「物のあはれを知る」道には決して進まなかった。『古事記伝』中の全注釈を方向づける動機《モチーフ》は、『源氏』味読によって摑み取った「道の事」への熟視にある。小林は、『本居宣長』の全体を通して、このことを繰り返し、忍耐強く証明してみせる。だが、その証明は、近代知識人が好む文献学的実証とやらによってではない。『古事記伝』という運動の中心に、一気に躍り込む批評の魂によって、そこから発せられる絶対の明察によってである。

三

ところで、小林の『本居宣長』は、折口信夫の大森の自宅を訪ねた短い逸話に始まり、続いて、伊勢松阪の山室山にある宣長の奥墓《おくつき》に詣でた話へと移る。二つの逸話の間には、二十三年ほどの年月の隔たりがある。雑誌編集者から宣長論連載の依頼があり、引き受けはしたのだが、どう書き始めたものかと考えあぐねている、その時に、ふと宣長の遺言状に詳しく指定されているあの山中の奥墓に行ってみたくなる。そこを探し訪ねて行く紀行文のような筆から、文の運びは長い遺言状の丁寧な引用に入って行く。引用しながら、「これは、たゞ彼の人柄を知る上の好資料であるに止まらず、彼の思想の結実であり、敢《あへ》て最後の述作と言ひたい趣のもの」

だと、小林は書く。

しかし、これが宣長の「最後の述作」である理由は、この箇所ではまだ明かされない。これが明かされるのは『本居宣長』の最終節、第五十節の末尾においてである。『古事記伝』を通して切り拓かれた宣長の「道」の学問は、いかに生きるべきか、という問いの必然の帰着として、人はいかに死を迎えるべきかの問いに同心円を描いて重なっていく。自分の遺骸の処理、葬式、墓、法事に関する手順を、異様なほど事細かに指示した宣長の遺言状は、この問いへの端正を極めた最後の回答とも受け取れる。宣長の「道」の学問が帰着するところを、小林は批評家魂のすべてを挙げて書き通した後、こう書いて、彼の文字通りの主著を締め括る。

「もう、終りにしたい。結論に達したからではない。私は、宣長論を、彼の遺言書から始めたが、このやうに書いて来ると、又、其処へ戻る他ないといふ思ひが頻りだからだ。こゝまで読んで貰へた読者には、もう一ぺん、此の、彼の最後の自問自答が、(機会があれば、全文が)、読んで欲しい、その用意はした、とさへ、言ひたいやうに思はれる」(『本居宣長』五十)。

こうして円環は閉じられ、また新たな開始が、読者に向かって促される。小林の『本居宣長』は、言わば、わずかにずれて二重になった二つの円環を持っている。そのうちのひとつは、折口の自邸を訪ねる回想で始まり、第四十九節で閉じられる円環、もうひとつは、宣長の遺言状を丁寧に引いて始まり、第五十節で閉じられる円環である。前者は、宣長の古道説が、和歌への異様なほどの愛着から芽吹き、独自の生育を遂げ、見事な果実を結んでいく運動を描き、後者は、その果実がいかにして土に還り、その生を全うしたかを描くものだ。

二つの円環は、同じもののようでありながら、わずかに異なる。なぜなら、いかに生きるべきかを語ることと、いかに死の安心を得るべきかを語ることとは、やはり最後には微妙な差異を生む二つの行為となるほかないからである。『本居宣長』の最終節は、『答問録』にある宣長とその門人との質疑応答で始まっている。この『答問録』は、安永六年から八年にかけて、宣長が数え年四十八歳から五十歳の間に、門人とのやりとりを書き留めた手控えだが、彼の死後三十年余りを経て、天保六年に刊行された。

小林が、ここで取り上げるのは、「人々の小手前にとりての安心はいかゞ」という門人の問い、あるいは疑心に対する宣長の答である。師は言う。「此事は誰も〳〵みな疑ひ候事に候へ共、小手前の安心と申すは無きことに候」と。死後の世界を、理をもっていろいろに説きなし、生の安心とすることは、儒仏の「漢文《カラブミ》」に染まった後の代の「空言《ムナシゴト》」、「無益の空論」であって、「古言《イニシヘゴト》」の伝えによる教えには、そうした「つくりごと」の観念は一切ない、というのが、宣長の動じることなき答なのだ。

しかし、これでは、学ぶ者は納得すまい。この安心を得ることなしに、「道の事」を語って何の益があろうか、何を目指しての「道」の学びであろうか、というわけである。これは、なるほど切実にして、避け得ない問いだろう。師は、答えようとする。が、弟子たちの喜びそうな言葉は、なかなか見つからない。「古事記日本紀の上古の処をよく見候べし」を、芸もなく繰り返すほかないのである。そこには、どう書いてあるのか。要するに、「神道の此安心は、人は死候へば、善人も悪人もおしなべて、皆よみ〔黄泉〕の国へ行ク事に候、善人とてよき所へ生れ候事はなく候、これ古書の趣にて明らかに候也」ということがわかるばかりだ。このあたりの『答問録』の言葉は、小林が丁寧に引いているので、私たちもそれを丁寧に読んでおいたほうがよい。宣長が「何とか説かうとして、説きあぐみ、苦し気な、くだくだしい物の言ひ方になる、その文の姿」を、小林と共に見ておいたほうがよいのである。

確かに、人は死ねば誰も黄泉の国に行く、と言うだけでは、「儒者も仏者も承引いたさず、いと愚なる事のやうに思ひ候、又愚人とても、つねに仏の教などを聞居候故に、かやうにのみ申しては承引せず候、そも／＼仏者は、此生死の安心を人情にかなへて面白く説きなし、儒者は、天地の道理を考へて、まことしげに申す事に候故、天下の人みな此儒仏等の説を聞馴て、思ひ／＼に信じ居候処へ、神道の安心はたゞ、善悪共によみの国へゆくとのみ申てその然るべき道理を申さでは、千人万人承引する者なく候、然れ共其道理はいかなる道理と申事は、実《まこと》は人のはかり知べき事にあらず、儒仏等の説は、面白くは候へ共、実には面白きやうに此方より作りて当て候物也、御国にて上古、かゝる儒仏等の如き説をいまだきかぬ以前には、さやうのこざかしき心なき故に、たゞ死ぬればよみの国へ行物とのみ思ひて、かなしむより外の心なく、これを疑ふ人も候はず、理窟を考る人も候はざりし也、さて其よみの国は、きたなくあしき所に候へ共、死ぬれば必ゆかねばならぬ事に候故に、此世に死ぬるほどかなしき事は候はぬ也、然るに儒や仏は、さばかり至てかなしき事を、かなしむまじき事のやうに、いろ／＼と理窟を申すは、真実の道にあらざる事、明らけし」。

死の出来事は、生の出来事とは絶対に異なる。生の側から、死を語る言葉は徹底して、ない。

死後の世界は、「人のはかり知べき事にあらず」、というこの絶対の事実を受け容れないから、「儒仏等」の「漢意《カラゴコロ》」に粉飾された死生観を語ろうとする。死ねば誰も誰も黄泉の国に行く、という信仰は、その種の作り設けた「理窟」に依っているのではない。死者が生者とはどうあっても異なっているという、この事実への限りない悲しみに依っているのである。

『古事記』では、なぜ黄泉の国は穢《きたな》く、昏《くら》い世界とされているのだろうか。愛する者の死は、これ以上はない悲しみだからだ。黄泉の国とは、言葉にならないその悲しみの、生きる者の側からの「隠喩《メタフォア》」にほかならない。小林はそう見た。「隠喩」は「寓言《アレゴリー》」ではない。「寓言」は、他の言葉に表わされている観念、表わし得る観念の、さらに具体的なイメージへの言い換えに過ぎないが、「隠喩」は、言葉にはなり得ない潜在的実在を、なり得ないままに言葉の特異な像《かたち》として結晶させる詩の機能に属している。

たとえば、『古事記伝』が註解する女神、伊邪那美神《イザナミノカミ》の死は、そうした隠喩の結晶として語られる。男神、伊邪那岐神《イザナギノカミ》との「美斗能麻具波比《ミトノマグハヒ》」によって次々に神々を産んだ伊邪那美神は、最後に火の神を産んで死に、黄泉の国に去ってしまう。伊邪那岐神の悲しみは、烈しく、深く、哭《な》き止まることを知らず、伊邪那美神を追ってついに黄泉の国までやって来る。御殿の戸の外から、男神は女神に、いっしょに還って、いまだ完成しない我らの「国」を造ろうと誘う。その時、「我《あ》をな視《み》たまひそ」という女神の禁止の願いを破って、男神は黄泉の国の内部を覗き見てしまう。そこに見た女神の変わり果てた姿に驚き、畏れ、男神は来た道を必死に逃げ還る。「吾《あれ》に辱《はじ》見せつ」と言って、それを追う女神。追って来る女神を「黄泉比良坂《よもつひらさか》」の麓に迎え、

「千引《ちびき》の石《いは》」を坂下に引き据えて、ふたりの神が対峙する。女神は言う。「愛《うつく》しき我《あ》が那勢《なせ》の命《みこと》、如此《かく》為《せ》ば、汝《みまし》の国の人草《ひとくさ》、一日《ひとひ》に千頭《ちがしら》絞《くび》り殺さむ」と。男神は応える。「愛しき我が那邇妹《なにも》の命《みこと》、汝《みまし》然《しか》為《せ》ば、吾《あれ》一日《ひとひ》に千五百《ちいほ》の産屋《うぶや》立てむ」と。

女神、伊邪那美命《イザナミノミコト》が発する「汝《ミマシ》の国」という言葉に対し、宣長が付した註解は、実に美しい。彼は書く。「汝国《ミマシノクニ》とは、此ノ顕国《ウツシグニ》をさすなり、抑モ御親生成給《ミミヅカラウミナシタマヘ》る国をしも、かく他《ヨソ》げに詔《ノタマ》ふ、生死《イキシニ》の隔《ヘダタ》りを思へば、甚《イト》も悲哀《カナシ》き御《ミ》言《コト》にざりける」。死んだ者は、決して戻らぬ。みずから産んだ国さえ「汝《ミマシ》の国」とよそよそしげに言う。死者とは、消滅した者のことではない、生きる者が決して逢えなくなった者のことだ。その悲しみを、「あはれ」を、宣長は『古事記』本文の「千引石《チビキイハ》」に、まっすぐに読む、読むことを恐れない。

宣長のこの註解につき、小林は書いている。「註の味ひに想到する読者は、神代の『風儀人情』が、あるがまゝに語られ、その『あはれ』が、あるがまゝに伝へられるのに聞き入る宣長の情《ココロ》の姿を、直かに感じ取る筈なのである。この時、宣長は、神代の物語を創り出した、無名の作者達の『心ばへ』を、わが『心ばへ』としてゐたに相違ない」。語られているのは、批評の極意である。宣長の訓詁の学問を、あれほどまでに躍動させたものは、対象の「心ばえ」を、わが「心ばえ」として生きる、批評という行為の真髄にほかならなかった。小林はそう言いたい。このような古学は、今日言うような意味での学問ではない。宣長の言い方を借りれば、「物にゆく道」を歩き尽くそうとする生《せい》の努力それ自体である。

『古事記』は、「天地《あめつち》初めて発《ひら》けし時、高天《たかま》の原に成れる」三柱の神、続いて二柱の神の誕生で始まり、これら五神は「別天《ことあま》つ神」とされる姿の観えない「独神《ひとりがみ》」である。続いて語られる二柱の「独神」、八柱四対の男女神の誕生があり、最後に伊邪那岐、伊邪那美の二柱一対の男女神の誕生が語られる。「別天つ神」の誕生の後、伊邪那岐神、伊邪那美神までの十二神の伝説は、「神世《かみよ》七代《ななよ》」の物語と呼ばれるものだ。天地《あめつち》の初めにあるこれらの神々の出現は、すべてそれぞれの御《み》名《な》をもって「次に」「次に」と立て続けに語られる。

宣長が註するところでは、この「次に」は、時間の順序を指すものではない。とりわけ「神世七代」の物語にある男女神の姿は、一幅の絵のように、ひとつところに並んで在り、その全体が常に現存する。そのような秩序が、天地《あめつち》の始まり、神代の拡がりを形成する。そういった具合に描かれている。つまり、生者と死者とは常に並んで現存し続ける、というのが、死生に関わる『古事記』の観法《かんぽう》だということになる。

「神世七代」の物語が、伊邪那美神の死をもって閉じられることには、重要な意味がある。この神は死んで「黄泉神《ヨモツカミ》」と成った。小林は言う。「伊邪那美神の死を確める事により、伊邪那岐神の死の観念が、『黄泉神《ヨモツカミ》』の姿を取つて、完成するのを、宣長は見たのである」と。死は、生きる者にとって畏るべき未知であるが故に「神」と成り、限りなく悲しむべき永遠の現在であるが故に「千《チ》引石《ビキイハ》」の彼方に在る「黄泉」と成った。この畏れと悲しみとを、ただ正直に、あるがままの「情《ココロ》」をもって受け入れることが、どうして死の安心を得る最上の「道」とならないであろうか。さらに、小林は書く。

「既記の如く、道の問題は、詰まるところ、生きて行く上で、『生死の安心』が、おのづから決定《ケツヂヤウ》して動かぬ、といふ事にならなければ、これをいかに上手に説いてみせたところで、みな空言に過ぎない、と宣長は考へてゐたが、これに就いての、はつきりした啓示を、『神世七代』が終るに当つて、彼は得たと言ふ。――『人は人事《ヒトノウヘ》を以て神代を議《ハカ》るを、(世の識者、神代の妙理《タヘナルコトワリ》の御所為《ミシワザ》を識ることあたはず、此《コレ》を曲《マゲ》て、世の凡人《タダビト》のうへの事に説なすは、みな漢意《カラゴコロ》に溺れたるがゆゑなり。) 我は神代を以て人事《ヒトノウヘ》を知れり』、――この、宣長の古学の、非常に大事な考へは、此処の註釈のうちに語られてゐる。そして、彼は、『奇《アヤ》しきかも、霊《クス》しきかも、妙《タヘ》なるかも、妙《タヘ》なるかも』と感嘆してゐる。註解の上で、このやうに、心の動揺を露はにした強い言ひ方は、外には見られない」(『本居宣長』五十)。

『古事記』にある物語は、「隠喩」による。「隠喩」とは、世の「常見」によっては計り難いもの、知覚し難いもの、言葉とはなり得ないものを、言葉の像として結晶させる特異な働きである。「神代を以て人事《ヒトノウヘ》を知」ること、言い換えると、人の世のありさまを、それが「出《い》で来る所」(小林)から味識する業《わざ》は、「隠喩」の働きなしには為され得ない。反対に、「寓言」は、世の「常見」が捉えるところを別の物になぞらえ言う。そのやり方では、神代の事は語れまい、神代を「世の凡人《タダビト》のうへの事に説なす」のがせいぜいのところであろう。だが、なんと多くの識者たちが、そうしたやり方に従っているか。宣長の喜びも驚きも、悲しみも怒りも、この点にこそ集中することを、小林は、我がこととして感じ取ったのである。

## 四

宣長の遺言状に戻ってみようか。

宣長は、この遺言状でふたつの墓を指定している。ひとつは、家の菩提寺である町中の樹敬寺へ棺を運び、世間のしきたり通りに仏式の供養を行なえ、とある。この棺桶は、空のままにしておき、親族で行列を組んで境内に運ぶ。もうひとつの墓は、宣長が見立てた山室山妙楽寺の一角に建てる。土を盛り、山桜を植え、その前に「本居宣長之奥津紀《おくつき》」と彫った墓石を置く。「他所他国之人」が自分の墓を尋ね来たら、ここを教えよ、と書いて、墓の図解まである。奥墓に埋葬する棺桶には髭を剃り、髪を結った亡き骸を容れ、その亡き骸には木綿の衣服、帯、木製の脇差を身に着けさせる。わらを紙で幾つもに包み、死骸が動かぬようにそれらを棺中のところどころに詰めよ、ともある。その他、何事も粗末にてよろしい。こう書いて、棺桶の材質や板の厚さまで指定するのであるから、やはり尋常ではない。この棺桶を深夜密かに山室山の上に運び上げる。あとは法事のやり方の細かい指示になる。

この遺言状が、宣長の生きたさま、そのままを示すことは明らかである。彼は、伊勢松阪の町医者として一家の暮らしを支え、家族を差配して、遺漏なく世間に生きた。菩提寺の墓は、その暮らしの行き着く先としてある。だが、山室山の奥墓は、そうではない。この墓は、彼の古学が達した先に、「『生死の安心』が、おのづから決定《ケツヂヤウ》して動かぬ」さまを示している。死ぬとは、かくのごときこと、という言わば絶対の得心が語られている。その得心とは、「生死の安心」は、死の悲しみを極めるにある、というものだ。小林の言葉で読もう。

「『御国にて上古、たゞ死ぬればよみの国へ行物とのみ思ひて、かなしむより外の心なく』と門人等に言ふ時、彼の念頭を離れなかつたのは、悲しみに徹するといふ一種の無心に秘められてゐる、汲み尽し難い意味合だつたのである。死を嘆き悲しむ心の動揺は、やがて、感慨の形を取つて安定するであらう。この間の一種の沈黙を見守る事を、彼は想つてゐた。それが、門人等への言葉の裏に、隠れてゐる。死は『千引石《チビキイハ》』に隔てられて、再び還つては来ない。だが、石を中に置いてなら、生と語らひ、その心を親身に通はせても来るものなのだ。上古の人々は、さういふ死の像《カタチ》を、死の恐ろしさの直中から救ひ上げた。死の測り知れぬ悲しみに浸りながら、誰の手も借りず、と言つて自力を頼むといふやうな事も更になく、おのづから見えて来るやうに、その揺がぬ像《カタチ》を創り出した。其処に含蓄された意味合は、汲み尽し難いが、見定められた彼の世の死の像《カタチ》は、此の世の生の意味を照し出すやうに見える。宣長の洞察によれば、そこに、『神代の始メの趣』を物語る、無名作者達の想像力の源泉があつたのである」(『本居宣長』五十)。

それなら、宣長の遺言状は、死の側から光を受けて照らし出される生の意味を、門人たちに語るものだったということになるだろう。その光を、宣長は天地《あめつち》の初めにある「神世七代」の註釈を通して、はっきりと満身に浴びた。彼の古学の真の円熟は、そこから始まり、遺言状において最後の「像《カタチ》」を取った。これが、小林の真意である。

『古事記伝』の序文となった「直毘霊《なほびのみたま》」には、上古の人々がどう生きたかがこの上なく端的に書いてある。「いにしへの大御代《オホミヨ》には、しもがしもまで、たゞ天皇《スメラミコト》の大御心《オホミココロ》を心として、ひたぶるに大命《オホミコト》をかしこみゐやびまつろひて、おほみうつくしみの御蔭《ミカゲ》にかくろひて、おのも〳〵祖神《オヤガミ》を齊祭《イツキマツリ》つゝ、ほど〳〵にあるべきかぎりのわざをして、穏《オダヒ》しく楽《タヌシ》く世をわたらふほかなかりしかば、今はた其ノ道といひて、別《コト》に教へを受《ウケ》て、おこなふべきわざはありなむや」。

このような世の渡らいの中心にあるのは、米作りによる祭りの暮らしであろう。祈年《としごい》と新嘗《にいなめ》の祭りを、高天原《たかまのはら》の神々から委任されて主催するのが、「天皇《スメラミコト》」の仕事である。祭りのありさまは、「延喜式祝詞」として美しい古語《いにしへごと》そのままに記されている。こうした暮らしの仕組のなかで、「ほど〳〵にあるべきかぎりのわざ」をすれば、人は誰も誰も「穏《オダヒ》しく楽《タヌシ》く」生きることができる。その上になお、賢げに言いなす「道」の教えが一体ありうるだろうか。決してありはしまい。「これが、宣長が古学の上で窮めた、上ツ代の人々の『世をわたらふ』についての安心、といふものであつた」と小林は書く。暮らしの喜びのなかにあるこの「安心」だけが、嘘いつわりのない「生死の安心」を、密かにみずからのうちに育《はぐく》んでいくことができる。悲しみに徹して死を受け容れることの「安心」を、である。

物に触れ、物に感《うご》き、物の「あはれ」を知って生きてゆく。賢しらを交えないそうした「情《ココロ》」の純粋な働きは、「穏《オダヒ》しく楽《タヌシ》く世をわたらふ」人の道になくてはならぬものだ。この考えは、『源氏』による開眼以来、宣長が決して手放さなかった彼の思想の根本動機だった。『古事記』にある「道の事」は、『源氏』にある「歌の事」からの真っ直ぐに伸びた発展形として語られる。語られるのでなくてはならない。それが、宣長がみずからの古学で摑んだ信念であったが、しかしそれでも、この移り行きには、やはり一種の跳躍が必要とされるだろう。それを書くことも、小林は決して忘れない。

　宣長が晩年、『源氏物語玉の小櫛』に示した「雲隠の巻」についての「大胆な、独特な見方」を、小林は丁寧に引き、註釈を加えている。そこに「宣長の思想の、生ま生ましい動きが出てゐるからだ」という。「雲隠の巻」は、光源氏の死を暗示するものだが、巻の名だけあって本文がない。この計らいは、「紫式部の、ふかく心をこめたること也」と宣長は言うのである。彼の言葉で読もう。式部は――

「そも〳〵源氏君をば、よき事のかぎりを、とりあつめてかきたり、御かどの御子にして、御妻には、摂政の御女と、親王の御女と、姫宮とをもち給ひ、みかどと后と大臣とを、御子にもち給ひ、其身太上天皇の尊号をえ給ひ、御末々まで、めでたく栄え給ふ、これよき事のかぎり也、さて死ぬるは、人の世に、凶《アシ》きことのきはまりなる故に、此君には、老ィ衰へ給へるさまをもかゝず、かくれ給へる事をば、かゝざるにぞ有ける、さて又此物がたりは、すべて物のあはれを、むねと書たるに、むねとある源氏君の、かくれ給へる、かなしさのあはれをかゝざるは、いかにといふに、長きわかれのかなしきすぢのもののあはれは、幻の巻に書つくしたり、そは紫ノ上のかくれ給へるを、源氏ノ君のかなしみ給へるにて、もののあはれのかぎりをつくせり、同じかなしき事も、その人の心の、深さあささにしたがひて、あはれのふかさあささも、こよなきを、よろづすぐれて、物のあはれを深くしり給へる、源氏君の、かなしみ給へるにてこそ、ふかきことはかぎりなきを、もし源氏君のかくれ給へるかなしさを、かゝむとせば、たがうへのかなしみにかはかくべき、源氏君ならぬ人の心のかなしみにては、深きあはれは、つくしがたかるべし、これはた源氏君のかくれ給へることを、かゝざるゆゑの一つなり、——」。

宣長のこの解釈は、『源氏』という歌物語の驚くほかない特性を実に鋭く言い当てている。光源氏という作中人物は、「物のあはれを知る」働きの、この物語における言わば深さの臨界線を描いて現われる。『源氏』が語る「あはれ」の深さは、そのまま光源氏が「深くしり給へる」もの、その心中に抱かれて「ふかきことはかぎりなき」とされる「かなしみ」である。その源氏君が「かくれ給へるかなしさ」を、誰が悲しみ得るのか。誰が、その悲しみの深さを知り得るのか。宣長になり替わって、小林が次のように書く。

「物語の目的は、『其時代の風儀人情』を、有りのまゝに書き、その『あはれ』を伝へる、といふ他にはないとする作者式部の心ばへを体して、源氏君は生きてゐる、と見て少しも差支へない以上、『幻の巻』は、明らかに物語の限界を示してゐると言つてよからう。これは、作者が秘めてゐた鋭い意識であり、それが『雲隠の巻』を書かせた」（『本居宣長』五十）。

ということは、「黄泉神《ヨモツカミ》」という「伝説《ツタヘゴト》」の隠喩をもって（決して「寓言《コトヨセゴト》」をもってではない）語られた伊邪那岐神《イザナギノカミ》における「死の観念」の完成は、「幻の巻」にある「物語の限界」を突破したもの、その彼方への跳躍を、語り手たちに可能にさせたものだ、ということではないか。実際、小林は、そう観ているのである。

「千《チ》引石《ビキイハ》」を隔てて語り合う男女神の悲しみを註する宣長の、その「註の味ひに想到する読者は、神代の『風儀人情』が、あるがまゝに語られ、その『あはれ』が、あるがまゝに伝へられるのに聞き入る宣長の情《ココロ》の姿を、直かに感じ取る筈なのである」と小林は言っていた。ここには、古伝説の隠喩のみが為し得た、死の世界に向かっての跳躍がある。さらに、彼が述べるところを聞こう。

「神代を語る無名の作者達は、『雲隠の巻』をどう扱つたか。彼等にとつて、『雲隠の巻』は、名のみの巻ではなかつた。彼等は、その『詞』を求め、確かに、これを得たではないか。さういふ、宣長の情《ココロ》の鋭敏な動き、飛躍と呼んでいゝものが、そのまゝ、彼の註の含みを成してゐた事を、感じ取ればいゝのだ。宣長の直覚には、沢山な『詞』が必要ではなかつたであらう。女神が、その万感を託した一と言に、『天地《アメツチ》の初発《ハジメ》の時』の人達には自明だつた生死観は、もう鮮かに浮び上つて来たに違ひない。彼等の眼には、宣長の註解の言ひ方で言へば、神々の生き死にの『序次《ツイデ》』は、時間的に『縦《タテ》』につゞくものではなく、『横《ヨコ》』ざまに並び、『同時』に現れて来る像《カタチ》を取つて、映じてゐたのである」（同前）。

「本居さんはね、やはり源氏ですよ」、『古事記伝』じゃありません、という折口の感想への小林の最後の回答は、『本居宣長』の第四十九節にある。だが、『源氏』による宣長の開眼の意味は、まさにそこからの跳躍によって、ついに行き着いた果ては、やはり徹底して語られねばならないだろう。実際、それは第五十節で語り抜かれている。折口訪問のエピソードに続く、宣長の「遺言状」のいぶかしいまでに長い引用は、それを語り抜くための実に周到な用意であり、うかつな読者には度はずれて遠い伏線だったとも言える。だから小林は、最後に書いておくことを忘れなかったのだ。「私は、宣長論を、彼の遺言書から始めたが、このやうに書いて来ると、又、其処へ戻る他ないといふ思ひが頻り」であると。こうして、『本居宣長』の二重になった円環が閉じられる。

五

ところで、『本居宣長』を刊行した翌年、七十六歳になった小林は「自分の仕事」という、全集版で二頁余りの短い随想を書いている。書かれているのは、正宗白鳥六十二歳頃の面影である。創元社で相談役のようなことをしていた頃、正宗さんの文学評論を編集し、『作家論』と題して出させてもらった。「評判で、よく売れた。其処で論じられてゐる作家達の大半が、正宗さんの長い文壇生活で交遊のあつた人々で、その肖像を、鮮明に活写してゐる著者の筆致の魅力が、多くの読者を捕へたに違ひなかつた」（自分の仕事）。白鳥は、評論集の売れ行きには上機嫌で、よく社に現われ、小林に「続『作家論』とでも言ふやうな人物論」をいろいろと話していったそうである。「その際の氏の述懐から強い印象を受けた」として、小林は次のような思い出話を記している。

「正宗さんは、面白さうに話を聞いてゐる私に向ひ、『こんな話なら、いくらでもある。作家論などで、何も苦心はしなかつたな、当の人間が、目の前に、見えてゐるのだから』――暫くして、考へ込むやうな面持ちになり、『自分の書くものの方が、余程解り難くいな』――そして、『不思議だ、不思議だな』といふ独り言の繰り返しになつた。その様子には、物を書き始めて以来、批評の方法に悩まされ続けて来た私を、ハッとさせるものがあつた。今も忘れる事が出来ずにゐる。それは、言つてみれば、正宗さんの批評家魂とでも呼ぶべきものの姿が、突然露はとなつた、その直かな鋭い感触であつた」。

一読したところ、何でもない平易な文章のように見えるが、そうではあるまい。「自分の仕事」という小林晩年の文章は、読むよりも、むしろじっくりと眺めることを要求しているもののように思える。白鳥は、「作家論など」を書くのに「何も苦心はしなかつた」と言っているが、小林はそうではない。「物を書き始めて以来、批評の方法に悩まされ続けて来た」と言っているのだ。ここに「露は」となっているのは、異なるふたつの「批評家魂」ではないのか。しかし、ただそれだけのことなら、小林は、白鳥が繰り返す独り言を聞いて、なぜ「ハッとさせ」られ、その経験を「今も忘れる事が出来ずにゐる」のか。

白鳥が、作家論などで何んにも苦労しないのは、論じる対象である当の作家たちが、いつも「目の前に、見えてゐる」人間、多くは親交のある友人たちだったからである。むろん、トルストイや内村鑑三は、そういう相手ではなかったわけだが、これらの偉人を観る白鳥の眼は、親交を得た友人たちをじかに観る経験のなかで練磨されたと言っていいだろう。こうした事情を捉えて、小林は次のように書く。

「親しくしてゐる友達につき、この人はかういふ人と納得出来る人物像を、心の中に極めて自然に育ててゐないやうな人は、先づなからう。それは、言ふに言はれぬほど微妙なものであり乍ら、誰も、はつきりと完成された像と観じ、これを信じて疑はない。それは、意識して辿れるやうな経験ではなからう。むしろ、それが正直に心を開いて人と交はるといふ、その事だと端的に言つて了つた方がよからう。私達は、誰でもお互に、自分には思ひも及ばぬ己れの姿の全容を、相手に見て取られてゐるものだ。この謎めいた人間関係は、私達の日常の附合ひを、広く領してゐるが、又、あまり尋常なものだから、却つて深く隠されてもゐる。『作家論』に光つてゐる眼は、其処まで届く。附合ふ相手が、自己反省を好む当今の作家達であるといふやうな事を、一向気にかけず、其処まで真つ直ぐに届いてゐる。相手の言動の、どんな端くれも、その人間を語つてゐないものはないといふ統一された直知が、そこから派生した作家たる相手の意識的表現を照し出すのである」。

「其処まで」とは、深く隠された人間関係の謎まで、ということだろう。人が人を「直知」してしまう、どうにもならぬ不思議は、誰のなかにも起こっている。ただその「直知」は、生活上の必要をはるかに超えているから、私たちの意識には深く隠されたままで働くのである。隠されたこの無意識の働きの前では、「自己反省を好む当今の作家達」が行なう饒舌な告白などは、まったく高《たか》の知れたものだ。

こうした働きに、白鳥の「批評家魂」は、覚醒した意識となって「真つ直ぐに届」き、その深みから、作家たちの言葉の表面へと一挙に浮上してくる。その仕事には、別段の苦心もなければ誤差もない。何という天分かと、小林は感じ入る。その白鳥が、「自分の書くもの」を「解り難くい」と言う。この場合、白鳥は主として自分の小説や戯曲のことを言っているのだろう。これが、なぜ彼には「解り難くい」のか。

作家たちがばら撒くさまざまな言葉は、みなそれぞれの心中で巻き起こる竜巻が引き寄せた枯葉や砂埃のようなものだ。竜巻のあとに落ちた枯葉や砂埃の分析から、竜巻そのものに行く路は決してない（凡庸な評家は、往々にしてこの路を探してさまようが）。尤も、意識的な作家たちは、巻き上げる枯葉や砂埃の――つまり彼らが用いる言葉の――性質につき、ずいぶん吟味を重ねるだろうが、そんな吟味は要するに何事でもないのだ。何事でもないと得心し切った精神が、白鳥の「批評家魂」を活きさせている。

そういうことであるなら、彼が自作を「解り難くい」と言う、その解り難さの意味とは、批評家が、みずからの天分で上げる竜巻から、自己自身の作に、そこにある言葉の羅列に降りて行く不毛、ということになろう。自分を余りに知り過ぎたこの批評精神にとって、それらの言葉はみな不完全な、味気ないものに映る。しかし、自己を知り過ぎた、とはこの場合、どういう意味だろう。それは、何ひとつ解き得ないありありとした魂の形に、謎の姿に向き合っている、という意味ではないのか。

批評家とは、ただもう人の身の上がわかって仕方のない人間のことである。そういう彼の天分にとって、自己とは、解くことのできない永遠の謎なのだ。人のことなら無意識の底まで視えて苦しいほどだが、こうした重荷を負わされた自分が何なのかだけは、どこまで行っても解らない。そんな人間がいる。そんな人間を、あえて言えば天が作ったのだろう。何の目的でか。もちろん、天は語らず、彼は「紛るゝ方無く、唯独り在る」ことを強いられるだけである。「不思議だ、不思議だな」と白鳥が独語し、小林がハッとする。

批評家、小林秀雄が、批評家、正宗白鳥と異なる点は、ひとつだろう。小林は、「コメデイ・リテレール」の書き手となることを、ある時点できっぱりとやめた。やめて『ドストエフスキイの生活』を、『無常といふ事』を書いた。宣長を精読し始めたのも、その頃である。彼は、我が身の一切を打ち込んで悔いない対象だけを、歴史中に選ぶ決心をした。これによって、対象の中心に在る竜巻の運動へと一挙に躍り込む努力は、格段の抵抗に出遭うものとなった。しかし、その竜巻から、対象が撒き散らした言葉の表面に、つまり作品に降りてゆく方法上の苦労は、余人の窺えない喜びともなっただろう。さっき引いた文章に続いて、小林はこんなことを表白している。

「今度、私の全集の新版が出るに際し、感想を求められ、計らずも、正宗さんの独り言を思ひ出した。勿論、批評の毒といふものは、批評家当人に、一番よく利いてゐるものだからである。私は、書物にしたものを読み返した事がない。二十余年前、全集を出して貰つた時、既刊のものに、手を入れようと、通読した事があつたが、一向に面白くもない成功もしない苦労に終つた。これらの表現は、凡て未完の何かと見えたばかりではなく、その未完の形が、そのまゝ何かを壊した残骸とも見えた。やはり、正宗さんの言ふやうに、自分の書いたものが、一番、読んで解り難くいといふ事になるのであらうか。少くとも、自画像といふものには、決して仕上がる機はないものだといふ意識を、絶えず磨《と》いでゐなければ、批評といふ文学の形式は（そんな文学形式があるとするなら）、生きて行けないやうに思はれる」。

これで「自分の仕事」という文章は閉じられている。「批評の毒」とは、この世で無私を得るために必要な毒だと言ってもいい。人は何と多くの妄想、空想、幻覚、妄信を抱かなければ、世を渡れない生き物であるか。「批評の毒」は、これらのものをことごとく殺す。殺すことから、批評が向かうべき裸の対象が浮かび上がってくる。だが、この毒は、まずは自分が飲んでみなくては、他人には使用できない代物である。自分用には原液を、他人用には薄めた毒薬を用いる。薄めなければ、読まれ得る批評文など作れはしない。だが、また、みずから正真の毒を飲んでいなくては、対象の懐に躍り込み、対象に生動を与える批評の無私は、得られはしない。

結果として、こうした批評が、批評家本人の自画像を描くことになるのは、むしろ避けられないことだ。自画像でない批評は、小理屈を言い募るただの作文である。批評の毒を飲んだ者の文章は、必ず自画像となって現われるだろう。対象を生動させ、対象と共にみずからが生きようとする批評の行為は、批評家当人が飲んだ毒によって、自画像の描線を輝かせるのである。手を止めて、描く行為を振り返った時、この特殊な画家には、自分の絵は、まるで「何かを壊した残骸」に見える。言い換えれば、批評という無私な精神の運動は、当の批評家によって、それほどまでに深く信じられ、休みなく行使されているのだ。

宣長は、「批評の毒」などという言葉を使いはしない。彼は、「漢意《カラゴコロ》」を残りなく洗い去れ、と言った。「漢意」とは、仏教、儒学のことを指しているのではない。ありもしないことを、「空論理窟」を以ってあるかのように語り、人心を呪縛し妄想の虜とするものが、「漢意」である。それは、「漢《カラ》」だけでなく、インドにもあるし、ヨーロッパにも大いにある。宣長は、すでにそういうものの存在を知っていただろう。また、こうした傾向は知識人に固有の癖でもない。「何わざも漢国《カラクニ》をよしとして、かれをまねぶ世のならひ、千年にもあまりぬれば、おのづからその意《ココロ》世ノ中にゆきわたりて、人の心の底にそみつきて、つねの地となれる」（『玉勝間』「一の巻」）が故に、本などまず読むこともない人さえ、「漢意」の「空論理窟」に支配されている。

「漢意」でないものが何かをはっきり言うことは、難しい。難しいから、宣長はそれを「大和ごゝろ」とか「御国《ミクニ》ごゝろ」とか、あるいは「真ごゝろ」とかと言ってみる。実物にじかに触れて感《ウゴ》く心を、そう言ってみるのだ。「物のあはれを知る」道は、こういう心だけを抱き、働かせて生きようとする意志によってしか開かれない。『古事記』の編纂とその異様な漢字表記の実験とは、漢字、漢文を習得し、身に修め切った人間が、そこから逃れ出てやまない「御国ごゝろ」を何としても文字の内にとどめ置こうとして為された反省的努力だった。その努力の性質には、そもそも根本からの批評性があった。宣長が、『古事記』注釈の仕事で始めに摑み取っていたのは、まさにそのことだったと言える。

　正宗白鳥や小林秀雄や河上徹太郎が、それぞれの流儀で創り出した日本の近代批評は、明治維新によって圧倒的に押し寄せた西洋文明との闘いを想わなければ、ほんとうにはわからない。大陸からの漢字、漢文の到来以後、千何百年をかけて熟成させてきたこの島の文明が、再び根底からの自己改変を強いられた。この時に為された事業の全体は、もはや思い出すことも難しい千何百年前の事業の全体と実によく似ている。いずれの時も、この島の人々が行なったことは、渡来言語の徹底した〈翻訳〉と、新しい書き言葉の発明とであった。この事業が正しく行なわれてこそ、国を運用する一切の仕事が、支障なく有効に成り立つ。行政も司法も教育も軍事も、そして文化施策のすみずみまでも。近代の書き言葉が、こうして生まれ、次第に定着していった。

明治になって急激に輸入され、近代の大学制度に配当された西洋式の学問は、この時の事業に大いに役立った。「文学」とか、「哲学」とか、「芸術」とか、その他、種々の翻訳概念は、大学で固定され、ジャーナリズムで広められていったものだろう。広められてみると、こういうものは、大昔からずっと日本にあったもののように思われる。たとえば、宣長の「古学」は、「文献学」の一種だということになる。『源氏物語』は、「文学」に属して心理小説の一種だということになる。過去の何もかもが、このやり方で近代の制度化を受け、そこから捻り出される概念の枠組のなかで、再編され、語り直される。

しかし、言うまでもないが、実際に文化の生産に当たる人間たち、たとえば、言文一致体の近代小説を書き、新体詩を書いた人間たちは、国家の施策に応じて、そういうものを書いたのではない。西洋に動かされ、骨髄からの影響を受け、そして反発し、なお彼らの血流のうちに在る古い文業の持続を生きる努力によって書いた。そうでなければ、為し得ることのできない仕事を、彼らはした。

ところで、遠い昔に学問と呼ばれたものは、どうなっているのであろうか。人は何を信じ、いかに生きるべきかを、我が身を賭けて問い詰める文業の役割、宣長の言う「道の事」は、近代日本の一体どこに在るのか。大学の言わば官製の学問制度《ディシプリン》のなかに、そういうものがないこと、あり得ないことを、白鳥も、小林も、河上も、はっきりと知っていた。彼らを「独身批評家」に育てたものは、まずはこの自覚の深さなのだと言ってもいい。近代ジャーナリズムは、どうであろうか。そこに群がり生じた大そうな数の自称批評家たちはどうであろうか。昭和十七年に、小林は書いていた。「西洋の文学が輸入され、批評家が氾濫し、批評文の精緻を競ふ有様となつたが、彼等の性根を見れば、皆お目出度いのである。『万事頼むべからず』、そんな事がしつかりと言へてゐる人がない。批評家は批評家らしい偶像を作るのに忙しい」(「徒然草」)。

批評家を気取る者が、「批評家らしい偶像」に自分を仕立て上げることと、ほんとうの批評家が、その仕事の極まるところで「自画像」を描いてしまうこととはまったく違う。大学であれ、ジャーナリズムであれ、そうした環境に守られてものを書く人間の特徴は、言葉への止まることのない軽信にある。彼らの抱くあらゆる妄想、つまり新式の「漢意《カラゴコロ》」は、そこから来ている。そこから来て、そこで停滞し、凝固し、やがて腐臭を発するだろう。すると、また新しい言葉が西洋からやって来て、彼らを虜にする。

孤独な未完の自画像を描き続ける批評の魂は、停滞を知らない。仕立て上げられた知識の凝固も腐敗も、ここでは無縁のものだ。批評の魂が頼むものは、「万事頼むべからず」という、確認され続けるこの意志である。だが、このような意志は、一体どこから、どんな具合にやって来ることができるのだろう。これについて、何かをはっきりと言うことは実に難しい。従って、誰もはっきりとは言わないのだが、言われないその言葉は、小林が白鳥を評する文章のなかにしばしば現われる。そこにある言葉はみな、白鳥が持つ魂の底からの素直さ、正直さ、在るがままに在る物への真っ直ぐな信仰、いかに生きるべきかを求め続ける澄んだ、裸の心、そういうものを指す。批評の魂を支え、養い続けるものは、この賦性以外に実はない。これは、いかにも解らせにくいことだろう。

昭和五十四年の秋、小林秀雄は河上徹太郎と最後の対談を『文學界』誌上で行なった（「歴史について」）。この年は、河上の死の前年に当たる。対談は、近ごろ録音盤として一部に出回ったから、私も元の声を聴くことができた。対談の冒頭、河上は、ここのところ風邪をこじらせて寝込んでいた、すまないが君のものを何も読み返してない、全部記憶で話すよ、と言う。小林は、いいよ、いいよ、つまんない話しようよ、と言って一同大笑いになる。河上に死の予兆があることは、本人にも小林にもはっきりわかる。河上の声は、すっかり張りを失くし、小林に対して応答する力を持たない。小林は、それをかばおうとして一人で懸命に話し続ける。河上は、そんなの見ていて辛いからもうよせと言う。小林はやめない。

ふたりは、共に、したたかに酩酊し、こう言い合う。「批評家って、居ないもんだなあ」。この言葉の孤独に、私は涙が出た。しかし、それだけではない。批評の魂が、どれほどの深みから人間を救うものであるか、生きることを教えるものであるか、そのこともまた、私は信じ直すほかなかったのである。

初出誌
新潮　二〇一六年一月号―十二月号、
二〇一七年二月号―五月号。

前田英樹（まえだ・ひでき）
批評家。一九五一（昭和二十六）年、大阪生、奈良に育つ。中央大学仏文科卒。立教大学仏文科教授、同、現代心理学部映像身体学科教授を歴任。著書に『定本　小林秀雄』『言語の闇をぬけて』『セザンヌ　画家のメチエ』『信徒　内村鑑三』『日本人の信仰心』『民俗と民藝』『ベルクソン哲学の遺言』『剣の法《のり》』『小津安二郎の喜び』、などがある。

# 批《ひ》評《ひょう》の魂《たましい》



二〇一八年三月一日発行

著者／前田《まえだ》英樹《ひでき》
発行者／佐藤隆信
発行所／株式会社新潮社
東京都新宿区矢来町七一
郵便番号一六二―八七一一
電話 編集部(03)三二六六―五四一一
読者係(03)三二六六―五一一一
http://www.shinchosha.co.jp
印刷所 大日本印刷株式会社
製本所 大口製本印刷株式会社
乱丁・落丁本は、ご面倒ですが小社読者係宛お送り下さい。送料小社負担にてお取替えいたします。

ISBN978-4-10-351551-7 C0095
価格はカバーに表示してあります。